天沐鬼王

천목귀왕 3

초판 1쇄 인쇄일 2015년 11월 19일 ㅣ **초판 1쇄 발행일** 2015년 11월 23일

지은이 청 울 ㅣ **펴낸이** 곽중열 ㅣ **담당편집 팀장** 이범수
편집부 신연제 이윤아 김호성 김은경

펴낸곳 (주)조은세상 ㅣ 출판등록 제 2002-23호
주소   경기도 연천군 미산면 청정로 1355
TEL 편집부 02)587-2966 ㅣ FAX 02)587-2922
e-mail bukdu@comics21c.co.kr

ⓒ청울 2015
ISBN 979-11-5832-314-1 ㅣ ISBN 979-11-5832-311-0(set) ㅣ 값 8,000원

천목
귀왕

天沐
鬼王

청울 신무협 장편소설

③

NEO ORIENTAL FANTASY STORY

북두
(5) 좋은세상

天流鬼王

청율 신무협 장편소설

天泣鬼丘

12장.
남궁세가

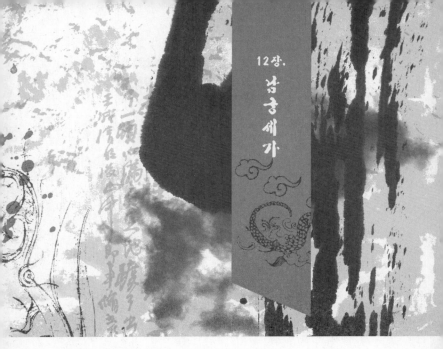

12장.
남궁세가

"지금 속으로 나에 대해 이것저것 생각하고 있겠지."

"당연하지 않소?"

호문량은 굳이 부정하지 않았다. 다짜고짜 나타나서 저런 말을 내뱉는다면 누구라도 수상하게 여길 것이다.

"내가 작금의 대나귀와 작당이라도 하고 있는 걸로 보이나?"

"그런 것 같진 않소."

"그럼 뭘 망설이는 거지?"

"결국엔 성주님도 또 다른 대나귀란 소리 아니요?"

진도운은 피식 웃었다. 그의 말을 듣고 시나귀의 비동에서 보았던 시나귀의 일화가 떠올랐기 때문이다.

'각자의 삶에서 잘 살고 있는 시나귀들이 이래라저래라 하는 명령을 좋아 할 리 없지. 더군다나 하나 같이 위험한 명령일 텐데.'

본래 시나귀 자체가 손에 피를 묻히는 존재였다. 백선문에 각별한 충성심이 있지 않는 이상 그런 걸 좋아할 사람은 없었다.

'그래서 21대에 이르러 시나귀들이 대나귀의 명령을 거부한 거겠지.'

하지만 지금의 대나귀와 시나귀들 사이에는 자신이 알지 못하는 이야기가 있다. 분명 21대에 시나귀들이 대나귀의 명령을 거부했고, 22대 대나귀는 자신의 스승인 21대 대나귀를 직접 죽였다. 그러면서 시나귀들이 폭로하겠다는 협박을 종결시켰다.

'그런데 지금은 시나귀들이 다시 대나귀 밑에서 일하고 있단 말이지.'

진도운은 그 틈을 파고들 셈이었다.

"내가 원하는 건 그저 작금의 대나귀가 물러나는 것뿐이다."

진도운은 철저하게 속내를 감추고 그들이 원하는 것을 말해주었다.

"……."

역시나 자신의 말을 들은 호문량의 얼굴에서 고민하는 기색을 엿볼 수 있었다.

"듣기로는 작금의 대나귀가 최소한으로 지켜야 할 도리도 지키지 않고 있다던데."

"도대체 누구에게 그런 얘길 들은 것이오?"

호문량이 격하게 반응하는 걸 보고 진도운은 씩 웃었다.

"자네가 물어야 할 건 그게 아니지."

"어째서 작금의 대나귀를 물러나게 하려는 것이오?"

"그래. 그걸 물어야지. 그리고 답을 하자면 대나귀가 먼저 나를 죽이려고 했거든."

"……."

호문량의 눈동자가 흔들렸다. 그건 예상하지 못한 말이었다.

"자네도 알다시피 내 이름 뒤에 항상 따라다니는 말이 있잖아."

백우결이란 이름 뒤에 늘 황제가 공언한 게으름뱅이에 여자나 밝히는 호색한이란 말이 따라붙었다. 호문량이 그걸 모를 리 없었다.

"알고 있소."

"그래서 내가 백선문의 제자라는 게 알려지면 안 된다더군. 게다가 나 같은 놈이 천수악 스승님의 첫 번째 제자라는 게 소문이 나면 백선문의 숭고한 명예가 더럽혀질 거라더군."

호문량은 피식 웃었.

"작금의 대나귀는 백선문이 고결하길 원하오. 한 점의 떼조차 묻지 않는 순백을 말이오. 그리고 그걸 위해서라면 뭐든지 할 사람이오."

"그러니까 자신의 스승을 죽이고 나까지 죽이려고 했던 거겠지."

"작금의 대나귀가 그간 벌여온 짓에 비하면 그건 아무것도 아니오."

호문량이 부르르 뺨을 떨며 말했다. 그의 눈동자는 분노하면서도 한편으로는 두려움에 떨고 있었다.

"그러니까 대나귀를 몰아내자니까."

"이건 나 혼자 결정할 일이 아니오. 다른 시나귀들과 의논을 해봐야겠소."

"시나귀들끼리 서로 내통하고 있었나?"

"그렇소."

진도운은 더는 캐묻지 않았다. 그 의도가 뻔히 보였기 때문이다.

'대나귀 때문이겠지.'

무엇보다 시나귀들이 서로 알고 지내고 있다면 진도운에게 더욱 유리했다. 굳이 다른 시나귀들을 찾아가거나 일일이 설득할 필요가 없기 때문이다.

"그럼 나중에 다시 오지."

진도운은 몸을 돌리며 말했다. 그리고 그가 문고리를 잡고 문을 열려는 순간.

"그냥 가버리는 것이오?"

"그럼? 할 말이 더 남았나?"

"내가 대나귀를 찾아가 방금 나누었던 대화를 다 말할 수도 있지 않겠소?"

"상관없다."

진도운은 무심한 얼굴로 대답했다.

"……."

"앞으로 만금성을 이끌어 가다 보면 대나귀는 언젠가 내 이름을 듣게 될 테고, 그럼 내가 천목수를 익혔다는 사실과 관계없이 나를 죽이려 들 것이다."

그의 말이 옳았다. 지금 자신이 말해봤자 그 시기를 앞당기는 것뿐 결과적으론 달라지는 게 없었다.

진도운은 별말 없이 전장 밖으로 나갔고 홀로 남은 호문량은 털썩 주저앉으며 무언가를 골똘히 생각했다.

‡

안휘성의 북쪽 땅에 만금성의 깃발이 떠오르며 무림 전역의 눈들이 만금성과 남궁세가에 집중되었다. 어찌 보면 그건 자연스러운 일이었다. 철마방과 남궁세가의 앞마당에서 만금성이 개문을 한 것도 모자라 철마방까지 함락했으니, 이제 남은 두 세력에 시선이 모이는 건 당연했다. 그리고 또한 무림 전역에선 자연스럽게 그 둘의 격돌을 예견하고 있었다.

세상이 떠들썩한 이때, 남궁세가의 뒤뜰에 있는 누각 안에서 조용히 차를 마시는 두 사람이 있었다. 그중, 한 사람은 올곧은 인상에 허리를 꼿꼿이 바로 세우고 있는 중년남성이었다.

그는 하얀 경장 위에 녹색 비단 장삼을 걸치고 있었는데 그 복장이 그의 무겁고 단단해 보이는 분위기와 잘 어울렸다. 그가 바로 남궁세가의 가주, 남궁일이었다.

"재밌지 않소?"

그가 나직한 목소리로 말을 이었다.

"언제는 전 무림이 만금성을 가만 두지 않을 것처럼 굴더니 이제는 안휘성 안에서 벌어지는 세력 다툼인 것처럼 지켜만 보고 있소."

남궁일의 앞에서 지그시 미소를 짓고 있는 자는 짧은 머리칼에 회색 단삼을 입고 있는 사내였다. 그는 체구가 좀 있고 얼굴도 둥글둥글해서 사람 좋아 보이는 냄새를 풍기고 있었다.

"만금성이 철마방을 무너트리면서 뒤늦게나마 만금성에 대해 경각심이 생긴 거지요. 그러니 한 발씩 물러나서 남궁세가가 대신 처리해주길 기다리고 있는 것이오. 그럼 손도 안 대고 코를 푸는 격이니……."

그 사내가 부드러운 목소리로 말했다. 하지만 그를 바라보는 남궁일의 눈빛은 바늘처럼 뾰족하게 서 있었다.

"소호께선 만금성이 철마방을 멸문시킬 거라는 걸 알고

있었소?"

소호, 눈앞에 있는 사내의 이름이었다.

"그것까진 몰랐습니다. 다만 만금성이 만반의 준비도 없이 개문할 거라 생각지 않았습니다."

"그렇소?"

"만금성이 아무런 대책도 없이 개문을 하며 중원에 뿌리는 돈을 끊지 않았을 겁니다. 아마 중원 전역에서 게거품을 물고 달려들 거란 걸 알고 있었을 텐데 말이죠. 그런데도 개문을 했다는 건 뭔가 믿는 구석이 있다는 뜻 아니겠습니까?"

남궁일도 동의한다는 듯 고개를 끄덕였다.

"나도 그럴 거라 생각했소."

"그래서 드리는 말씀입니다만, 이제 남궁세가도 슬슬 대비를 해야 하지 않겠습니까?"

그 말에 남궁일은 피식 웃었다.

"하고 싶은 말이 무엇이오?"

"전력 면에서 따지자면 철마방은 남궁세가에 크게 밀리지 않습니다. 그럼 남궁세가도 만금성에……."

그 순간 남궁일이 들고 있던 찻잔을 소리 내서 내려놓으며 소호의 말을 끊었다.

"남궁세가가 이제 막 개문을 한 만금성 따위에 흔들릴 것 같소?"

"철마방이 당했습니다. 조금은 경각심을 가질 필요가 있습니다."

"내가 보기엔 오히려 소호께서 본 가를 우습게 보는 것 같소."

그의 전신에서 묵직한 기운이 뻗쳤다. 그 기운이 소호에게 향한 건 아니었지만 소호는 눈앞에 태산을 마주한 것처럼 거대한 압박감을 느꼈다.

'하여간 남궁세가는 물러날 때를 모른다니까.'

남궁일이 풍기는 기운에서 고스란히 드러나듯 예로부터 남궁세가의 사람들은 하나 같이 남자답기로 유명했다. 하지만 소호는 그런 남궁세가를 볼 때마다 항상 답답함을 느꼈다.

'남자다움이 지나쳐. 그래서 때로는 우직하게 보일 때도 있지.'

소호는 그런 자신의 생각을 한 번도 드러낸 적이 없었다. 그래서 이번에도 짐짓 미소를 띠울 뿐이었다.

"남궁세가에 본 문의 도움은 필요 없을 것 같군요."

"그렇소."

남궁일은 단호하게 말하며 산악처럼 뻗친 기세를 거둬들였다.

"나중에라도 본 문의 도움이 필요하면 언제든지 말씀하시지요."

"그럴 일 없을 것이오."

남궁일의 눈빛은 한 점의 흐트러짐도 없었다. 하지만 소호는 개의치 않고 빙글빙글 웃었다.

"아무래도 오늘 제가 헛걸음을 한 것 같습니다."

"그런 것 같구려."

"그래도 이왕 온 김에 남궁세가에서 며칠 신세를 져도 되겠습니까? 남궁세가에 머물면서 그 유명한 황산에 좀 유람을 다녀올까 합니다만……."

남궁일은 그 의도가 뻔히 보이는 말에 덤덤히 미소를 지었다.

'본 가가 어떻게 움직이는지 지켜보려는 속셈이겠지.'

하지만 그는 내색하지 않고 고개를 끄덕이며 소호가 머무는 걸 허락했다. 그는 소호에게 남궁세가의 진정한 힘을 보여줄 생각이었다.

소호가 떠난 자리에 빈 찻잔이 남아있었다.

남궁일은 그 빈 찻잔을 바라보다가 문득 고개를 돌렸다. 그곳에서 젊은 청년이 서찰을 손에 꾹 말아 쥔 채 다가왔다.

"그게 무엇이냐?"

"만금성에서 온 서찰입니다."

남궁일의 눈빛이 흔들렸다.

'갑자기 만금성에서 서찰이 왔다고?'

남궁일은 청년이 건네준 서찰을 받아 단숨에 읽어 내려갔다. 그의 시선이 내려갈수록 그의 얼굴이 굳어져 갔다.

옆에서 지켜보던 청년은 뭔가 심상치 않은 분위기를 감지하고 남궁일의 눈치를 살폈다. 그런데 서찰을 끝까지 다 읽은 남궁일의 입꼬리가 미묘하게 꿈틀거렸다.

"이렇게 나올 줄 몰랐는데."

"왜 그러십니까?"

청년이 옆에서 조심스럽게 물었다.

"만금성에서 긴히 할 얘기가 있다고 사람을 보낸다는구나."

"예?"

청년이 눈을 휘둥그렇게 뜨며 말했다.

"지금 같은 상황에 할 얘기가 뭐가 있다고……."

남궁일은 서찰을 다시 청년에게 건넸다.

"갖다 버려라."

"알겠습니다."

청년은 서찰을 받으며 허리를 숙였다. 그리고 청년이 누각에서 물러나려는 찰나 남궁일이 다시 그를 불러 세웠다.

"잠깐."

"예."

청년은 몸을 돌리다 말고 멈춰 섰다.

"종이하고 붓을 내오너라."

"그럼 만금성의 성주를 오라고 하시는 겁니까?"

"굳이 오겠다는 걸 말릴 필요는 없을 것 같구나."

"알겠습니다."

청년은 허리를 숙이며 종이와 붓을 가지러 쪼르르 달려 갔다.

‡

집무실 안으로 들어온 진도운은 남궁세가에서 온 서찰을 읽다가 자신을 따라 들어온 사평호에게 그 서찰을 넘겼다. 그리고 자신은 의자에 몸을 파묻으며 앉았다.

"역시 남궁세가요. 물러서는 법이 없소."

"그럴 줄 아시고 서찰을 보낸 것 아닙니까?"

"그렇긴 하오."

사평호가 소리 내서 껄껄 웃었다.

"가서 뭐라고 할 작정이십니까?"

"장부를 가지고 가서 그동안 받은 돈 다 토해내라고 할 생각이오."

"그런다고 남궁세가에서 순순히 돈을 내놓겠습니까?"

진도운은 씩 웃었다.

"그럴 리가 있소?"

"한데, 그렇게까지 하실 필요 있습니까? 그냥 쳐들어가 라 명령을 내려도 제금사휘단의 무인들은 군말 없이 잘 쳐 들어갈 겁니다."

"내가 왜 철마방에서 보낸 사자들이 먼저 공격을 했다고 억지를 부린지 아시오?"

사평호가 고개를 갸웃거렸다.

"껄껄. 전 그냥 성주님이 철마방 놈들을 괴롭히려고 그러신 줄 알았습니다만."

"뭐, 그런 것도 있소만 다른 이유도 있소."

"그게 뭡니까?"

"다른 문파들이 끼어들지 못하게 최소한의 명분을 만드는 것이오."

사평호는 그제야 고개를 끄덕였다.

"그런 것까지 생각하고 계셨습니까?"

"특히 백도는 협을 행한다든가 정의를 지킨다는 핑계로 이곳저곳 잘 끼어드오. 몇 놈 끼어드는 건 상관없지만 백도 전체가 핑계를 대고 끼어든다면 꽤 골치 아파질 것이오."

진도운은 늘 마음속에 구야혈교를 마음에 두고 있다. 그들과 비등한 전력을 가지고 있어야지 자신의 안위가 안전했다. 그런데 백도 전체와 맞부딪히게 되면 틀림없이 만금성도 큰 손해를 입을 터. 그럼 자연스럽게 구야혈교에 밀리게 된다.

'만금성의 분노는 풀어줘야 하니…….'

그래서 억지로나마 최소한의 명분을 만들고 만금성의 돈을 받았던 문파를 하나씩 처리해갈 생각이었다.

"그나마 남궁세가 놈들은 자존심이 세서 쉽게 다른 문파에 도와달라고 요청을 하지 않을 것이오."

사평호는 껄껄 웃으면서 고개를 끄덕였다. 하지만 그는

웃고 있는 얼굴과 달리 속으로는 진도운을 보며 감탄하고 있었다.

'보통 힘을 가지면 힘에 취해 앞뒤 못 가리고 미쳐 날뛰기 마련이건만…….'

진도운은 그러지 않았다. 절제할 줄 알았고 머리도 쓸 줄 알았다.

'겉보기에 힘으로 막 나가는 거 같아도 하나하나 생각하고 움직이는 거였군.'

그 순간, 사평호는 자신이 만금성 안에 있다는 걸 다행으로 여겼다.

"그래도 다른 문파에서 끼어든다면 어떻게 하실 생각입니까?"

"그때는 본보기를 보여줄 생각이오."

"본보기라 함은……."

진도운은 굳이 그 말에 대답하지 않았다.

노인 한 명을 태운 말 한 마리가 터덜터덜 걸으며 남궁세가로 향했다. 그 노인은 금테로 둘러싸인 백색 장삼을 입은 사평호였다. 그런데 늘 버릇처럼 껄껄 웃던 그의 입가에 지금은 어이가 없다는 듯 실소만 새어나왔다.

"성주님. 이거 너무하신 거 아닙니까?"

그가 아무것도 없는 허공에 푸념을 늘어놓았다. 그러자 그의 귀로 익숙한 음성이 스며들었다.

[뭐가 불만이오?]

진도운의 전음이었다. 그는 지금 혈아세인술을 펼쳐서 은신한 상태로 사평호를 따라가고 있었다.

"남궁세가에 이 힘도 없는 노인네를 혼자 보내면 되겠습니까?"

[나도 철마방의 방주를 혼자 만나러 갔소.]

"하아……. 성주님은 이미 완성된 신환성체를 갖추고 계시지 않습니까?"

사평호가 긴 한숨을 내쉬며 말했다.

[신환방의 방주가 뭘 그리 걱정하는 것이오?]

"지금쯤 남궁세가가 잔뜩 예민해 있을 텐데, 이럴 때 만금성의 사람이 찾아간다는 건 벌집을 건드리는 거나 마찬가지입니다."

[내 말하지 않았소? 일부러 남궁세가를 자극하러 가는 거라고.]

사평호가 갑자기 미친 사람처럼 껄껄껄 웃어댔다.

"제가 갈 줄은 몰랐지요."

[걱정 마시오. 사 장로 옆에 꼭 붙어있을 테니.]

"껄껄……."

그의 웃음소리가 점점 흐릿해졌다.

남궁세가의 정문 앞에 남궁세가의 가주 남궁일이 직접 나와 있었다. 그의 뒤에는 남궁세가의 무인들이 하나 같이

눈을 부리부리하게 키우고 살벌한 눈빛을 쏟아내고 있었다. 그런 그들의 앞에서 남궁일은 홀로 진중한 눈빛을 내비쳤다.

'올 때가 됐는데.'

순간, 정면을 보고 있는 그의 눈빛이 흔들렸다. 저 멀리서 이곳으로 오고 있는 사평호를 발견한 것이다.

'한 명?'

남궁일은 보면서도 믿을 수 없었다. 현재 안휘성에 흐르는 무거운 기류를 만금성이 모를 리 없을 텐데, 적진이나 다름없는 남궁세가에 달랑 한 명만 보내다니……

'무슨 속셈이더냐?'

남궁일은 당황했던 기색을 지우고 힘 있는 굵은 미소를 떠올렸다. 어느새 사평호가 이 앞까지 다가왔기 때문이다.

사평호는 말에서 내리며 포권을 취했다.

"만금성에서 온 사평호입니다. 부족하지만 만금성에서 장로 직에 있습니다."

만금성의 사람을 보는 것도 흔치 않을 지언데 그곳의 장로가 왔다고 하니 남궁일은 속으로 적잖게 동요했다.

"남궁세가의 가주, 남궁일이오."

남궁일은 가볍게 포권을 취하며 슬쩍 사평호의 얼굴을 훑었다. 역시나 한 번도 본 적이 없는 얼굴이었다.

"이렇게 만나게 되니 반갑습니다."

사평호가 껄껄 웃으며 말했다.

"나 역시 반가운 마음이오."

"사실 이렇게 남궁 가주님께서 직접 나와 계실 줄 몰랐습니다."

"만금성에서 사람을 보내는 건 드문 일이라 체면 불구하고 나왔소."

"껄껄. 이거 참 부담이 되는구려."

"그럴 필요 없소. 그냥 편하게 있다 가시면 되오."

"그럼 염치 불구하고 신세 좀 지겠습니다."

그 둘은 화기애애한 말을 주고받았으나 그들의 뒤에서 벽처럼 줄지어 서있는 남궁세가의 사람들은 연신 심각하게 얼굴을 굳혔다. 그 와중에 몇몇 이들은 만금성 사람을 직접적으로 보게 된 건 처음이라 놀란 듯 눈빛이 흔들리는 사람도 있었다.

"안으로 드시구려."

남궁일이 앞장서서 문턱을 넘으며 말했다. 뒤이어 사평호가 안으로 들어갔고 그 뒤를 꼬리처럼 남궁세가의 무인들이 따라붙었다.

남궁세가로 들어서자마자 선이 굵고 웅장한 건물들이 양옆으로 즐비해 있는 광경을 볼 수 있었다. 게다가 중간 중간 껴있는 초록 나무들조차 울창해서 가문 전체에 힘이 넘쳐흐르는 것처럼 느껴졌다. 그리고 그 때문인지 대체로 목조 건물이 많음에도 불구하고 고즈넉한 분위기는 딱히 느껴지지 않았다.

그리고 남궁세가는 외원과 내원으로 나뉘어져 있었고 그 사이에 두꺼운 벽이 끼어 있었다. 그리고 그 벽 말고도 외원과 내원 사이에 빈 공간이 있어서 둘 사이에 상당히 거리가 있었다. 그래서 보통 대부분의 사람들이 외원에 머물렀고 내원에는 장로들처럼 주요 요직을 맡고 있는 사람들이 지냈다. 또한 외원에서 머물며 일을 하러 내원으로 들어오는 경우도 있었다. 그만큼 내원은 중요한 곳이어서 외부인이 내원까지 들어오는 경우는 흔치 않았다.

그런데 사평호는 남궁일을 따라 내원 안쪽까지 들어왔다. 그럴수록 건물 안에서 지켜보는 이들의 시선들이 화살처럼 날아들어 온 몸을 후벼 팠다.

'과연 남궁세가로군.'

이들이 풍기는 기운도 그렇고 이들의 성정도 숨김없이 드러내는 게 풍문으로 듣던 남궁세가다웠다.

"이쪽이오."

남궁일을 따라 들어간 곳은 남궁세가에서 가장 으리으리한 대청이었다. 그런데 그곳으로 들어서자 입구에서부터 쫓아온 남궁세가의 무인들이 대청 앞에 멈춰서며 입구를 막았다. 그리고 대청 안에는 고상한 풍모를 지닌 노인들이 앉아 있다가 남궁일이 들어오는 걸 보고 벌떡 일어섰다.

"가주님을 뵙습니다."

그들의 단결된 음성에 사평호는 눈썹을 들썩였다.

'남궁세가의 장로들이군.'

그 장로들이 앉아있는 탁상 위에서 진한 차향이 올라오고 있었지만 그걸 느낄 수 없을 만큼 장로들의 눈빛은 예리했다.

남궁일은 장로들에게 사평호를 소개하고 자신은 상석에 가서 앉았다. 그에 정중하게 포권을 올린 사평호는 남궁일의 맞은편에 앉았고 장로들은 그 양옆에 착석했다.

"만금성에서 사람을 보내겠다는 서찰을 받고 많이 당혹스러웠소."

남궁일이 앉자마자 말했다.

"껄껄. 그렇습니까?"

"사실 만금성이 철마방을 멸문시켜놓고 우리에게는 대화를 하자고 하니 뭐 다른 속셈이 있나 싶었소."

"저희는 철마방과도 대화를 시도했지만 철마방 측에서 먼저 저희를 공격했습니다."

"나 또한 마을에 나붙은 벽보를 보았소. 그 벽보에 따르면 철마방에서 80명의 무인들을 보내 만금성을 겁박했다고 들었소만……."

"맞습니다. 사실 저희는 평화를 추구하는데 철마방 측에서 참……."

사평호가 안타깝다는 듯 혀를 차며 말했다. 그에 남궁일이 덤덤히 미소를 지었다.

"그럼 오늘 이렇게 오신 것도 어떤 평화적인 협상을 위한 거라 생각해도 되겠소?"

"당연하지 않겠습니까? 껄껄껄."

사평호가 기분 좋게 웃었다. 하지만 다른 사람들은 웃음기 없는 표정으로 사평호를 바라봤다. 그들은 사평호의 말을 믿지 않았다.

"만금성에서 서찰이 온 뒤로 많이 생각해봤소. 도대체 만금성에서 우리에게 무슨 볼 일이 있어서 찾아오겠다고 한 건지 마땅히 떠오르는 게 없었기 때문이오."

남궁일은 바로 본론을 꺼냈다.

"그렇습니까? 저희는 한 가지 꼭 할 말이 있습니다만……."

남궁일과 장로들의 시선이 사평호에게 쏠렸다. 그에 사평호는 품속에서 조용히 책 한 권을 꺼내 내밀었다.

"그게 무엇이오?"

"직접 보시면 알 겁니다."

남궁일이 손을 뻗어 그 책을 집었다. 그리고 책을 펼쳐서 안을 들여다본 순간, 뺨을 씰룩거렸다. 그 책은 그동안 만금성에서 남궁세가에 자금을 융통한 기록이 금액과 함께 상세하게 적혀 있는 장부였다.

"이런 걸 일일이 적어놓고 계신 줄 몰랐소."

"본래 저희들이 돈 계산 하나만큼은 철저하게 합니다."

"돈 계산이라……."

왠지 사평호가 할 말을 알 것 같았다.

"저희들이 그동안 융통했던 자금을 회수하려 합니다."

"……"

남궁일은 침착하게 고개를 끄덕였지만 장로들은 어이가 없다는 듯 하나 둘 탄식을 내뱉었다.

"거기에 적힌 원금만 갚아 주시면 저희는 별 다른 조치를 취하지 않을 겁니다."

"원금을 갚지 않으면 별 다른 조치를 취하겠다는 것이오?"

"아마도 그렇지 않겠습니까?"

"그 조치라는 게 뭔지 궁금하구려."

"뭐가 있겠습니까? 당연히 철마방에게 그랬던 것처럼 똑같이 대응하는 거지요."

콰득!

그때, 장로들 중 한 명이 탁상을 꽉 움켜쥐며 살벌한 기운을 내뿜었다.

"도대체 본 가를 얼마나 우습게 알면 본 가의 한복판에서 그딴 말을 내뱉는단 말이오?"

그가 내뿜는 기운은 강대하게 뻗쳐가 사평호의 정면을 찍어 눌렀다. 그런데 그 기운을 정통으로 받은 사평호는 안색 하나 변하지 않고 오히려 허허 웃었다.

"아직 말이 다 끝나지도 않았는데 벌써부터 이렇게 나오시면 곤란합니다."

"……!"

28

기운을 쏟아냈던 장로가 돌연 눈을 번쩍 떴다. 사평호가 자신의 기운을 가볍게 받아내자 놀란 것이다.

"진정하시오."

남궁일의 말에 그 장로가 기운을 거둬들였다.

"사 대협께서 갑자기 그리 말씀하시니 당혹스럽구려."

이어지는 남궁일의 말에 사평호가 쑥스럽다는 듯 손을 저었다.

"저 같은 놈이 대협은 무슨……."

"하지만 그동안 만금성에서 융통해준 돈을 다시 달라고 하는 건 너무 억지를 부리는 것 아니요?"

"억지라니요?"

"애초에 자금을 줄 때는 일언반구도 없다가 이리 갑자기 달라고 하니 당황하지 않을 수가 없잖소? 따지고 보면 우리가 무슨 계약을 맺은 것도 아니고 다시 되갚는다는 서류를 남긴 것도 아닌데 말이오."

남궁일은 덤덤한 목소리로 말을 이었다.

"그리고 누가 들으면 우리가 그 돈을 아무런 대가도 없이 받은 건 줄 알겠소."

"대가가 있었습니까?"

"우리는 그동안 안휘성 남쪽에 있는 만금성의 사업장들을 보호해주고 있었소. 우리 가문 전체가 움직인 걸 비용으로 매기자면 만금성에서 준 돈으로는 부족하오. 오히려 우리가 더 받아야 하오."

"껄껄껄."

사평호는 웃기만 했다.

"말이 나온 김에 그 비용을 만금성 앞으로 청구하리다. 그동안 우리가 만금성의 사업장을 돌봐주고 무림에서 만금성을 지켜준 대가를 받아야겠소."

사평호가 갑자기 벙어리라도 된 듯 대꾸가 없자 남궁일은 속으로 흡족해하고 있었다.

'그 속이 뻔히 보이는 수작에 우리가 넘어갈까?'

남궁일은 그 장부를 사평호 앞으로 휙 던졌다.

"그 장부에 적힌 것도 믿을 수 없소. 우리가 그동안 만금성에서 받은 건 겨우 입에 풀칠할 정도 밖에 되지 않는데 거기에 적힌 건 수백 배는 과장되게 부풀려 있소."

그 말에 사평호의 미소는 더욱 진해졌다.

"그동안 만금성에서 보낸 돈이 겨우 입에 풀칠할 정도밖에 안 됐습니까?"

"그 쥐꼬리만 한 비용밖에 주지 않으니 우리가 날로 적자를 겪고 있소. 그러니 이번 기회에 제대로 값을 치러줬으면 하오."

사실 만금성에서 주는 돈은 남궁세가가 자체적으로 벌어들이는 돈보다 많았다. 그리고 장부에 적힌 금액도 동전 한 닢 틀리지 않을 만큼 정확했다. 하지만 남궁일은 뻔뻔하게 아니라고 우겼다. 저들의 말을 인정하는 순간 남궁세가는 만금성의 술수에 놀아나게 되기 때문이다.

"종이와 붓을 가져오라."

남궁일의 말에 밖에 있던 청년이 안으로 들어오며 종이와 붓을 내밀었다. 그에 남궁일은 그 종이에 무언가 적길 시작했는데, 그 내용이 사평호가 건넨 장부와 비슷했다.

"여기 우리가 만금성에 정식으로 청구하는 비용이오. 빠른 시일 안에 비용을 지불하셨으면 좋겠소."

남궁일은 단숨에 종이를 채워놓고 그 종이를 사평호에게 내밀며 말했다.

사평호는 그 종이를 빤히 내려다봤다. 그 안에는 자신이 방금 건네 장부에 적힌 금액과 똑같은 금액이 적혀 있었다. 남궁일이 장부를 보고 외운 그대로 쓴 것이라.

'즉 지금까지 내놓은 만큼 다시 내놓으라 이거군.'

더불어 양옆에서 장로들이 은연중에 기세를 풍겼다. 아까는 한 명이었지만 지금은 다수가 기운을 쏟아내니 사평호로서도 감당해내기 힘들었다. 어느새 그의 얼굴은 파리해졌으나 그는 입만큼은 웃고 있었다.

"3일 드리겠소. 3일 안으로 우리가 청부한 금액을 모두 지불해주셨으면 좋겠소."

그때였다.

[남궁 가주는 쉽게 넘어가지 않는구려.]

사평호의 귀로 진도운의 전음이 들어왔다.

[이제 어찌할까요?]

[남궁세가의 의중을 확인했으니, 그만하면 됐소.]

그 전음에 사평호는 남궁일이 건넨 종이를 집어 품 안에 넣었다.

"성주님께 말씀드려 보겠습니다."

뒤이어 일어나려는 찰나 남궁일이 사평호와 가깝게 앉아있는 장로에게 시선을 보냈다. 그러자 그 장로가 벌떡 일어나더니 사평호의 어깨를 누르고 다시 억지로 앉혔다.

"아직 가라고 하지 않았소."

사평호는 웃으면서 주변을 살폈다.

'사방이 꽉 막혔구나.'

등 뒤에 있는 대청의 입구에는 남궁세가의 정문에서부터 따라온 남궁세가의 무인들이 일렬로 서서 막고 있었고 앞에는 장로들이 서슬 퍼렇게 두 눈을 뜬 채 노려보고 있었다.

"솔직히 만금성이 무슨 꿍꿍이를 벌이고 있는 줄 모르겠소. 그래도 철마방을 무너트린 거 보면 나름 힘을 키운 것 같은데……."

"……."

"그래봤자 만금성은 이제 막 개문한 신생 문파에 불과하오. 그런 문파가 500년이 넘는 역사를 지닌 본가를 건드린다는 건 우스운 일이오."

남궁일은 한결같이 미소를 지은 채 말을 이었다.

"그동안 만금성이 남궁세가에 어떤 불만을 가지고 오늘

이리 갑자기 와서 억지를 부린 거라 생각되오. 하지만 굳이 그게 뭔지 묻지 않겠소. 그런 걸 물어봤자 구차해보이기만 할 테니…….”

“그렇습니까?”

“하지만 앞으로 만금성이 문파로 지내려면 한 가지 염두해둬야 할 게 있소.”

“그게 뭡니까?”

“문파로 바꾼 이상 만금성 역시 힘으로 돌아가는 무림의 법도에 따라야 한다는 것이오.”

“무림에 그런 법도가 있었습니까?”

사평호가 모른 척 물었다.

“그러니 본 가에 어떤 불만스러운 점이 있더라도 참으시오. 우린 만금성의 투정을 일일이 받아줄 생각이 없소. 아시겠소?”

사평호가 방긋 웃으며 고개를 끄덕였다.

“알겠습니다.”

“그리고 지금부터 하는 말은 만금성이 아니라 사평호, 그대에게 개인적으로 해주는 말이오.”

“제게 할 말이 남았습니까?”

남궁일의 눈빛이 날카롭게 빛나며 그의 손이 탁상을 내려쳤다. 그러자 '탁' 하는 소리가 울리며 문밖에 서있던 남궁세가의 무인들이 안으로 우르르 몰려들어왔다. 그리고 그들은 사평호의 뒤에 바짝 붙어 섰다.

그들이 쏟아내는 기운이 등 뒤에서 넘어와 온몸을 짓눌렀다. 그리고 동시에 정면에서 장로들의 기운도 날아들었다. 앞뒤로 몰려드는 기운에 숨이 막히는 것만 같았다. 그나마 사평호나 되니 그들의 기운을 받아내고 있는 것이었다.

"내가 지금 만약 그대를 죽이라고 명령을 내리면 그대는 어떻게 될 것 같소?"

"……."

남궁일의 말에 사평호는 짐짓 미소만 지었다.

"아니면 그대 팔이나 다리를 한 짝 내놓으라고 하면 그대는 무사히 나갈 자신이 있소?"

"……."

이번에도 사평호는 아무런 말도 없었다.

스응.

그때, 사평호의 목 언저리로 검이 들어오더니 평평한 검면으로 사평호의 뺨을 툭 쳤다.

"지금 내 말 한 마디면 그대는 이곳에서 죽는 것이오."

"껄껄껄. 보잘 것 없는 이 몸을 죽여서 뭐하겠습니까?"

"내가 보기엔 그대의 목은 충분히 가치가 있소."

남궁일은 중간 중간 장로들이 흘려보낸 기운을 사평호가 완벽하게 받아내는 걸 보고 하는 말이었다.

"나 같은 놈이 무슨 가치가 있겠습니까?"

남궁일은 피식 웃었.

"여긴 남궁세가요. 그대가 함부로 지껄일 수 있는 곳이 아니란 소리요."

"뭔가 오해가 있는 것 같습니다."

그 순간, 사평호의 목 언저리에 떠있던 검이 사평호의 목에 밀착했다.

"본 가가 우습소?"

정면에서 남궁일이 물어왔다.

"그럴 리가 있겠습니까?"

"그대가 상당한 고수란 걸 짐작할 수 있소. 하지만 아무리 그대라도 이곳에서 빠져나갈 수 없을 것이오."

앞뒤로 꽉 막혀있는 것도 모자라 목에는 검이 있었다. 게다가 이 대청을 나간다 하더라도 밖에 있는 수많은 남궁세가의 사람들이 달려들 것이다.

"그대가 다짜고짜 와서 얼토당토 않은 말을 늘어놓는데 내가 가만히 있을 거라 생각했소?"

"……"

사평호는 말없이 그를 쳐다보기만 했다. 그러자 무거운 침묵이 대청 안에 감돌았고 공기가 따갑게 느껴질 만큼 날카로운 기류가 흘렀다.

그런데 그때 남궁일은 피식 웃으며 손을 저었다. 그러자 사평호의 목 아래에 있던 검이 뒤로 빠졌다.

"기분이 어떻소?"

"껄껄껄!"

사평호가 시원하게 웃어재꼈다. 그에 다들 이상한 눈초리로 사평호를 쳐다봤지만 남궁일은 흔들림 없는 표정으로 그를 노려봤다.

"잊지 마시오. 방금 내가 그대를 살려줬다는 걸……. 그리고 그 심정을 그대의 주인에게 전하시오."

그 말에 사평호가 웃음소리를 뚝 끊었다.

사평호가 나가고 대청 안엔 장로들과 남궁일만이 남아있었다.

"이대로 보내주시는 겁니까?"

장로들 중 한 명이 대표 격으로 물었다.

"아마 사평호라는 자는 우리가 건드리길 바랐을 것이오. 그래서 이리 혼자 와서 그 말도 안 되는 억지를 늘어놓은 것 아니겠소?"

남궁일은 마을에 나붙은 벽보만 보고 정말 철마방이 먼저 공격을 한 거라고 생각하고 있었다. 그는 만금성에서 전혀 일어나지도 않은 일을 거짓으로 붙였다고 생각지도 못했다. 그래서 자신이 사평호를 건들면 만금성에서 똑같이 벽보를 붙일 거라 생각하고 사평호를 보내준 것이다.

남궁일은 장로들을 쭉 둘러보며 입을 열었다.

"식솔을 모두 모으시오. 내일 바로 만금성을 공격할 생각이오."

그 말에 장로들의 얼굴에 적잖은 동요가 일었다.

"3일 동안 기다리는 게 아니었습니까?"

"3일 동안 기다리면 만금성이 돈을 내줄 것 같소? 나는 그저 저쪽에서 억지를 부리길래 똑같이 억지로 응한 것뿐이오. 그리고 3일 뒤엔 이미 우리가 쳐들어올 걸 예상하고 모든 준비를 끝내고 있을 것이오. 그러니 내일 바로 가야하오."

"만금성은 철마방을 무너트렸습니다. 그리 쉽게 잡을 순 없을 겁니다."

"알고 있소. 하지만 지금은 그때와 다른 게 있소."

"그게 뭡니까?"

"지금 만금성은 철마방의 영역이었던 안휘성의 북쪽 땅을 차지하고 있소. 그 넓은 땅을 지키려고 현재 만금성의 사람들을 모두 흩어지게 놓았소."

그때, 조용히 있던 다른 장로가 조심스럽게 끼어들었다.

"철마방이 만금성의 사업장을 치러갔다가 총타를 공격받았다는 소문도 있습니다."

"그래서 우리는 곧바로 만금성으로 진격할 것이오."

장로들이 눈을 부릅뜨며 남궁일을 쳐다봤고 남궁일은 여전히 덤덤한 음성으로 말을 이었다.

"만금성이 크니 좌우로 흔들어놓을 수 있을 것이오. 설사 철마방 때처럼 비어있는 본 가를 노린다고 하더라도 우리는 멈추지 않았을 것이오. 우리도 똑같이 만금성을 노리면 되오."

즉, 물러서는 쪽이 지는 것이었다. 그리고 그건 남궁세가의 거친 성정이 그대로 묻어나는 계획이었다. 하지만 장로들은 그 계획이 마음에 들었는지 다들 흡족한 미소를 띠며 분주하게 대청 밖으로 나갔다.

‡‡

남궁일은 밤늦게까지 세밀하게 만금성을 칠 준비를 하고 처소로 돌아와 곧장 침상 위에 누웠다. 그는 항상 버릇처럼 침상 위에 자신의 검을 놓은 채 곤히 잠들었고 밤은 깊어만 가 어느덧 새벽에 이르렀다.

"으음……."

잠결에 몸을 뒤척이던 남궁일은 문득 손끝에 뭐가 걸리는 걸 느끼고 눈을 번쩍 뜨며 침상 옆으로 고개를 돌렸다. 그곳에는 캄캄한 처소 안에서 침상 옆에 딱 붙어 우두커니 서 있는 여러 인영(人影)들이 있었다.

"누구냐!"

남궁일은 벌떡 몸을 일으키며 그 인영들을 노려봤다.

그런데 자세히 보니 다들 익숙한 얼굴들이었다.

"장로님들이 어째서……."

지금 침상 옆에 바짝 붙어 서 있는 일단의 무리는 다름 아닌 남궁세가의 장로들이었다. 분명 자신과 함께 밤늦게까지 출정 준비를 하고 각자의 처소로 돌아갔건만, 왜 자신

의 처소에 이렇게 모여 있는 건지 감조차 잡히지 않았다.

'이상하군.'

그 장로들을 유심히 쳐다보던 남궁일의 눈빛이 급격히 흔들렸다.

'숨소리가 들리지 않는다!'

그 장로들은 똑바로 서 있는 것과 달리 숨을 쉬고 있지 않았다. 심지어 눈마저도 초점이 없어 어둠을 응시하고 있는 것처럼 보였다.

남궁일은 눈을 휘둥그렇게 떴다가 이내 미간을 모았다. 그는 지금 이 상황을 믿을 수 없었다. 남궁세가의 한복판에서 남궁세가의 장로들을 죽인 것도 모자라 가주인 자신의 처소에 갖다 두다니.

'그러고도 몰랐단 말인가?'

그 모든 일이 벌어지는 동안 자신은 아무것도 느끼지 못했다. 순간, 등골이 오싹해지는 걸 느꼈다.

"낮에 보니 제법 머리를 굴리더군."

그때, 방구석에서 음산한 목소리가 튀어나왔다.

"누구냐!"

그에 남궁일이 방구석으로 고개를 휙 돌렸다.

어둠이 쑤셔 박힌 그곳에 웬 젊은 사내 한 명이 편안한 자세로 의자에 앉아있었다. 그 사내는 바로 진도운이었다.

'이렇게 가까이 있는데도 기척을 느끼지 못했다니.'

남궁일의 눈이 급히 좌우로 움직였다. 하지만 그를 제외하곤 다른 사람은 보이지 않았다.

"네놈은 누구냐?"

그가 어금니를 꽉 깨물며 물었다. 하지만 진도운은 말없이 손을 들었다. 그리고 그 순간, 남궁일의 정면으로 공기를 찢어발기는 포악한 기운이 깃들었다.

쾅앙!

침상 위에 있던 남궁일의 몸이 걸레짝처럼 튕겨 나가 침상 바로 뒤에 붙어있는 벽에 처박혔다.

"끄으……."

남궁일의 신형이 침상 위로 미끄러졌다. 어느새 그의 앞섬은 손으로 쥐어뜯은 것처럼 너덜거렸고 새빨갛게 달아오른 배와 가슴이 훤히 드러나 있었다. 하지만 정작 남궁일은 가슴뼈가 으스러질 것 같은 고통에 앞섬을 추스를 생각도 못 했다.

"그걸 버텨낸 건가?"

진도운은 히죽 웃으며 말했다.

"쿨럭!"

뒤늦게 피를 한 움큼 쏟아낸 남궁일이 입가에 묻은 피를 손등으로 쓱 닦았다. 그러다가 문득 침상 끝으로 손을 뻗어 그곳에 놓여있는 검을 집었다.

채앵!

단숨에 검을 뽑아든 남궁일은 침상 위에 서서 자세를

잡았다.

피식.

실소를 흘린 진도운의 몸이 돌연 흐릿하게 변했다. 동시에 그의 신형이 쏜살처럼 튀어나가 침상 위로 올라갔다. 그리고 그대로 남궁일의 품으로 파고들며 남궁일의 배를 발로 밀어 찼다.

퍼억!

새우등처럼 등이 휜 남궁일의 신형이 침상 바로 옆에 붙어있는 벽에 쳐 박혔다.

"끄어……."

남궁일은 노란 침을 주르륵 흘리며 지금 이 상황을 믿을 수 없다는 듯 입을 쩍 벌렸다. 어느새 눈앞에 있던 진도운의 모습이 사라지고 다시 방구석에 있는 의자 위에 나타났다. 그때 그의 손엔 방금 전까지 자신이 들고 있던 검이 쥐어져 있었다.

진도운은 그 검을 방바닥에 꽂았다.

콱!

검이 깊숙이 박히며 흔들림 없이 섰다.

"누, 누구냐? 어서 정체를 밝혀라."

남궁일은 한 글자씩 힘겹게 말을 내뱉었다.

"……."

하지만 진도운은 말없이 노려보기만 했다.

바득.

남궁일은 어금니를 꽉 깨물며 진도운을 노려봤다. 하지만 정작 할 수 있는 건 없었다. 방금 전의 한 수로 명확한 힘의 차이를 깨달았기 때문이다.

'왜 이리 조용하지?'

이상했다. 방금 자신이 당하면서 큰 소리가 몇 번씩 났음에도 불구하고 밖에선 아무런 기별도 없이 바다처럼 고요하기만 했다.

'다들 지쳐서 곯아떨어진 건가?'

남궁일은 조용히 내공을 모아 다리에 실었다. 그리고 문쪽을 슬쩍 한 번 보고나서 곧장 몸을 날렸다.

콰앙!

남궁일은 몸으로 문을 들이박아 깨부수며 밖으로 나왔다. 그런데 그의 신형이 문지방을 넘자마자 뚝 멈춰 섰다.

"이, 이럴 수가……."

남궁일의 얼굴에 정말이 깃들었다.

밖에는 땅바닥에 쓰러져 있는 수많은 시신들이 널브러져 있었다. 그리고 고개를 돌리면 창문과 문이 벌컥 열려서 그 안에 피를 토해내며 소리 없이 죽어간 남궁세가의 사람들이 보였다. 심지어 창문에 걸쳐 빨래처럼 널려 있는 시신들도 있었다.

"아직 외원에 있는 놈들은 살아있다."

문득 등 뒤에서 넘어온 목소리에 남궁일은 고개를 바짝 치켜들었다. 그러자 저 멀리 보이는 외원에서 멀쩡히 살아

움직이는 사람들이 보였다. 가까이에 있는 자신조차 아무 것도 못 느꼈는데 어찌 저 멀리 떨어져 있는 외원에서 느낄 수 있겠는가? 외원에는 아무것도 모른다는 듯 고요한 평화 가 깃들어 있었다.

"아직은 살아있지. 아직은……."

그때, 진도운이 남궁일의 뒤에 바짝 붙으며 나직한 목소 리로 말했다.

"……!"

남궁일은 귓불에 닿는 낯선 숨결에 놀라 어깨를 움찔 떨 었다가 이내 있는 힘을 다해 소리를 질렀다.

"침……으읍!"

하지만 채 한 글자도 말하기 전에 진도운의 손이 뒤에서 넘어와 그의 하관을 꽉 움켜쥐며 입을 막았다.

"밤에 시끄럽게 떠들면 안 돼지."

진도운은 다시 그의 귀에다 대고 속삭였다. 그리고 그 순 간, 남궁일은 자신의 몸이 누가 잡아당기기라도 하는 것처 럼 뒤로 쭉 빠지는 걸 느꼈다.

후우우욱!

남궁일의 신형이 거친 바람을 타고 다시 처소 안으로 되 돌아와 침상 위에 나가 떨어졌다. 다행히 침상이 푹신해서 별 다른 피해는 입지 않았지만 자신이 힘 한 번 못 쓰고 끌 려온 걸 깨닫고는 죽을 듯이 괴로워하며 고개를 푹 숙였 다.

"고개를 들어라."

문득 방구석에서 냉랭한 음성이 피어났다.

"크윽!"

남궁일이 고개를 들지 않고 버티자 방구석에서 무형의 기운이 불쑥 튀어나오더니 남궁일의 턱을 움켜쥐고 위로 쭉 끌어올린 채 놔주지 않았다.

"끄으……."

남궁일은 턱 전체를 움켜쥔 어마어마한 기운을 느끼며 꼼짝없이 얼굴을 들고 있었다. 그 때문에 방구석에서 무심하게 자신을 쳐다보고 있는 진도운을 볼 수 있었다.

그때, 진도운은 품속에서 종이 한 장을 꺼내 남궁일의 앞으로 던졌다.

남궁일은 팔랑거리며 날아든 종이를 중간이 집어 눈앞까지 들어올렸다.

"이, 이건……."

그 종이는 자신이 낮에 자신이 직접 써서 사평호에게 건넨 종이로 그 안에는 만금성에 비용을 청구하는 내용이 적혀 있었다.

"만금성에서 보낸 살수였소?"

"내가 살수처럼 보이나?"

진도운은 피식 웃으며 말했다.

"이걸 가지고 있다는 건 어쨌든 만금성과 연관이 있다는 게 아니오?"

어느새 그는 침착하게 대꾸하고 있었다.

'역시……'

진도운은 듣던 것과 달리 남궁일이 제법 신중한 인물이라는 생각이 들었다. 그건 오늘 낮에 사평호가 늘어놓은 억지에 휘말리지 않으며 사평호를 멀쩡히 보내준 것을 보고 깨달았다.

"한 가지 묻겠다."

"이 와중에 뭘 묻는단 말이오?"

"그동안 만금성에서 융통한 자금을 모두 토해낼 수 있겠나?"

남궁일의 눈빛이 흔들렸다.

"그게 말이 된다고 생각하오? 그리고 그동안 만금성이 아무런 대가도 없이 돈을 내준 것도 아니잖소. 만금성 또한 그 대가로 백도와 흑도 사이에서 일체 간섭을 받지 않고 자유롭게 커왔소."

"……"

"그건 무림에서 아무나 가질 수 있는 특권이 아니오. 그런데 그 특권을 누릴 거 다 누리고 이제 와서 돈을 달라고 하다니……. 그건 염치가 없는 짓 아니오?"

진도운은 고개를 끄덕였다.

"네 말이 맞다. 그런데 내가 물은 건 그게 아니지. 너는 그동안 우리가 준 돈을 갚을 수 있는지 없는지 그것만 말하면 된다."

남궁일이 주먹을 불끈 쥐며 부르르 떨었다. 하지만 고개는 여전히 무형의 기운에 잡혀 있어 목을 뻣뻣이 세우고 있었다.

"그런 말도 안 되는 억지를 부리다니……."

"네가 낮에 그러지 않았나? 만금성이 문파로 바뀐 이상 힘으로 돌아가는 무림의 법도를 따라야 한다고 말이다."

남궁일은 아랫입술을 질끈 깨물었지만 차마 대꾸할 말이 떠오르지 않았다. 분명 자신의 한 말이 맞았기 때문이다.

"그래서 네가 남궁세가에 어떤 불만이 있더라도 참으라고 그랬지. 우리의 투정을 일일이 받아줄 생각이 없다고 하면서 말이야."

"그, 그건……."

"그러니 너희도 억울한 게 있어도 참아야지. 안 그래? 그게 무림의 법도잖아. 약해빠진 남궁세가는 내가 말하는 대로 잘 따라야 하지 않겠어?"

남궁일의 눈알이 좌우로 움직였다. 그는 지금 최대한 머리를 쥐어짜내고 있었다. 하지만 그가 입을 열기도 전에 진도운이 마저 말을 이었다.

"다른 소리 말고 그것만 말하도록. 우리 측에서 그동안 융통한 돈을 갚을 수 있겠나?"

"없소."

남궁일은 눈을 꾹 감으며 말했다. 목을 잡고 있는 기운이 아니었다면 고개를 푹 숙였을 것이라.

"그럼, 죽어야지."

그 말에 남궁일의 눈꺼풀이 파르르 떨리며 위로 올라갔다.

"저, 정녕 내원에 있는 자들을 모두 죽인 것이오?"

"아직 네가 살아있으니 다 죽인 건 아니지."

진도운은 히쭉 웃으며 말했다. 그에 반면, 남궁일의 낯빛은 어둡게 변하긴 했으나 아직 완전히 절망에 빠진 것 같진 않았다.

내원은 남궁세가의 장로들을 비롯한 주요 요직을 맡고 있는 자들이 머무는 곳이었다. 하지만 불행 중 다행으로 그곳에 머무는 자들은 생각만큼 많지 않았다. 주요 요직이라는 건 처음부터 소수만이 맡는 거니까⋯⋯.

'대부분의 가솔은 외원에 있지.'

외원만 무사하다더라도 남궁세가를 다시 일으킬 수 있었다. 그리고 외원이 멀쩡하다는 건 이미 두 눈으로 확인했으니 남은 건 이 자의 손에서 벗어나는 것뿐이다.

"정말 돈을 받고 싶은 거라면 우리를 살려둬야 하지 않소? 그래야 우리가 돈을 벌어서 만금성의 돈을 갚지 않겠소?"

진도운은 삐딱하게 고개를 꺾었다.

"정말 갚을 생각인가? 내가 보기엔 불가능해 보이는데."

"이래 뵈도 안휘성 남쪽에 본 가의 보호를 받고 있는 사업장들이 많소. 그 사업장들이 내는 돈을 보면 만금성도 충분히 만족할 것이오."

"너희 선조들이 받은 돈까지 갚아야 한다. 그래도 갚을 생각인가?"

"본 가의 후대까지 걸쳐서 갚겠소."

진도운은 그 속이 뻔히 보이는 말에 실실 웃었다.

"확실히 철마방의 방주와 다르군. 그놈은 머리가 단단하게 굳어서 일차적인 생각밖에 못하더군. 그런데 자네는 제법 상황 파악을 할 줄 아는 것 같아."

남궁일은 재촉하지 않고 차분하게 그의 말을 듣기만 했다.

"그런데 한 가지 문제가 있단 말이지."

"그게 무엇이오?"

"지금 우리에겐 본보기가 필요하다는 거야."

그 뜬금없는 말에 남궁일의 눈빛이 파르르 떨렸다.

"본보기라니? 그게 무슨 소리요?"

"만금성의 말을 듣지 않으면 이렇게 된다는 본보기 말이다. 그런데 그 본보기가 멀쩡히 살아있으면 우리는 어떻게 되겠나? 당연히 우리를 우습게 알겠지."

씩 웃는 그의 미소에서 남궁일은 한 줄기 섬뜩한 감정을 느꼈다.

"본 가에 만금성의 깃발을 꽂겠소."

그건 얼굴이 시뻘겋게 달아오를 만큼 수치스러운 말이었다. 하지만 살아남기 위해서라면 얼마든지 할 수 있었다. 자신이 살아야지만 500년 넘게 지켜온 남궁세가의 유구한

역사가 끝나지 않기 때문이다.

'지금 이 상황만 넘기면……'

잠시 안휘성을 떠나 훗날을 도모하면 될 일이다. 그리고 지금 만금성을 못마땅해 하는 곳들이 많으니 남궁세가를 도와줄 곳도 많을 것이다.

"본 가에 머무는 외부인들이 많소. 외원을 건든다면 그 외부인들까지 무사하지 못할 것이오."

외원에 몇몇 외부인들이 머무는 것은 사실이었다. 중요한 일을 보는 내원에 손님을 머무르게 할 수 없으니 남궁세가를 찾은 손님들에게 외원에 처소를 마련해준 것이었다. 그런 외부인들을 건드리면 그들이 속한 문파들은 발끈할 것이다.

헌데, 남궁일의 말이 통한 것일까? 진도운은 그를 말없이 바라봤다. 그리고 잠시 뒤에 남궁일의 고개를 움켜쥐고 있는 기운을 거둬들였다.

"허어, 허……"

남궁일은 호흡을 가다듬으며 뻣뻣해진 목을 좌우로 움직여 근육을 풀었다. 그리고 자신의 말이 통하는 것 같으니 내심 안도를 느꼈다.

"아무리 만금성이라도 혼자서 여러 문파를 상대하긴 어려울 것이오. 더군다나 이런 무차별적인 학살은 협을 아는 백도의 문파들이 용인하지 않을 것이오."

"……"

"나를 보내주면 백도의 문파들에 내가 잘 말해주겠소."

그때, 진도운은 뻥 뚫려있는 문을 턱으로 가리켰다. 그러자 남궁일의 시선도 문밖으로 향했다.

"가 봐."

그 말에 남궁일은 침을 꿀꺽 삼키며 천천히 발을 움직였다.

침상 밖으로 나와 문밖으로 훌쩍 몸을 날린 남궁일은 그때까지 가만히 있는 진도운을 보고 단숨에 내원을 가로질러 외원까지 도달했다.

"어서 몸을 피하거라. 어서!"

남궁일은 외원의 문을 열며 소리쳤다. 그런데 그 순간, 남궁일의 전신이 그 자리에서 얼어붙은 것처럼 멈춰 서버렸다. 그의 눈앞에 아까까지만 해도 멀쩡하게 잘 돌아다니던 남궁세가 사람들의 시신이 참혹하게 널브러져 있었기 때문이다.

"아……."

그는 입을 쩍 벌리며 소리 없이 오열을 했다.

외원에 있는 시신들은 내원의 시신보다 더 참혹한 모습으로 죽어 있었고 더 많은 피를 쏟아내고 있었다. 그 때문인지 외원 전체가 피로 얼룩져서 붉게 물들어 보였다.

"네, 네 놈들이 그런 것이냐?"

남궁일은 하얗게 질린 얼굴로 시신 사이에 서 있는 흑의인들을 보았다. 그들은 검은 천으로 몸을 돌돌 말은 것도

모자라 검은 방갓을 푹 눌러쓰고 있었다. 그리고 그들의 검에선 아직도 비린내가 생생하게 나고 있는 피가 뚝뚝 떨어지고 있었다.

"어째서 이토록 잔혹한 짓을 벌이는 것이냐?"

그때였다.

저벅저벅.

남궁일의 뒤에서 진도운이 서서히 걸어 나오더니 남궁일의 옆에 섰다.

"이런……. 외원에 있는 놈들은 건들지 말라고 명령내리는 걸 깜빡 잊었군."

느긋한 그의 목소리에 남궁일은 온몸을 부르르 떨었다. 그는 지금 형용할 수 없는 두려움과 함께 활화산처럼 타오르는 분노를 같이 느꼈다.

"이거 미안해서 어떡하지?"

그는 능글맞게 웃으며 말했다.

"정녕 그대가 사람이란 말이오? 사람이면 이럴 수 없소."

"무림에서 살아가려면 때론 악마가 될 줄도 알아야 하지. 바로 지금처럼 말이야."

"도대체 왜 이러는 것이오?"

낮에 사평호가 와서 억지를 부릴 때까지만 해도 굳이 묻지 않겠다고 하던 남궁일이 이제야 그 이유를 묻고 있었다.

'누군가는 저들의 울분을 달래줘야 하거든.'

진도운은 흑객들을 훑으며 속으로 생각했다.

일전에 철마방을 칠 때 제금사휘단만 대동하고 가서 흑객들은 아무런 분도 풀지 못했다. 그래서 오늘은 제금사휘단은 만금성에 두고 흑객들만 대동하고 나타난 것이다.

"예전에 만금성에서 사람을 찾아달라고 부탁한 적이 있었지. 그런데 남궁세가는 그동안 돈을 받아먹고도 모른 척했더군."

그 말에 남궁일은 자연스럽게 한 사람을 떠올렸다.

"어떤 여인을 죽인 흉수를 찾아달라고⋯⋯."

"남궁세가는 그 부탁을 거절했지."

진도운은 철마방 때처럼 그 이유를 알려주었다. 그건 순전히 만금성의 사람들을 위해서였다. 저렇게 말함으로써 그들의 넋을 달래고 그들과의 동질감을 끌어내 충성심을 키우기 위한 것이었다.

하지만 남궁일은 그 말을 듣자마자 어처구니없다는 듯 웃었다.

"문파끼리 싸움 난 곳에서 단 한 사람만 죽인 놈을 찾아달라고 하는 걸 어찌 찾는단 말이오?"

"그래도 찾아야 했다."

단호한 그의 말에 남궁일은 고개를 푹 숙이고 주먹을 꾹 말아 쥐었다.

"여기엔 우리 가솔들 말고 외부에서 온 손님들도 있소. 그

들 문파에서 이 소식을 들으면 가만히 있지 않을 것이오."

진도운은 히쭉 웃으며 주변을 둘러봤다.

"여기 어디에도 만금성의 흔적이 남아있지 않은데, 어떻게 만금성을 친다는 줄 모르겠군."

"……!"

남궁일이 고개를 바짝 치켜들며 눈을 부릅떴다.

"남궁세가는 그저 정체를 알 수 없는 흉수들에 의해 멸문당한 것뿐이다."

"그, 그런 말도 안 되는 소리를 믿을 것 같소?"

"안 믿겠지. 네 말대로 우리를 가만 두지 않을 걸."

진도운은 씩 웃으며 말을 이었다.

"우리가 끝까지 우긴다면 저쪽에서 쳐들어와도 우리는 정당하게 그에 맞서 싸우는 것처럼 보일 테지."

남궁일은 얼굴을 악귀처럼 일그러뜨렸다.

"백도 무림에서 이번 일을 그냥 좌시하고만 있지 않을 것이오."

"내가 그런 걸 신경 쓸 것처럼 보이나? 그랬으면 애초에 남궁세가를 건들지도 않았겠지."

으득.

이를 꽉 깨물고 있던 남궁일은 어금니가 엇나가는 걸 느꼈다. 그 순간, 머릿속에서 마지막까지 남아있던 한 줄기 이성이 끊겼고 결국 그는 진도운을 향해 몸을 던졌다.

푸욱!

그 순간, 사방에서 수백 자루의 검들이 소낙비처럼 쏟아지더니 남궁일의 전신에 처 박혔다.

"끅……."

남궁일의 전신에서 피가 흘렀다. 얼굴이건, 몸이건, 가릴 것 없이 그의 몸에는 수많은 검들이 빼꼭히 박혀 있었다. 그런데도 그는 손을 뻗었다.

천천히 움직이는 그의 손이 진도운을 향했다. 하지만 진도운의 몸에 닿기도 전에 또 다른 검이 날아와 그 손에 꽂혔다. 그에 남궁일의 손이 땅바닥으로 급격히 떨어졌고 그 손을 따라 온몸이 휘청거렸다. 그리고 그대로 땅바닥에 쓰러졌다.

진도운은 그에게 눈길 한 번 주지 않고 앞만 보고 있었다. 그의 주변에 있는 흑객들만이 살벌하게 눈을 부라린 채 미동도 없는 남궁일을 노려보고 있었다.

"성주님."

그때, 외원 바깥에서 한 흑객이 다가오며 말했다.

"무슨 일이지?"

"잠시 와보셔야 할 것 같습니다."

진도운은 그 흑객을 따라 담장을 넘어 남궁세가 밖으로 나갔다. 담장 앞에는 핏자국이 쭉 나있었고 그 핏자국을 따라 가보니 어느 숲속이 나왔다.

'흑객을 피해 도망을 친 건가?'

그 숲속에 2명의 흑객들이 널브러져 있었다. 그들은 숨을 쉬지 않았고 팔이 도저히 불가능해 보이는 모양으로 꺾여 있었다. 그 기괴한 흔적은 남궁세가의 무공이 남길 수 없는 흔적이었다.

'누가 흑객을 죽였단 말인가?'

흑객들은 사평호에 의해 몸이 개조된 자들, 그런 자들을 2명이나 죽였다는 건 상당한 고수라는 뜻이라.

'외부인이 많이 머물고 있다고 하더니…….'

진도운은 뺨을 씰룩거렸다.

"방명록을 가져와라."

남궁세가처럼 외부인이 많이 머무는 곳에는 필시 방명록을 남기기 마련이다. 그 흑객 또한 방명록을 염두하고 있었는지 금방 방명록을 찾아왔다.

진도운은 방명록을 열어 한 장씩 빠르게 넘겼다. 방명록은 생각보다 잘 정리 되어있어서 한눈에 훑어보고 넘기기 좋았다. 문제는 가장 끝부분에 있는 장이 뜯겨져 나가 있어 그 장에 적힌 자가 누군지 알 수 없었다.

'치밀하군.'

그 짧은 시간에 방명록에서 자신의 흔적까지 지우며 남궁세가를 유유히 빠져나갔다. 그것은 고강한 무공뿐만 아니라 아무리 혼란스런 상황에서도 정신을 잃지 않는 침착한 심계까지 지녀야만 가능한 일이었다.

'누굴까?'

진도운은 머리를 굴려 봐도 딱히 떠오르는 인물이 없었다. 하지만 그리 오래 고민하진 않았다. 어차피 지금 벌어진 일을 모른 체 하면 알아서 목격자가 있다고 나타날 터, 그때 잡으면 될 일이다.

　'이럴 줄 알았으면 남궁일을 살려둘 걸 그랬나?'

　진도운은 방명록을 내던지며 한동안 흑객들의 시신을 뚫어져라 쳐다보았다.

天河鬼工

13장.
소호

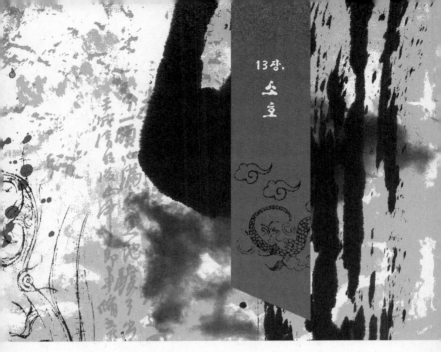

13장.
소
호

하룻밤 사이에 남궁세가가 멸문했다는 소문이 온 무림에 쫙 퍼졌다. 그리고 그 홍수로 자연스럽게 만금성이 지목되었다. 하지만 만금성은 자신들은 모르는 일이라며 그 소문에 일체 대응하지 않았다. 그것은 남궁세가에서 흑객을 죽이고 도망친 놈을 끌어내기 위한 것도 있었지만 딱히 목격자라고 나타나는 사람은 없었다.

그런데 의외로 만금성에 대한 의심은 빨리 가라앉았다. 정확히 말하자면 만금성에 대한 관심이 줄어든 게 옳았다. 현재 안휘성뿐만 아니라 무림 곳곳에서 정세가 급변하고 있었다. 그중에서도 백도 무림에 많은 변화가 일었다.

그 변화는 호남성에서 반년 전에 일어난 혈겁에서 비롯되었다. 그 당시 호남성의 무림인들은 대거 죽거나 납치당하며 호남성 전체가 큰 피해를 입었다. 그때 적극적으로 나서서 호남성의 구심점이 되었던 서문세가가 정무회를 만들었고 호남성의 무인들은 정무회의 깃발 아래로 속속들이 몰려들었다. 그 혈겁 때문에 모두가 같은 상처를 안고 뭉친 덕분에 정무회는 끈끈한 결속력을 자랑하며 금세 호남성을 대표하는 단체로 우뚝 섰다.

그 다음으로 영향을 끼친 것은 구현회의 몰락이었다. 그들은 기악신공이라는 희대의 마공을 당대까지 숨기고 있던 것도 모자라 그 마공을 익힌 성혼마녀 이세연까지 키워냈다는 비난을 받으며 그들의 위세는 끝을 모르고 추락했다.

백선문과 더불어 양대 산맥처럼 백도 무림을 떠받들어 오던 구현회가 무너지니 그 빈자리를 채우기 위해 백도의 무림인들이 하나, 둘씩 들고 일어났다. 그들은 서로 본인들이 제 2의 구현회가 되겠다고 나서서 백도 무림 전체가 난세에 빠졌다.

그 난세 속에서 신진 고수들이 대거 등장하고 조용히 지내던 문파들이 기회가 왔다며 갑작스럽게 날뛰기 시작하니 세상은 진정될 기미가 보이지 않았다.

그런 와중에 만금성이 개문을 하며 안휘성의 패자로 떠올랐다. 비록 그들이 백도에 속해 있지 않다고는 하나 그들

의 등장으로 백도 무림에서 나름 영향력이 있었던 남궁세가가 저물며 그들의 돈도 끊겼다. 본래 한 성의 패자가 바뀌면 백도와 흑도를 막론하고 영향을 주는 법, 그들의 개문은 전 무림에 영향을 끼쳤다. 그리고 반대로 만금성 또한 급변하는 백도의 정세 속에서 자유로울 순 없었다.

진도운은 이른 아침부터 장로원에 들려 반나절 넘게 회의를 진행하고 있었다. 가장 먼저 의제로 다룬 것은 다름 아닌 안휘성이었다. 지금 안휘성은 온전히 만금성의 영역이나 다름없으니, 철마방과 남궁세가의 빈자리를 메꾸기 위해 회의를 하고 있었다.

안휘성에는 만금성의 사업장들뿐만 아니라 다른 사업장들도 많았다. 상단, 전장, 객잔 등 안휘성에 있는 것만 해도 꽤 많았지만 만금성이 철마방과 남궁세가의 뿌리까지 뽑아내면서 그들을 보호해줄 세력이 사라졌다. 그렇다고 그 사업장들을 그대로 놔두면 안휘성 바깥에 있는 문파들이 그 사업장들과 접촉해서 안휘성 안으로 스멀스멀 기어들어올지도 몰랐다.

'그럼 안 돼지.'

그 지역의 패자가 두 눈 시퍼렇게 뜨고 살아있는데 다른 문파들이 끼어든다면 무림에 얕보일 수가 있다. 자칫 잘못하면 자기 땅마저 지키지 못하는 무능력한 존재로 비춰질 수 있었다.

'철마방과 남궁세가에 생존자를 남기지 않은 것도 우습게 보이지 않기 위함인데……'

심지어 철마방과 남궁세가의 보호를 받던 사업장들이 먼저 나서서 자신들을 보호해달라고 청했다. 중원에서 지켜주는 이 없이 사업을 하겠다는 것은 망하겠다는 것이나 마찬가지였기 때문이다. 그래서 진도운은 안휘성의 사업장들을 지켜주기로 하면서 그들이 내는 돈을 받기로 했다.

하지만 그러면서 한 가지 문제가 생겼다. 현재 만금성은 제금사휘단과 흑객들을 합쳐 얼추 700명이 넘는 무인들을 지니고 있었다. 물론 다른 사람들도 무공을 익혔다고는 하나 그들은 모두 다른 일을 맡고 있으니 문파로써 움직일 수 있는 인원은 800명이 채 되지 않은 것이다. 게다가 둘 중에 한 곳은 만금성을 지켜야하니 안휘성을 지키기 위해 실질적으로 분타에 내보낼 수 있는 인원은 반 가까이 줄어드는 셈이었다.

'골치 아프군.'

더군다나 지금 만금성은 융통하던 자금을 끊으면서 전 무림의 미움을 샀다. 게다가 지금 백도 무림은 서로 백도의 구심점이 되겠다며 명성을 높일 기회만 찾고 있었다.

그런 상황에서 안휘성의 패자로 떠오르며 어마어마한 유명세를 탄 만금성은 좋은 먹잇감이었다. 게다가 만금성은 백도나 흑도에 속하지도 않았으니 따로 엮이는 문파들도 없었다. 그래서 만금성이 안휘성의 패자가 되고도 만금성

을 노리는 문파들은 조금도 줄지 않았다.

"제갈세가와 황보세가에서 남궁세가를 무너트린 게 우리 아니냐며 추궁하고 있습니다. 아무래도 그 두 가문의 사람들이 남궁세가에 머물고 있었던 것 같습니다."

안휘성 건이 지나가고 공길건이 다음 의제를 꺼냈다.

"곧 그 두 가문이 복수를 하겠다며 날뛰겠구려."

"제갈세가는 그런 것 같지만 황보세가는 다른 의도도 있는 것 같습니다. 제 생각이지만 황보세가는 백도 무림의 새로운 구심점이 되기 위해서 만금성을 그 먹잇감으로 보는 것 같습니다."

진도운은 피식 웃었다.

"황보세가에 그럴 여력이나 있소?"

황보세가가 산동성을 휘어잡고 있다고는 하나 그들 역시 남궁세가나 철마방과 전력이 비슷한 수준이었다. 그런데도 황보세가에서 이리 만금성을 노리고 있다는 건 뭔가 믿는 구석이 따로 있다는 것이었다.

"최근 황보세가에서 하북성에 있는 언가와 팽가와 밀담을 나눈다는 얘기가 있습니다."

"하북팽가와 진주언가를 말하는 것이오?"

하북성에서 팽가와 언가라면 그들뿐이었다.

"그렇습니다."

역시나 믿는 구석이 있었다. 물론 의외이긴 했다. 하북팽가는 그렇다 치더라도 진주언가는 지닌 무공들이 악랄한 면이 있어서 백도에서도 외면 받는 가문이었다. 그런데 진주언가와 손을 잡으려 하다니…….

'그만큼 급했다는 뜻일까?'

진도운의 마음 한 쪽에 의구심이 자리 잡았다.

"그리고 이번에 남궁세가의 일을 핑계로 황보세가에서 제갈세가에 접촉을 시도하고 있다고 합니다."

"제법 머리를 쓰는구려."

"아무래도 서로 남궁세가에서 가솔을 잃었다는 아픔을 동질감으로 내세워서 접촉을 시도하는 것 같습니다."

진도운은 하얀 이를 드러내며 웃었다.

"황보세가에서 바쁘게 움직이는구려."

"사실 의외입니다. 제갈세가와 하북팽가라면 납득이 가지만 진주언가는……. 더군다나 황보세가는 예로부터 호방하고 의협심이 많아서 백도 중에서도 백도로 손꼽히는 곳이건만 백도에서 거의 쫓겨나다시피 한 진주언가와 손을 잡을 줄은 몰랐습니다."

"우리가 모르는 어떤 속사정이 있을 것이오."

공길건은 고개를 끄덕였다.

"앞으로 어찌 될지 모르겠지만 황보세가가 제갈세가까지 포섭한다면 충분히 정무회와 견줄 만 할 것 같습니다."

"구현회는 아직도 조용하오?"

백도 무림에 대해 얘기하다보니 자연스럽게 구현회가 떠

올랐다.

"지금 백도에서 조용히 있는 유일한 두 곳이 구현회와 백선문입니다. 백선문이야 원래 이런 일에 관심을 두지 않았으니 그렇다 치더라도 구현회는……."

공길건이 뒷말을 흐렸지만 굳이 듣지 않아도 알 수 있었다.

"이세연에 대해 들어온 소식은 없소?"

"없습니다."

진도운은 알겠다는 듯이 고개를 끄덕였다.

그 뒤로도 장로원의 회의는 밤늦게까지 진행되었다.

진도운은 회의가 끝나고 장로원 밖으로 나오자마자 장로원 문 앞에서 자신을 기다리고 있는 청년을 보았다. 그는 진도운을 보며 손에 꽉 쥐고 있던 서찰을 내밀었다.

"성주님. 안휘성에 있는 전장에서 온 서찰입니다."

진도운은 서찰을 받자마자 그 자리에서 펴서 읽어보았다. 그 안에는 별 다른 내용 없이 기다리고 있겠다는 글씨만 한 줄 적혀 있었다.

진도운은 서찰을 접어 품 안에 넣고 곧장 정문으로 향했다.

"성주님! 어디 가십니까?"

그때 밖으로 나가려는 진도운의 뒤로 사평호가 따라붙으며 말했다.

"잠시 나갔다 오겠소."

"이 늦은 밤에 혼자 나가시는 겁니까? 흑객이라도 몇 명 대동하고 가시죠."

"됐소."

괜히 다른 사람들을 달고 갔다가 시나귀들의 괜한 경계만 살뿐이었다. 그래서 진도운은 홀로 만금성을 나와 안휘성 북쪽에 있는 전장으로 향했다.

‡

늦은 새벽, 그 전장 부근으로 들어서자 진도운은 전장 안에서 웅크리고 있는 거대한 두 기운을 느꼈다. 그중의 하나는 예전에 만난 적이 있었던 호문량의 것으로 이제는 제법 익숙하게 느껴졌다.

덜컥.

진도운은 곧바로 문을 열고 안으로 들어갔다. 밖에서 기척을 느꼈던 대로 전장 안에는 호문량과 다른 한 사내가 앉아있었다.

진도운은 말없이 그 처음 보는 사내를 쳐다봤다. 그 역시 호문량만큼이나 방대한 기운을 품고 있었고 그걸 완벽하게 안으로 갈무리하고 있었다.

"그대가 만금성의 성주요?"

다짜고짜 입을 연 그의 목소리는 젊어 보이는 얼굴과 달

리 쉬어있었다. 게다가 부산한 더벅머리와 그의 얼굴에 나
있는 수많은 칼자국은 그가 상당히 거칠게 살아왔다는 걸
보여주었다. 또한, 그의 등에 거꾸로 꽂혀있는 큼지막한 도
와 그의 투박한 분위기가 잘 어울렸다.

'눈빛부터 다르군.'

마치 오래 굶주린 야수처럼 눈에서 거칠고 무시무시한
빛이 쏟아지고 있었다. 그건 순전히 그 사내의 성정에서 나
온 자연스러운 눈빛이었다.

"그렇다. 내가 만금성의 성주, 백우결이다."

"난 사무도요. 그런데 원래 그렇게 초면부터 말을 놓
소?"

그는 불만 가득한 눈빛으로 쏘아붙이며 말했다.

하지만 진도운의 표정엔 아무런 동요도 일지 않았다.

"가끔은 그렇지."

사무도는 진도운의 얼굴을 잠시 뚫어지라 보더니 이내
피식 웃으며 고개를 저었다.

"듣던 것과 많이 다르오."

"이젠 그런 소리를 너무 들어서 지겨울 지경이군."

사무도의 얼굴에서 잠시 웃음꽃이 피어났다가 금세 사라
졌다.

"그대가 대나귀의 진전을 이어받은 게 사실이오?"

진도운은 대답 대신 주먹을 뻗어 허공을 가격했다.

쑤스스스스!

그의 손에서 일어난 둥그런 칼바람이 공기를 난도질하더니 하얀 연기만 남기고 사라졌다. 그것은 오직 대나귀만 익힐 수 있는 천목수의 3초식, 천목권이었다.

그걸 눈앞에서 본 사무도의 눈썹이 파르르 떨렸다.

"정말 천목수의 3초식이구려."

"그렇지. 그런데 다른 시나귀들 중에 고작 한 명만 온 건가?"

"다들 무림 전역에 흩어져 있어서 올 여건이 안 되오. 그나마 나는 이곳저곳 떠돌아다녀서 올 수 있던 거지."

"자네는 낭인인가?"

그의 행색을 보고 쉽게 알아챌 수 있었다.

"그렇소."

"그래도 자네가 내 앞에 나타났다는 건 나에게 호의적이라 봐도 되겠군."

"그냥 대화나 좀 해볼까 싶어서 온 것뿐이오."

"그럼 다른 시나귀들은? 여기까지 오진 못해도 어떤 생각인지 서찰로 물어봤을 것 아닌가?"

그때까지 옆에서 묵묵히 있던 호문량이 끼어들었다.

"아직 의견이 분분합니다. 어떤 시나귀는 성주님도 결국엔 대나귀가 아니냐며 믿을 수 없다고 하고 또 어떤 시나귀는 성주님을 믿어보자고 합니다."

진도운은 피식 웃었다.

"어느 쪽이든 작금의 대나귀를 따르자는 의견은 없군."

"……."

호문량은 그 말을 굳이 부정하지 않았다.

"작금의 대나귀는 미쳤소."

사무도가 불쑥 말했다.

"그건 또 무슨 소리지?"

"21대 대나귀 때부터 얽힌 일화를 다 알고 있다고 들었소."

진도운은 고개를 끄덕였다.

"당연히 알고 있지."

"그것만 봐도 작금의 대나귀가 제정신이 아니라는 건 알 수 있지 않소? 자신의 스승을 죽이다니 말이오."

"그렇긴 하지."

뭐라 말을 하던 사무도가 돌연 고개를 갸웃거렸다.

"아무래도 그대는 작금의 대나귀가 누구인지 모르는 것 같소."

"그것까진 모른다."

"백선문의 양염평 장로가 작금의 대나귀요."

사무도가 아무렇지도 않게 말했다. 그러자 진도운은 입 꼬리를 꿈틀거리더니 진한 미소를 지었다.

'양염평 장로가 대나귀였다고?'

문득 자신이 백선문을 떠나기 전에 양염평이 몰래 찾아와 다시는 돌아오지 말라고 부탁했던 기억이 떠올랐다.

'그래놓고 나를 죽이라고까지 명령을 내렸던 건가? 나 원…….'

진도운은 어이가 없다는 듯 실소를 흘렸다.

"그랬군. 양염평 장로였어."

"그 자는 자신이 스승을 죽여 놓고 그 책임을 우리 시나귀들에게 떠넘겼소."

진도운은 말없이 듣기만 했다.

21대 대나귀가 죽으며 시나귀들은 한동안 자유롭게 지냈다. 그런데 어느 날 불현 듯 양염평이 찾아와 다시 백선문을 위해 일하라며 강요했고 시나귀들은 당연히 그 말을 거부했다. 그래서 양염평은 시나귀들이 익히지 못한 천목수의 3초식을 이용해 시나귀들을 제압했고 억지로 독을 먹였다.

"독이라고?"

진도운은 의외라는 듯 말했다.

"정확히 말하자면 독을 뿜는 벌레요. 진백고(鎭魄蠱)라고……."

진백고가 몸 안에 들어오면 처음 30일 간은 조용히 잠만 잤다. 그런데 30일이 지나고 잠에서 깰 때 진백고는 엄청난 독기를 뿜는데, 그 독이 얼마나 지독한지 고강한 무위를 자랑하는 시나귀들조차 채 반 각도 버티지 못하고 그 자리에서 자결했다. 그렇게 죽은 시신의 배를 가르며 장기가 다 녹아 있고 그 안에 진백고만 꿈틀거리고 있었다.

"그런 벌레가 있다는 건 처음 듣는군."

"우리도 처음 봤소. 어디서 그런 걸 구해왔는지 모르겠

지만 양염평은 우리들에게 그 진백고를 억지로 먹였소."

진백고는 평상시에는 수면 상태에 있다가 30일 마다 한 번씩 깨어나 꼬박 하루 동안 독을 뿜었다. 하지만 그 하루가 지나기도 전에 대부분이 자결을 하거나 장기가 다 녹아내려 살아남는 사람이 없었다. 그만큼 진백고가 내뿜는 독은 악독했다.

"양염평이 30일이 지나기 전에 한 번씩 단약을 보내오. 그 단약을 먹으면 진백고가 깨어나지 않고 계속 수면을 유지하오."

"신기하군. 그 단약은 뭐로 만든 거지?"

"나도 모르겠소. 우리도 우리 나름대로 그 단약을 분석하고 만들려고 노력했지만, 번번이 실패했소."

진도운은 고개를 끄덕였다.

"그래서 시나귀들이 다시 대나귀 밑에서 일하고 있었군."

"양염평은 우리에게 진백고를 먹이면서 이 모든 게 우리가 자초한 일이라고 했소. 그냥 조용히 말을 잘 들었다면 애초에 이런 일이 없었을 거라며……."

양염평은 21대 대나귀가 협박당하는 모습을 본 게 있으니, 시나귀들을 확실히 다룰 방법이 없었다면 애초에 다시 시나귀 앞에 나타나지 않았을 것이다. 모르긴 몰라도 양염평은 진백고를 온전히 손에 넣을 때까지 꾹 참고 기다렸을 것이라.

"양염평은 우리 시나귀들을 한 명씩 찾아와 진백고를 먹이고 입을 다물게 하였소. 그래서 시나귀들 사이에서 무슨 일이 벌어지고 있는지도 모르는 채 한 명씩 양염평의 밑으로 들어가게 되었소."

"그래서 지금은 시나귀들끼리 내통하고 있는 것이었군. 다시는 그런 일을 겪지 않도록 말이야."

"그렇소."

사무도가 고개를 끄덕이며 말했다.

"우리 시나귀들만 먹은 건 아니었소."

그때, 호문량이 착잡한 목소리로 말했다.

"그럼 또 누가 먹었단 말이냐?"

"우리들의 가족에게도 먹였소."

"가족까지 끌어들인 건가?"

"우리 시나귀들은 각자의 삶을 살아가면서 가족을 꾸린 사람들도 있었소. 양염평은 그 가족들에게까지 진백고를 먹였소."

진도운의 한쪽 눈썹이 꿈틀거렸다.

'진백고를 얻을 때까지 조용히 기다리다가 한 번 손을 쓰는 순간 확실하게 끝을 봤군.'

진도운은 문득 양염평이 자신과 비슷한 냄새를 풍기고 있다는 걸 느꼈다. 하지만 그걸 모르는 호문량은 낯빛이 어둡게 물든 채 말을 이었다.

"양염평은 미쳤소! 그러지 않고서야 어떻게 이런 악독한

짓을 벌일 수 있단 말이오."

"그래서 다들 양염평을 싫어하는 거였군."

사무도가 피식 웃으며 끼어들었다.

"몸 안에 그런 걸 달고 사는데 누가 좋아하겠소?"

"내 제안을 쉽게 받아들이지 못한 것도 진백고 때문인가? 양염평을 그냥 물러나게 하는 것으론 너희가 살 수 없으니 말이야."

"그렇소. 갑자기 양염평이 죽어버리면 우리에게 진백고를 재우는 단약은 누가 준단 말이오?"

"단약은 그렇다 치더라도 진백고를 아예 없애려고 시도는 해봤나?"

"몇 명이 시도했다가 진백고의 잠을 깨우는 바람에 죽어버렸소."

진백고는 아주 예민해서 살짝 스치기만 해도 누가 자기를 해치려는 줄 알고 잠에서 깨어나 독을 마구 뿜었다. 그래서 시나귀들은 어쩔 수 없이 진백고를 몸 안에 달고 사는 것이었다.

"그럼 그 진백고를 처리할 방법을 알기 전까지 양염평 장로를 몰아내는 일은 없겠군."

"그렇소. 몇몇 이들에겐 자신의 목숨뿐만 아니라 가족의 목숨까지 걸려 있으니……."

"그렇군."

진도운은 고개를 끄덕이며 대답했으나 전혀 예기치 못한

걸림돌에 내심 침음을 삼켰다. 이건 자칫 잘못하면 시나귀들과 등질 수도 있는 일이었다. 자신이 막연하게 양염평을 죽여 버리면 시나귀들도 죽게 되니 언제 돌아설지 모르는 일이다.

"그럼 만약에 양염평이 나를 죽이라고 명령을 내리면 너희들은 내키지 않더라도 나를 죽이려 들겠군."

그 말에 일순간 무거운 침묵이 흘렀다.

"그대가 진백고를 해결할 수만 있다면 우리는 그대를 도와 양염평을 물러나게 해주겠소."

"내 말에 대답부터 하지. 그 전에 양염평이 나를 죽이라고 하면 너희들은 나를 죽일 건가?"

"그럴 수도 있겠지만 지금은 아니오."

진도운은 고개를 갸웃거렸다.

"왜 지금은 아니란 거지?"

"지금 대나귀는 만금성보다 다른 곳에 신경을 쏟고 있소."

"다른 곳이라고?"

만금성보다 더 신경 쓰는 곳이라니. 의외였다. 그리고 그게 무엇인지 궁금해졌다.

"지금 양염평은 소호라는 자를 찾고 있소."

"소호라고? 처음 듣는군."

"지금 황보세가 어떤 움직임을 보이는지 알고 있소?"

"지금 황보세가는 하북팽가와 진주언가와 결맹을 맺고

제갈세가에까지 손을 뻗치고 있지."

사무도가 고개를 끄덕였다.

"그게 바로 소호라는 자의 작품이오."

"소호가 누군데 그런 짓을 벌인단 거지?"

"최근 백도 무림이 난세로 접어들면서 새롭게 나타난 인물이오. 소문에는 뒷골목에서 살다가 무림에 뛰어들었다고는 하는데 그마저도 확실하지 않소."

가만히 그의 말을 듣던 진도운은 돌연 고개를 갸웃거렸다.

"양염평이 소호를 찾고 있는 이유가 뭐지? 그것도 만금성까지 신경 쓰지 않으면서 말이야."

본래 대나귀는 백선문을 위해서 움직이는 존재다. 그런데 양염평이 소호를 노리고 있다는 건 소호가 어떤 식으로든지 백선문과 얽혀 있다는 것이다.

"소호는 시나귀를 죽인 적이 있소."

"……!"

진도운이 동공이 크게 확장됐다.

"그대도 알다시피 우리 시나귀들은 중원 곳곳에 있지 않소? 그런데 우리 중의 한 명을 소호가 찾아내서 죽인 것이오. 정확히 말하자면 소호가 지내는 곳에 시나귀가 잠입했다가 들켰다고 봐야 할 것이오."

'시나귀를 알아낸 것도 놀랄 지언데, 죽이기까지 하다니.'

지금 눈앞에 있는 사문도와 호문량만 봐도 시나귀들은 엄청난 무력을 지니고 있다는 걸 알 수 있었다. 하지만 그 것보다 더 큰 문제가 있었다.

"만약 소호가 시나귀인 걸 알아내고 죽였는지, 아니면 우연히 죽였는데 그게 시나귀였던건지……. 지금 양염평은 그걸 궁금해 하고 있소."

만약 소호가 시나귀라는 걸 알아내고 죽인 거라면 그건 대나귀에게 있어 그 어떤 문제보다 컸다. 시나귀의 존재를 감추기 위해 21대 대나귀까지 죽이지 않았나?

'누굴까?'

문득 소호라는 자가 궁금해졌다.

"나는 소호를 쫓아 이곳 안휘성까지 왔소."

"나를 만나러 안휘성에 온 게 아니었군."

"그렇소. 안휘성에 온 김에 그대를 만났을 뿐, 그대를 만나러 안휘성으로 온 건 아니오."

진도운은 피식 웃으며 고개를 끄덕였다.

"그렇군. 그런데 안휘성에 소호가 있던가?"

안휘성은 만금성의 영역이다. 그러니 그런 위험한 인물이 안휘성에 있다면 확실히 알아둬야 할 일이었다.

"소호가 며칠 전에 남궁세가에 들린 것까지는 추적해냈는데, 남궁세가가 갑자기 멸문당하면서 놓치고 말았소."

"소호가 남궁세가에 있었던가?"

"그렇소. 거기서 며칠 머무는 것 같더니 남궁세가의 멸

문과 함께 그의 흔적도 사라졌소. 그때까진 확실히 남궁세가에서 머물고 있었소."

진도운은 문득 남궁세가에서 누군가 흑객을 죽이고 도망친 걸 떠올렸다.

'철저하게 방명록까지 훼손하며 도망쳤지.'

진도운은 그 자가 어쩌면 소호일 수도 있다고 생각했다. 시나귀를 죽일 정도의 무위라면 흑객들도 죽일 수 있을 것이다.

"그래서 이왕 이리 만남 김에 그대에게 묻고 싶소. 정말 만금성에서 남궁세가를 공격한 게 아니오?"

"지금 그게 중요한가?"

"만금성이 아니라면 소호가 관계되어 있을 수도 있소."

"그냥 소호의 짓이 아니라고만 말해주지."

그 말에 사무도의 눈빛이 흔들렸지만 이내 그는 침착하게 고개를 끄덕였다.

"알겠소."

"그런데 이제 어쩔 셈이지? 나에게 그런 걸 다 털어놓은 거 보면 내 뜻을 따르겠다고 봐도 되는 건가?"

"적어도 나와 여기 있는 호문량은 그대를 도와 양염평을 몰아내자는 쪽이오. 하지만 아직 지켜보겠다는 시나귀들도 많소."

그나마 다행인 건 이들 시나귀들이 양염평의 편에 설 리 없다는 것이다.

"혹 소호를 찾게 되면 나에게도 알려줬으면 좋겠군. 우리가 한 배를 탔다는 신뢰의 표시로 말이야."

"그럼 그대는 나에게 뭘 줄 수 있소?"

"확언할 순 없어도 진백고에 대해 알아봐주지."

"이미 우리가 여러 경로를 통해 알아봤지만 소용없었소."

진도운은 가소롭다는 듯 웃었다.

"의술에 나름 실력이 있는 의원을 알고 있거든."

"우리도 이미 용하다는 의원은 다 찾아갔었소."

"단순히 용한 것 이상이니 기대해도 좋을 거야."

진도운은 몸을 돌리며 말했다. 그리고 그는 볼 일 다 봤다는 듯 지체 없이 전장 밖으로 나갔다.

바로 다음날 아침, 진도운은 장로원의 회의가 끝나자마자 사평호를 자신의 집무실로 불러들였다. 그리곤 어제 들었던 진백고에 대해 말해주었다. 물론 시나귀에 관한 부분은 빼고 말했다.

"껄껄. 진백고라 오랜만에 듣는 얘기입니다."

"알고 있는 것이오?"

"예전에 말씀드렸다시피 본 방이 의술도 다루는 만큼 그런 특이한 것들을 발견하면 기록하고 연구합니다."

"진백고도 연구한 적이 있소?"

"제가 만금성에 들어오기 전에 실험용으로 진백고를 키

운 적이 있습니다만, 진백고가 워낙 예민한 벌레라 사람 손
길만 스쳐도 무시무시한 독을 뿜어대니 별 다른 실험도 못
하고 죽어버린 적이 있습니다. 그런데 진백고는 갑자기
왜……. 혹시 어디 쓰실 데라도 있습니까?"

"진백고보다 다른 게 필요하오."

"다른 거라 하심은……."

"듣기로는 진백고가 30일이 지나도 계속 잠에 들게 하는
단약이 있다고 하던데."

사평호가 애매하게 고개를 끄덕였다.

"단약은 금시초문입니다만 선엽초라고 그런 효과를 내
는 약초가 있긴 합니다."

"그걸 어디서 구할 수 있겠소?"

"시간만 주시면 한 번 구해보겠습니다. 하지만 저도 장
담할 순 없습니다."

진도운은 사뭇 진지하게 얼굴을 굳혔다.

'그럼 양염평은 어디서 진백고를 구하고 어디서 선엽초
를 구했단 말인가?'

그 알 수 없는 일에 진도운은 연신 고개를 저었다.

"선엽초를 구해오시오."

"예, 알겠습니다."

"많이 필요하오."

"얼마나……."

잠시 고민하던 진도운이 씩 웃으며 입을 열었다.

"선엽초를 구해오면 우리가 따로 재배할 수 있소?"

"선엽초는 재배하기 까다로운 식물이긴 하지만 만금성의 재력이라면 그 정도 조건은 충분히 맞출 수 있을 겁니다."

"그럼 그렇게 하시오."

"알겠습니다. 그런데 진백고는 어디서 들으신 겁니까? 그건 무림에서도 아는 사람이 몇 없는데 말이죠."

진도운은 피식 웃었다.

"어쩌다 듣게 되었소."

"그렇군요."

사평호는 눈치껏 더는 캐묻지 않고 몸을 돌려 밖으로 나가려다가 문 앞에서 다시 진도운을 쳐다봤다.

"선엽초가 필요하신 거라면 진백고 때문에 고생을 하고 계신 것 같은데, 알아보는 김에 진백고를 아예 제거하는 방법도 찾아보겠습니다."

"그럴 필요 없소. 진백고를 제거시키는 것 따위 관심 없소. 그저 진백고를 다룰 수 있는 선엽초가 필요하오."

"알겠습니다."

사평호는 더 깊이 묻지 않고 곧바로 밖으로 나갔다. 그리고 그가 나가자마자 기다렸다는 듯 다른 기척이 문 앞에 서는 걸 느꼈다.

"들어오시오."

진도운은 그 기척이 기별을 넣기도 전에 말했다. 그러자

문 앞에 섰던 중년인이 멈칫했다가 바로 문을 열고 안으로 들어왔다.

평범한 체격에 청색 장포를 입고 안에는 하얀 경장을 챙겨 입은 중년 남성이었다. 그는 말끔하게 머리칼을 뒤로 넘겨 비단 끈으로 묶고 있었고 허리춤에는 회색빛이 진하게 흐르는 도 한 자루를 차고 있었다.

그가 바로 제금사휘단 중 만휘단의 단주, 우경학이었다.

"성주님을 뵙습니다."

그는 정중하게 포권을 올리며 진도운의 맞은편에 섰다. 가까이서 보니 갸름한 얼굴형과 툭 튀어나온 코가 인상적이었다.

"무슨 일이오?"

"안휘성에 있는 상단 중의 하나가 안휘성의 북쪽에 있는 경석산을 지나다가 습격을 받았다고 합니다. 다행히 인명 피해는 없지만, 마차에 있던 표물을 다 뺏겼다고 합니다."

진도운의 눈썹이 꿈틀거렸다.

"표물을 다 뺏겼단 말이오?"

"저도 듣고서 놀랐습니다. 본래 경석산의 산적들은 저렇게까지 표물을 다 뺏는 경우는 없었는데……."

원래 안휘성에는 철마방과 남궁세가라는 거대한 두 문파가 버티고 있어서 표행을 나온 상단이 경석산을 지나도 산적들이 적당한 통행비만 받고 보내주었다. 그런데 인제 와서 표물을 다 약탈해갔다고 하니 어처구니가 없었다.

"만금성을 떠보는 게 아니겠소?"

"아무래도 그런 것 같습니다. 표사들이나 쟁자수들을 일절 건들지 않고 보내준 것 보면 통행료를 올려서 받으려는 게 아니겠습니까?"

진도운은 실소를 흘렸다.

"굳이 통행료를 낼 필요가 있소? 가서 다시는 그런 짓 못하도록 하시오."

"본 단에서 15명 정도 차출해서 보내겠습니다."

"그 정도면 되겠소?"

"산채에 30명 정도가 있다고 하니 그 정도면 충분할 것 같습니다. 그리고 지금 안휘성의 분타에 단원들을 다 보내놔서 사람을 빼 오기가 쉽지 않습니다."

"알겠소. 그렇게 하시오."

그 말에 우경학은 정중히 목인사를 올리고 몸을 돌렸다.

"한 놈도 살려두지 마시오. 괜히 어설프게 손만 봐주는 선에서 끝냈다가 다음에 또 이런 일을 겪을 수도 있소."

"알겠습니다."

잠시 문 앞에 멈칫 섰던 우경학은 이내 고개를 끄덕이며 밖으로 나갔다. 그리고 진도운은 더는 그 일에 관심을 두지 않았다. 제금사휘단이 나선 이상 산적들 따위는 버틸 수 없을 거로 생각했다.

진도운은 만금성 밖으로 나와 바로 정문 앞에 있는 3대의 마차를 보았다. 그 안에는 마차 하나당 시체가 5구씩, 총 15구의 시체가 들어있었다. 그들은 5일 전에 산적들을 잡기 위해서 경석산으로 떠난 만휘단의 단원들이었다.

"이게 어떻게 된 일이오?"

진도운은 마차를 둘러보며 말했다. 그러자 아까부터 나와 있던 우경학이 발길을 질질 끌며 다가왔다.

"경석산으로 떠난 단원들이 모두 죽었습니다."

"일개 산적들이 만휘단의 단원들을 죽였단 말이오?"

"아무래도 산적들 소행 같진 않습니다."

진도운은 마차 안에 쌓여 있는 시신들을 자세히 살폈다. 몸 곳곳에 나있는 자상은 척 봐도 무림 고수가 아니라면 남길 수 없는 흔적이었다.

'자상이 깨끗하다. 살점과 뼈만 정확하게 베었다.'

그리고 다양한 모양의 자상이 남아있는 걸로 보아 다수에게 공격을 받은 것으로 보였다.

"흑객들을 모으시오. 내가 직접 경석산으로 가겠소."

"성주님. 저도 같이 가겠습니다."

몸을 돌리는 진도운의 옆으로 우경학이 바짝 따라붙으며 말했다. 그에 진도운은 고개를 끄덕였고 우경학은 흑객들을 모으러 어디론가 달려갔다.

경석산은 안휘성 북쪽에 위치해 있어서 표행을 나온 상단들이 강소성이나 산동성을 갈 때 많이 지나가는 산이었다. 게다가 비탈길의 경사도 심하지 않아 다른 산보다 수월하게 넘어갈 수 있어서 많은 상단들이 좋아하는 산이었다.

그런 경석산을 수백 명의 흑객들이 살벌한 기운을 뿌리며 민첩하게 오르고 있었다. 그들은 산에 오르자마자 각자 흩어져서 산 이곳저곳 돌아다니며 산적들이 머물고 있는 산채를 찾으러 다녔다.

반면, 진도운은 산을 넘어가는 지점에서 멈춰 있었다. 그곳에는 이제 갈색으로 변해버린 수많은 핏자국들과 나뭇가지가 다 부러져 몸통만 남아있는 나무들이 있었다.

'이곳에서 싸움이 벌어졌군.'

진도운은 그 부근을 둘러봤다. 그곳의 좌측으로는 울창한 숲이 있었고 우측으로는 큼직한 바위가 겹겹이 둘러싸여 있었다. 그중 어디에 숨어도 매복 장소로 더없이 훌륭했다.

'매복에 당한 건가?'

그렇다 하더라도 일개 산적들이 만휘단의 단원들을 이리 학살했다는 건 말이 되지 않았다.

"이쪽입니다!"

그때, 산 저편에서 누군가 소리쳤다. 그에 진도운의 몸이 흐릿해지는가 싶더니 그 자리에서 완전히 사라졌다.

어느 산채가 그렇듯 이곳 산채도 역시 산 속 깊숙한 곳에

박혀 있었다. 그리고 뒤쪽으로는 산봉우리 세 개가 겹쳐서 산채를 감싸 안고 있었고 앞에는 통나무로 만든 울타리가 사람 키를 훌쩍 넘길 만큼 높게 쳐져 있었다.

쑤슥!

진도운의 신형이 바로 그 앞에서 솟아났다. 그에 방금 전 소리를 질렀던 흑객이 놀라 잠시 주춤거렸다.

"여기인가?"

"예."

그 순간, 진도운은 코를 찌르는 썩은 냄새를 맡았다. 그는 직감적으로 그 냄새가 시체가 썩을 때 나는 냄새라는 걸 알아차리고 울타리를 향해 주먹을 뻗었다.

콰앙!

그 두꺼운 울타리가 수백 조각으로 작살이 나며 사방으로 파편을 쏟아냈다.

저벅저벅.

진도운은 그 파편을 뚫고 산채 안으로 들어갔다. 하지만 채 몇 걸음도 가지 못하고 멈춰서야 했다. 짐작한 대로 그 안에는 죽은 지 한참은 되어 보이는 시신들이 널브러져 있었다. 모르긴 몰라도 만휘단의 단원들이 이곳 경석산에 오기 전에 죽어있었단 건 알 수 있었다.

"생존자가 없군."

기감을 아무리 넓혀도 그 안에 사람 숨소리는 들리지 않았다. 그런데 그때, 산채 너머에서 시끌벅적한 소리가 들렸다.

"여기 누군가 있습니다!"

산채 바깥에서 흑객들은 한 방향으로 움직이고 있었고 그 방향의 맨 앞에는 누군가 비호처럼 날쌔게 도망치고 있었다. 그런데 그 속도가 어찌나 빠른지 뒤에서 쫓고 있는 흑객들은 좀처럼 거리를 좁히지 못했다.

진도운은 곧장 땅을 박차고 몸을 날렸다.

쾅!

그가 발로 내려찍은 땅바닥에 발자국이 깊게 남았다. 그리고 그의 신형이 쏜살처럼 튀어나가 단숨에 흑객들을 넘어서 나무 사이를 요리조리 빠져나가고 있는 인영의 뒤를 바짝 쫓았다.

퍼억!

한 줄기 빛살처럼 날아든 진도운의 발이 그 인영의 등을 내려찍었다.

"크악!"

그 인영은 앞으로 고꾸라지며 땅바닥을 데굴데굴 굴렀다. 그러다가 반대편에 있는 바위에 부딪히며 멈췄다.

"음?"

진도운은 바위에 등이 부딪혀 꼼짝 못하는 자의 얼굴을 확인하고는 멈칫했다. 그리곤 곧장 고개를 뒤로 돌려 소리쳤다.

"멈춰라. 이 근처로 아무도 오지 마라."

그 말에 무섭게 달려들던 수백 명의 흑객들이 중간에 멈

취서며 거리를 벌렸다.

"네가 왜 이곳에 있는 거지?"

눈앞에서 힘겹게 몸을 일으키고 있는 자는 다름 아닌 사무도였다.

"전에 말하지 않았소? 내가 안휘성에 온 건 소호를 쫓으러 온 것이었다고."

"……."

"어렵사리 소호의 흔적을 다시 찾아서 이곳까지 왔는데, 다시 소호를 놓치게 돼서 이곳에 머물며 소호의 흔적을 찾고 있었소."

진도운의 눈썹이 꿈틀거렸다.

"소호가 여기 있었다고?"

"그렇소. 여기서 소호가 어디로 갔는지 흔적을 찾고 있었는데 갑자기 그쪽에서 들이닥친 거요."

"그럼 이곳에서 소호가 무슨 짓을 저질렀는지 다 봤겠군."

"다 보진 못했소. 이미 내가 왔을 땐 모든 상황이 종료된 뒤였소."

"그럼 본 거라도 말해보아라."

사무도는 등을 부여잡고 일어나 바위에 기대고 섰다.

"나는 이미 남궁세가에서 소호의 흔적을 한 번 놓쳐서 소호가 가는 곳마다 한 박자 늦게 도착했소. 그래서 여기 왔을 때도 이미 만금성의 사람들은 모두 죽어 있었소."

"그래서 뭘 본 거냐고 물었다."

"마차에 만금성 사람들의 시신을 옮기는 걸 보았소."

진도운이 뺨을 씰룩거렸다.

"소호 혼자 그 많은 시신들을 옮길 리 없을 테고, 누가 도운 것이지?"

"내가 왔을 때 소호는 이미 보이지 않았고 진주언가의 사람들이 시신들을 옮기고 있었소."

그 순간, 진도운은 황보세가와 하북팽가, 그리고 진주언가가 결탁을 맺고 있다는 말을 떠올렸다.

"그럼, 황보세가나 하북팽가도 관여되어 있는 건가?"

"그건 모르겠소."

"일전에 네가 그러지 않았나? 그 세 가문이 결탁한 건 소호의 작품이라고."

"그렇다고 황보세가와 팽가가 이번 일에 끼어들었다는 흔적은 없소. 무엇보다 만금성 사람들의 시신을 마차에 넣은 건 진주언가 쪽 사람들뿐이었소."

진도운은 어금니를 꽉 깨물며 잠시 입을 닫았다.

'경석산만 넘으면 바로 앞에 강소성이 보인다. 이곳에서 일을 벌이고 곧장 강소성으로 도망쳤겠지. 그래서 이곳에서 일을 벌인 걸 수도 있겠군.'

그때, 사무도가 바위에서 등을 떼며 말을 이었다.

"조심하시오."

"무슨 소리지?"

"소호는 한 번 노린 상대는 철저하게 파괴하오."

"……."

"이번에 받은 피해가 작다고 안심하지 마시오. 소호는 야금야금 상대를 건들며 혼란스럽게 만들다가 방심하는 순간 상대를 한 번에 폭삭 주저앉게 하오."

그 말에 진도운은 히쭉 웃었다.

"여기서 보았던 사람들이 진주언가라 그랬나?"

"그렇소."

"그럼 진주언가를 들쑤시면 알아서 소호가 튀어나오겠군."

"하지만 무슨 명목으로 진주언가를 건들 수 있겠소? 내 말 말곤 그들이 했다는 걸 증명할 방법이 없는데."

그 말에 진도운은 피식 웃었다.

"글쎄. 그건 일단 진주언가를 결딴내고 나서 생각해보지."

꿀꺽.

진도운이 은연중에 풍기는 기운에 눌려 사무도는 자신도 모르게 침을 삼켰다.

"마음대로 하시오. 난 이만 가보겠소."

사무도가 옆으로 빠져나가려고 하자 진도운이 그 앞을 막아섰다.

"누가 가라고 했지?"

"날 억지로 막겠다는 것이오?"

"소호를 찾아야 하는데 네가 그 일에 적격인 것 같군."

"그래서 지금 소호를 찾으러 가는 것 아니오?"

진도운은 피식 웃었다.

"계속 한 발씩 늦게 도착하면서 또 뒤꽁무니나 쫓을 생각인가?"

"원래 추적이란 게 그런 것 아니겠소?"

"미리 앞서가는 방법이 있지."

그 말에 사무도가 고개를 절레절레 흔들었다.

"그놈은 도저히 예측할 수 있는 놈이 아니오. 그런 놈이었다면 처음부터 이렇게 고생해서 쫓아다니지 않았을 것이오."

"진주언가 놈들을 봤다면서. 그럼 미리 진주언가로 가있으면 되잖아."

사무도가 어이가 없다는 듯 고개를 저었다.

"무슨 뜻인지 알겠소만 진주언가를 찾아가서 소호를 내놓으라고 게네들이 순순히 내놓겠소?"

"말을 듣게 하면 된다. 내가 그거 하나는 잘하거든."

"지금 만금성은 백도, 흑도 가리지 않고 모두 노리고 있소. 그런 상황에서 만금성의 사람들이 안휘성 밖으로 나오면 다른 문파들이 가만히 보고만 있을 것 같소?"

"너와 나, 둘이서만 간다."

그 말에 사무도는 잠시 말없이 눈만 깜빡거렸다. 순간적으로 자신이 말을 잘못들은 거로 생각했다. 하지만 이내 그

게 아니란 걸 깨닫고 실실 웃었다.

"방금 그대가 나를 일격에 잡은 거로 봐서 엄청난 고수란 걸 알겠소. 하지만 그렇다 하더라도 진주언가 같은 거대 세가를 어떻게 단둘이서 상대한단 말이오?"

"진주언가는 내가 알아서 할 테니 너는 오직 소호를 찾는 데에만 신경 쓰면 된다."

진도운은 손을 뻗어서 사무도의 뒷덜미를 움켜쥐었다. 그러자 늑대처럼 거친 인상을 주는 사무도의 몸이 비 맞은 강아지처럼 움츠러들었다. 진도운에게서 본능적으로 위험한 냄새를 감지한 것이다.

天火鬼工

14 장.
황보세가

14장.
황보세가

진도운은 흑객들을 철수시키고선 사무도를 데리고 만금
성으로 돌아왔다. 만금성에 처음 들어오는 사무도는 건물
들에 금과 보석이 박혀 있는 걸 보고 입을 다물지 못했다.

'세상에…… 건물에 금을 덕지덕지 칠한 것도 모자라
보석까지 갖다 박은 건가? 사치도 저런 사치가 없군.'

그는 괜히 사방에서 쏟아지는 금빛에 위축됐다.

"성주님."

만금성 안으로 들어온 진도운의 옆으로 공길건이 다가왔
다. 그는 진도운이 성안으로 들어왔다는 소식을 듣자마자
뛰어온 것이다.

"흉수들은 이미 경석산에서 모두 철수한 뒤였소."

"허면, 저자는……."

공길건은 진도운의 뒤에 있는 사무도를 흘깃거리며 말했다.

"내가 고용한 낭인이오."

"낭인이요?"

"흉수들을 쫓는 일에 일가견이 있어서 고용했소."

"그렇습니까?"

빠른 걸음으로 나아가던 진도운이 문득 걸음을 멈추며 공길건을 쳐다봤다.

"이번에 죽은 만휘단 단원들의 장례식을 치러주시오. 나는 잠시 갔다 올 데가 있소."

"어디를 가시려고……."

"흉수들을 잡아와야 하지 않겠소?"

"흑객들을 데려가실 생각입니까?"

"저 낭인과 둘이서만 갈 것이오."

진도운은 사무도를 가리키며 말했다.

"성주님의 무위를 의심하는 건 아니지만 그래도 몇 명 데리고 가는 게 낫지 않겠습니까?"

"지금 본성의 인원으로 안휘성과 만금성을 지키는 것도 빠듯하오. 이런 와중에 내가 인원을 빼간다면 어딘가 빈틈이 생길지도 모르오."

"알겠습니다."

공길건은 고개를 끄덕이며 품속에서 서찰 하나를 꺼내

내밀었다.

"황보세가에서 온 서찰입니다."

그 말에 진도운의 눈썹이 꿈틀거렸다.

'진주언가가 만금성을 건드리자마자 황보세가에서 서찰이 왔다고?'

그 묘하게 딱 맞아떨어지는 시기에 진도운은 서찰을 받아 펴서 한눈에 쭉 읽어보았다. 그리고 처음 몇 줄을 읽자마자 자신도 모르게 미소를 지었다.

"황보세가로 와서 조사를 받으라고 쓰여 있소. 만약 만금성이 남궁세가를 공격하지 않았다는 걸 증명하지 못하면 자신들이 처분을 내릴 거라면서…… 자기들의 가솔 중 한 명이 남궁세가에 머물고 있었다고 자기들은 그럴 자격이 충분히 된다고 적혀 있소."

"그럴 줄 알았습니다."

"제갈세가도 황보세가에 사람을 보낸 것 같소. 여기 보면 제갈세가에서도 조사를 나왔다고 적혀 있소."

"결국, 제갈세가도 황보세가 쪽으로 넘어간 겁니까?"

"아무래도 그런 것 같소."

진도운은 품속에서 다른 두 장의 종이를 꺼내 들었다. 그 두 장의 종이는 일전에 공길건이 준 문파 명단으로 각각 그동안 만금성의 돈을 받아먹고 만금성의 부탁을 외면한 문파들과 백우결의 어머니를 죽게 한 싸움을 벌인 문파들이 적혀 있었다. 하지만 그 두 장의 종이에 제갈세가는 보이지 않았다.

"황보세가, 팽가, 언가 다 있소만 제갈세가는 없구려."

"제갈세가는 그렇게 많은 돈을 받으면 언젠가 탈이 날 거라며 받지 않았습니다."

"괜히 신기제갈이 아니구려. 머리가 잘 돌아가는 가문답소."

진도운은 냉소를 지으며 말했다.

"황보세가에 가실 생각입니까?"

"오라고 했는데 당연히 가야 하지 않겠소?"

"허면 만휘단의 복수는……."

진도운은 공길건이 건넨 서찰 중에서 언가라고 적혀있는 부분을 손가락으로 가리키며 보여주었다.

"여기 있지 않소?"

"언가에서 그런 겁니까?"

"언가가 연관되어 있다는 것만 알고 있소. 나머지는 나도 확신할 수 없소. 어찌 됐든 황보세가로 가보면 어디까지 연관되어있는지 알게 될 것이오."

"알겠습니다."

진도운은 다시 몸을 돌리며 걸음을 움직였다.

"황보세가에 참석하겠다고 서찰을 보내시오."

"……."

공길건은 조용히 머리를 숙이며 멀어져가는 진도운의 뒷모습을 쳐다봤다.

예로부터 산동성은 백도의 땅이라고 불릴 만큼 백도의 문파들이 강세를 보였다. 그렇다고 흑도의 문파들이 없는 건 아니었지만 대게 중소문파여서 힘을 못 쓰고 늘 백도의 문파들에게 밀려서 살았다. 특히 산동성의 터줏대감인 황보세가의 위세가 대단해서 그나마 남아있는 흑도 문파들은 기를 펴보지도 못하고 쥐 죽은 듯이 조용히 살아갔다. 그래서 그런지 산동성의 길거리를 거닐다가 가끔 보게 되는 백도의 무인들은 다들 점잖게 굴어서 특별히 진도운의 신경을 거슬리게 하는 것은 없었다.

길거리에 나붙은 그 벽보를 보기 전까지는 말이다.

"……."

진도운은 가던 길을 멈추고 담벼락에 쭉 붙어있는 벽보를 뚫어지라 쳐다봤다. 그 넓은 담벼락에 나란히 붙어있는 수많은 벽보는 다 똑같은 내용을 담고 있었다.

"남궁세가를 멸문시킨 흉수를 찾아 반드시 책임을 묻겠다는군."

진도운은 미소를 지으며 말했다. 하지만 그의 옆에 서 있는 사무도는 아무런 말도 하지 못했다. 진도운이 웃으면서 말하고 있지만 실제로 그가 풍기는 기운은 아주 비릿했기 때문이다.

"현재 그 흉수로 의심되는 만금성을 조사 중이고 흉수로

99

밝혀지는 순간 자신들이 즉결 처분을 내리겠다는군. 정의를 위해서라나 뭐라나…….”

진도운은 다시 한 번 히쭉 웃었다.

“왜, 왜 웃으시오?”

그 미소를 본 사무도가 조심스럽게 물었다.

“자네는 그동안 백도의 문파들이 만금성을 노리고 있으면서도 왜 공격하지 못했다고 생각하나?”

“글쎄올시다.”

“그동안 명분이 없었거든. 생각해봐. 명분도 없이 백도의 문파들이 단체로 만금성을 공격한다면 어떻게 되겠어?”

“세상 사람들에게 좋은 소리는 듣지 못할 것이오.”

“그렇지. 그런데 만약 이번에 본 성이 남궁세가를 멸문시킨 사실이 드러난다면……. 그것도 남궁세가에 머무는 다른 가문의 사람들까지 죽었다는 게 사실로 드러나면 만금성을 공격할 명분이 생기는 거지. 그때는 백도 무림에서 모두 나서서 만금성을 쳐도 세상 사람들이 뭐라 못하지. 왜냐? 명분이 있거든.”

사무도가 알겠다는 듯 고개를 끄덕였다.

“그래서 이렇게 벽보로 다 알리는 것이었소?”

“그렇지. 그리고 이렇게 선수를 치면서 다른 백도의 문파들보다 앞서 갈 수 있게 됐지.”

“황보세가에서 머리를 잘 굴렸구려.”

진도운은 고개를 끄덕이며 다시 걸음을 움직였다.

"이렇게 대대적으로 벽보를 붙인 것 보면 아무래도 단단히 준비한 것 같군."

"지금이라도 가서 만금성의 사람들을 데려와야 하지 않겠소? 지금 여기에 얽힌 세가가 도대체 몇 세가요?"

"너는 소호를 추적할 준비만 하고 있으면 된다. 나머지는 내가 다 알아서 할 것이다."

하지만 그 말에도 사무도는 좀처럼 안심을 할 수 없었다.

산동성의 성도인 제남의 끝자락에 장엄한 위세를 자랑하는 황보세가가 있었다. 웬만한 장정의 키는 훌쩍 넘길만한 높이의 담장에다가 웅장한 면모를 자랑하는 큼지막한 전각들이 담장 위로 높게 솟아 있었다. 게다가 전각 하나하나에 오래된 무늬가 새겨져 있어서 고풍스러운 멋까지 느껴졌다.

그곳 황보세가 앞으로 진도운과 사무도가 나타났다. 당당히 황보세가의 정문 앞에 선 진도운과 달리 사무도는 한 발자국 떨어져서 있었다.

"누구시오?"

정문 앞을 지키던 문지기가 진도운을 위아래로 훑어보며 말했다.

"만금성에서 왔소."

그 말에 문지기의 눈빛이 크게 흔들렸다. 하지만 이내 못

101

믿겠다는 불신의 빛을 내비쳤다. 바로 앞에 서 있는 진도운은 척 보기에도 고급스러운 비단옷을 입고 점잖게 서있었지만 그의 뒤에는 넝마에 가까운 경장을 입은 사무도 한 사람만 있으니 믿기 어려웠다. 만약 미리 언질 받은 게 없었다면 그대로 내쫓았을 것이다.

"정말 만금성에서 왔소?"

"출발하기 전에 서찰을 보냈으니 안에 기별을 넣어보시오."

그 말에 문지기 무사가 기다리란 말을 남기고 안으로 뛰어들어갔다. 그리고 얼마 지나지 않아 문지기와 함께 웬 중년인이 밖으로 나왔다. 그는 적색 단포를 몸에 꽉 조여 입고선 그 위에 나폴 거리는 회색 장삼을 걸치고 있었다. 그리고 굵직한 얼굴선에 각진 턱까지, 사내다운 느낌을 물씬 풍겼다.

"만금성에서 오신 분들이오?"

"그렇소."

진도운의 말에 그 중년인은 잠시 입을 다물고선 진도운을 훑었다. 만약 미리 만금성에서 이렇게 달랑 2명만 올 거라는 걸 서찰로 말해주지 않았다면 당장에 내쫓았을 것이라.

"황보세가의 총관인 황보광이라 하오."

"만금성의 성주, 백우결이오."

그 말에 황보광의 눈이 크게 뜨였다. 성주가 직접 온다는

사실은 만금성에서 보내온 서찰에 적혀 있지 않았기 때문이다.

'성주가 직접 왔다고? 가만 백우결이라면……'

황보광의 머릿속에서 그동안 숱하게 들어왔던 백우결에 대한 소문을 떠올렸다. 그리고 이내 그 모든 소문은 하나로 통용되었다.

'황제가 공언한 게으름뱅이에 여자에 미쳐 있는 자.'

하지만 그는 내색하지 않았다. 어찌 됐든 만금성의 성주이니 최대한 예의를 갖추었다.

"안으로 들어오시지요. 만금성에서 온 서찰을 받고 기다리고 있었소."

진도운은 고개를 끄덕이며 안으로 들어갔고 그의 뒤를 따라 사무도가 다급하게 따라붙었다.

안으로 들어가자 거대한 전각들에서 드리운 그림자가 진도운을 뒤덮었다. 마치 그 전각들이 자신을 내려다보는 것처럼 느껴졌다.

'모든 게 크군.'

황보세가의 건물들은 화려하지 않을지 몰라도 확실히 커서 꽤 많은 햇빛을 가리고 있었다. 그래서 지금처럼 한낮에도 그늘이 져 있는 곳이 많았다.

황보광은 전각과 전각 사이에 나있는 길을 걸으며 안으로 쭉 들어가다가 이내 어느 전각 앞에서 멈췄다.

"본 가에 계시는 동안 이곳에서 머물면 됩니다."

그 전각 역시 두 사람이 지내기에 지나칠 정도로 컸다.

"이렇게 처소를 따로 내주는 것 보면 앞으로 이곳에 한동안 머물러야 한다는 뜻이겠구려."

진도운은 그 전각에 눈길 한 번 주지 않고 물었다.

"아무래도 사태가 사태이다 보니 신중하게 조사를 하려면 시간이 걸릴 것이오."

"그런데 손님이 왔으면 이 집의 주인이 직접 나와야 하는 것 아니오? 황보 가주는 어디 가고 총관이 얼굴을 들이민단 말이오?"

"지금 급한 용무를 보고 있는 중이라 내가 대신 왔소이다. 가주님께서 용무를 마치는 대로 방문할 테니 너무 개의치 마시오."

"알겠소."

그 말에 황보광은 몸을 돌리며 다급히 걸음을 옮겼다.

'성주가 직접 오다니…… 어서 이 사실을 알려야 한다.'

그는 빠른 걸음으로 황보세가 안쪽으로 향했다.

전각 안으로 들어온 사무도는 이미 만금성의 건물들을 본 뒤여서 그런지 전각 안을 둘러봐도 별 다른 감흥을 못 느꼈다. 그리고 전각이 크기만 컸지 안에 있는 가구나 방바닥 재질 같은 건 어디서나 흔히 볼 수 있는 것들이었다.

"그래도 넓긴 하오. 안 그렇소?"

사무도가 말을 하며 뒤를 돌아봤다. 그런데 그곳에 있어

야 할 진도운이 보이지 않았다.

"아……. 그새 어디 간 거야?"

어느새 감쪽같이 사라진 진도운을 찾아 고개를 두리번거렸지만 그 어디에도 진도운은 보이지 않았다.

진도운은 전각 안으로 들어오자마자 혈아세인술을 펼쳐서 밖으로 나왔다. 그리고 곧장 황보광의 뒤를 쫓아 황보세가 안쪽에 있는 어느 전각으로 들어갔다.

"왔느냐?"

전각 안에는 황보광과 비슷한 복장을 입은 중년인이 앉아 있었다. 그는 듬직한 체구에 선이 진한 이목구비를 가진 사내였는데, 진도운은 그를 보자마자 그가 누군지 알아차렸다. 그는 바로 황보세가의 가주, 황보담이이었다.

'급한 용무가 있다더니 지금은 한가해 보이는군.'

진도운은 피식 웃으며 그들의 대화에 귀를 기울였다.

"만금성에서 온 자는 처소로 안내해주었느냐?"

황보담의 말에 황보광이 심각하게 표정을 굳혔다.

"형님. 만금성에서 누가 온 줄 아십니까?"

"글쎄다. 한 명만 온다는 거 보면 대충 적당한 놈 골라 보내지 않았겠느냐?"

다른 문파에서 조사를 하고 책임을 물겠다는데 높은 사람이 올 리 없었다. 그렇게 생각을 하고 있었건만 황보광의 입에서 나온 말은 전혀 달랐다.

"만금성의 성주가 직접 왔습니다."

"⋯⋯!"

황보담이 놀라서 벌떡 일어섰다.

"본인을 백우결이라고 밝혔습니다."

작금의 상황에서 자신들이 만금성의 성주를 조사하고 처벌을 내린다면 현재 혼란스러운 백도의 정세에서 황보세가가 우뚝 서리라는 건 불 보듯 뻔한 일이었다.

황보담은 주먹으로 앞에 있는 탁자를 꾹 누르며 흥분을 가라앉혔다.

"예상외의 대어구나."

"형님. 그런데 만금성에서 성주를 직접 보냈다는 건 어디 믿는 구석이 있어서 그런 것 아니겠습니까? 어쩌면 만금성에서 정말 남궁세가를 치지 않은 걸 수도 있습니다."

"그럼 안휘성에서 누가 또 남궁세가를 건들 수 있단 말이냐?"

"그것까진 모르겠지만 저렇게 당당히 온 거 보면 전혀 걸리는 게 없어 보입니다. 오히려 성주가 직접 왔다는 사실이 알려지게 된다면 세상 사람들이 성주가 떳떳해서 온 거라 생각할지도 모릅니다. 심지어 이곳까지 혼자 온 기개까지 높이 사는 사람도 나타날 수 있습니다."

"⋯⋯."

"그럼 상대적으로 본 가가 괜히 아무런 죄도 없는 사람을 핍박하는 것처럼 보일 수도 있습니다."

황보담은 탁자에서 손을 떼며 덤덤히 웃었다.

"그럼 죄인으로 만들어야지."

"예?"

"광아. 넌 구현회가 어떻게 백도 무림의 정점에 올랐는지 아느냐?"

"그야 성혼마를 잡아서 아닙니까?"

"맞다. 그러니 우리도 구현회의 빈자리를 차지하려면 그에 걸맞은 죄인을 잡아야지. 만금성의 성주를 심판하는 모습이 정의로운 그림으로 보이게 포장을 하면 되는 일이다."

황보광이 애매하게 고개를 끄덕였다.

"아무리 그래도 만금성의 성주를 성혼마만큼 포장할 수 있겠습니까? 성주가 성혼마처럼 무림인이건 일반인이건 가리지 않고 학살을 저질렀다면 모를까……."

"우리가 필요한 건 만금성의 성주가 아니라 만금성의 위세다. 지금 무림에서 백도와 흑도를 망론하고 가장 뜨거운 주목을 받고 있는 만금성의 위세를 꺾고 우리가 그 위에 오를 수만 있다면……."

"……."

"우리가 정무회를 제치고 백도 무림의 주도권을 휘어잡게 될 것이다. 그럼 어중이떠중이들은 다 우리 밑으로 들어올 것이고 그렇게 되면 우리의 세력은 더 커지겠지."

황보담은 다시 차분하게 앉으며 말했다.

"헌데 성주를 그런 식으로 몰아붙이면 만금성에서 가만히 있겠습니까?"

"가만히 있지 말라고 건드는 것이야. 우리가 아무런 명목도 없이 만금성을 치면 우리만 비난을 받겠지. 하지만 만금성이 먼저 우리를 건들면 그 문제는 애초에 걱정할 필요가 없는 거지."

"……"

"그동안 본 가가 구현회 밑에서 살아온 세월이 300년이다. 그런데 다시 그 밑으로 들어가겠느냐? 절대로 그럴 순 없다. 그러니 독하게 마음먹어야 하느니라."

그 말에 황보광의 눈빛이 단단해졌다.

"알겠습니다."

"너무 걱정하지 말거라. 만금성이 철마방을 무너트렸다고는 하나 우리는 이미 하북팽가와 진주언가와 결맹을 맺지 않았느냐? 게다가 지금 제갈세가에서도 사람을 보낸 것보면 우리에게 어느 정도 마음이 있다는 뜻일 터, 그 정도면 무림에서 우리를 함부로 건들 곳은 없을 것이다."

황보광은 고개를 끄덕였다.

"그럼 성주를 보시러 언제쯤 가실 생각입니까?"

"가긴 가야겠지. 이것 말고도 만금성과 의논할 거리가 있으니 말이다. 하지만 지금은 아니다. 조사를 다 마치고 진이 다 빠졌을 때, 그때 독대를 해야지. 그 전까지는 조사할 때 빼곤 만날 생각이 없느니라."

"의논할 거리라 하심은 그동안 만금성에서 보내오던 자금을 말씀하시는 겁니까?"

"어쨌든 본 가는 만금성의 자금이 필요하다. 특히 지금 화약고처럼 달아오른 백도에서 뭐가 터지는 순간 곳곳에서 싸움이 벌어질 텐데 그렇게 되면 자금을 많이 가진 쪽이 상당히 유리하게 된다. 그러니 우리만 만금성의 재물을 갖되 다른 곳에서는 만금성의 재물을 갖지 못하게 막아야 한다."

"알겠습니다. 그럼 저는 이만 본 가에 머물고 계시는 팽가와 언가, 그리고 제갈세가의 분들에게 만금성의 성주가 왔다는 사실을 알리러 가보겠습니다."

황보담은 고개를 끄덕였다.

"오늘 저녁에 바로 만금성의 성주를 추궁할 테니 미리 준비를 하고 있으라고 일러두어라."

"알겠습니다."

황보광은 허리를 크게 접었다가 피며 그곳을 나왔다.

황보광은 황보세가 별채에 머물고 있는 팽가와 언가, 그리고 제갈세가의 사람들을 만나 만금성의 성주가 직접 왔다는 사실을 알리곤 본채로 돌아갔다. 하지만 진도운은 언가의 사람들이 머물고 있는 별채에 남아 그들을 엿보고 있었다. 언가의 사람들을 택한 이유는 딱 하나였다.

소호.

그의 흔적이 언가와 이어져 있었으니 이곳에 남은 것이었다.

이곳에 머무는 언가의 사람들은 총 여섯 명이었지만 진도운의 시선은 한 사람에게만 꽂혀 있었다. 왼쪽 뺨에 깊은 자상이 남아있는 노년의 남성, 그의 길고 뾰족한 눈매에서 삭막한 빛이 아른거렸다.

진도운은 이 전각 안에 머물며 그 노인의 이름이 언자추라는 걸 알아냈다.

'염라권(閻羅拳) 언자추.'

진도운도 익히 들어본 적이 있는 이름이었다.

그는 언가에서 다섯 손가락 안에 꼽히는 고수로 한 번 손을 썼다 하면 반드시 피를 보고 마는 무자비한 손속으로 그의 명성은 하북성을 넘어 무림에 파다했다.

잠시 그를 바라보던 진도운의 시선이 그의 맞은편에 공손하게 앉아있는 중년인에게 향했다. 바위가 박혀 있는 것처럼 울긋불긋한 체격에 철판을 뒤집어 쓴 것 같은 단단한 인상까지, 그 중년인의 이름은 언찬생으로 언자추에겐 사질 격인 사람이었다. 비록 지금 언자추 앞에서 몸을 잔뜩 움츠리고 있다지만 그의 거친 주먹은 적어도 하북성에선 모르는 이가 없을 만큼 충분한 명성을 떨치고 있었다.

저 둘을 제외한 나머지 4명은 나이도 어리고 무위도 낮아 별로 신경 쓰지 않았다. 하지만 저 둘이 나왔다는 건 언가에서 이번 일에 상당한 공을 들이고 있다는 뜻이라.

"그 게으른 곰 새끼가 만금성을 물려받았다니⋯⋯. 끌끌. 이제 만금성도 끝이군."

언자추가 쉰 목소리로 말했다.

"아마도 전대 성주에겐 자식이 하나밖에 없었던 모양입니다."

"이거 뭐 우리가 나설 것도 없겠어."

"하지만 이상하지 않습니까? 여기가 어떤 자리인지 모르는 게 아닐 텐데 성주가 직접 왔다는 건⋯⋯. 그것도 웬 낭인 한 명 말고는 대동한 사람도 없다고 하던데."

언자추가 피식 웃었다.

"지 딴에는 믿는 구석이 있겠지. 만금성의 성주라고 하면 우리가 못 건들 거라고 생각했을 수도 있고."

"제 개인적인 생각이지만 조금은 조심할 필요가 있을 것 같습니다."

언찬생은 조심스럽게 말했다.

"그딴 곰 새끼를 조심해서 뭐하게?"

"며칠 전에 소호가 본 가의 가솔들을 이끌고 안휘성에 있는 경석산으로 가서 만금성의 사람들을 몇 명 죽이지 않았습니까?"

"그랬지."

"그때 갔던 본 가의 가솔들도 여럿 다쳤다고 합니다. 만약 우리 쪽에서 압도적으로 숫자가 많지 않았다면 사망자도 나왔을 거라는 추측이⋯⋯."

그 말에 언자추의 눈썹이 꿈틀거렸다.

"한심한 새끼들. 만금성이 언제부터 문파였다고 그딴 놈들에게 부상을 당해?"

"만금성 놈들은 생전 처음 보는 무공을 썼다고 합니다. 그런데 그 무공들이 하나같이 거칠고 악독해서 스치기만 해도 큰 상처가 몸에 남았다고 합니다."

언자추가 가소롭다는 듯 웃었다.

"부상 좀 당한 걸로 별 말이 다 나오는군."

"가주님께서 혹시 모르니 만금성 놈들을 상대할 때는 몸 조심하라고 당부를 하셨습니다."

"알겠다."

"그리고 조사도 조사지만 만금성의 자금을 다시 융통받게 하는 것도……."

그가 채 말을 잇기도 전에 언자추가 알겠다는 듯 고개를 끄덕였다.

"그거야 어렵지 않지. 따로 나서지 않아도 이번 일만 잘 해결 되면 만금성의 재물이 넝쿨째 굴러들어오는 건데 말이야."

"만금성의 재물까지 더해진다면 정무회보다 우리 쪽이 앞서나갈 확률이 높습니다. 그럼 본 가도 백도 무림의 중추 세력으로 떠오를 수 있습니다."

"그래. 만금성만 잡으면 그리 되겠지. 만금성만 잡으면 말이야."

언찬생은 고개를 끄덕이다가 이내 조심스럽게 자리에서 일어났다.

"저는 본 가에 서찰을 보내 만금성의 성주가 황보세가에 직접 왔다는 사실을 알리도록 하겠습니다."

"그러도록 해라."

언자추의 말이 떨어지자 언찬생은 뒤돌아서 문으로 향했다. 황보세가에 있는 전서구를 이용해서 진주언가에 서찰을 보낼 작정이었다. 그런데 그가 문 앞에 선 순간, 퍽 울리는 둔탁한 타격음과 함께 그의 신형이 단숨에 무너져 내렸다.

"으음?"

언찬생이 눈앞에서 갑자기 쓰러지는 걸 보고 언자추가 급격히 몸을 일으켰다. 그 순간, 방 안을 맴도는 미풍 한 줄기를 느꼈다.

휘이이.

그 바람은 전각 구석구석 파고들더니 다른 4명의 사람들을 스치고 지나갔다. 그런데 그럴 때마다 언가의 사람들이 한 명씩 허무하게 쓰러지는 게 아닌가?

"누구냐!"

언자추는 바닥을 박차고 몸을 띄어 그 바람의 앞을 막았다. 그러자 가볍게 불던 바람이 돌연 거세게 짓쳐들며 한 줄기 돌풍이 되었다.

퍼억!

한 줄기 빛살처럼 날아든 그 돌풍이 언자추의 품으로 파고들어 그의 가슴팍을 후려쳤다.

"큭!"

허공에서 언자추의 몸이 크게 휘청거리더니 바닥으로 뚝 떨어졌다. 허나 가까스로 균형을 잡으며 두 발로 착지한 언자추가 이를 바득 갈며 고개를 치켜들었다.

"어, 어떤 놈이……."

하지만 그는 말을 채 다 잇지도 못했다. 자신의 등 뒤에서 그림자가 넘어와 자신을 뒤덮었기 때문이다.

꿀꺽.

그는 자신도 모르게 침을 삼켰다.

'이리 쉽게 뒤를 뺏기다니!'

언자추는 눈을 휘둥그렇게 뜨며 잠시간 꼼짝도 못했다.

"누구냐?"

그는 뒤늦게 입을 열었다. 그 순간, 뒤에서 히쭉거리는 웃음소리가 넘어왔다. 하지만 여전히 말은 없었다.

"내가 누군 줄 알고……."

"염라권 언자추 아닌가? 그리고 소호를 알고 있는 놈이기도 하고."

그 말에 언자추의 눈썹이 파르르 떨렸다. 본능적으로 그의 정체가 누군지 가늠이 되었다.

"설마 만금성에서 온 놈이냐?"

"눈치가 빠르군."

"네 놈이 백우결이더냐?"

"척하면 척이라더니, 금세 내 이름까지 맞추는군."

그 순간, 언자추가 몸을 반 회전 시키며 두 손을 한 점에 모아 크게 휘둘렀다.

퍼퍽!

원심력까지 실은 그의 두 주먹이 뒤에 서있는 진도운의 옆구리를 정확히 가격했다.

"크악!"

그런데 오히려 주먹을 휘두른 언자추가 불에 대인 것처럼 양손을 빼며 부르르 떨었다. 그때 그의 열 손가락은 하얗게 질려서 감각이 느껴지지 않았다.

'바위도 으스러트리는 내 주먹이……'

지금은 힘도 제대로 들어가지 않아 주먹을 쥐는 것도 벅차게 느껴졌다.

'어, 어떻게 된 거지?'

언자추는 믿을 수 없다는 듯 자신이 가격한 진도운의 옆구리를 보았다. 원래대로였다면 그곳의 갈비뼈는 작살이 나서 그는 똑바로 서있지도 못해야 했다. 그런데 그는 너무나도 멀쩡하게 서서 자신을 보며 웃고 있었다.

"이, 이런 말도 안 되는……."

그가 입을 열자 진도운의 오른손이 쏜살처럼 튀어나가 그의 하관을 움켜쥐었다.

"으읍!"

아예 언자추의 입을 틀어막아버린 진도운은 왼손을 뻗어 그의 오른 손목을 잡아챘다. 그리고 바깥쪽으로 확 꺾었다.

"끄으으!"

언자추의 비명소리가 진도운의 손을 비집고 나왔다. 어느새 그는 얼굴이 하얗게 질려서 온몸을 바들바들 떨고 있었다.

진도운이 손 안에 잡혀 있는 그의 오른 손목을 놓자 그의 오른손이 축 늘어지며 꿈쩍도 안했다. 그리고 그 순간, 진도운의 손이 그의 왼 손목을 번개처럼 붙잡더니 똑같이 반대쪽으로 꺾었다.

으드득!

진도운은 곧바로 그의 왼 손목을 놔주었다. 그러자 그의 왼 팔 역시 축 늘어져서 꿈쩍도 안했다.

"으으으……."

언자추는 두 눈을 부릅뜬 채 양 팔을 미친 듯이 떨었다. 하지만 그가 아무리 움직이려 해봐도 양 손은 움직이지 않았다.

"으흑."

진도운은 언자추의 하관에서 손을 뗐다. 하지만 그는 양 손에서 아무런 감각이 없다는 걸 감지하고선 다시는 주먹질을 하지 못할 지도 모른다는 생각에 초조해지기 시작했다.

털썩.

진도운이 그의 신형을 밀자 그의 신형이 힘없이 주저앉
았다. 염라권이란 무시무시한 별호를 가진 그에게 평소에
는 전혀 찾아볼 수 없는 온순한 모습이었다.

"내, 내 손이……."

그는 이를 악물고 손을 움직여보려 했다. 하지만 끝까지
꿈쩍도 않는 자신의 양손을 보며 어금니를 꽉 깨물고는 도
끼눈으로 진도운을 노려봤다.

"이 새끼가……."

하지만 진도운은 그 말이 끝나기도 전에 바닥에 놓여있
는 언자추의 왼손 위에 발을 올렸다. 그리고 지그시 밟았
다.

"으읍!"

잠깐 움찔했지만 감각이 없는 손에서 고통을 느낄 리 없
었다. 그런데 진도운이 발을 좌우로 움직이며 자신의 손을
짓누르는 게 아닌가?

바드득.

손뼈가 아작 나는 소리가 들렸다.

"으, 으……."

여전히 아무런 고통도 없었지만 듣기만 해도 소름 끼치
는 소리에 언자추는 숨이 넘어갈 것처럼 괴로워하고 있었
다. 그 소리는 이제 더 이상 그 손을 쓸 수 없다는 선고와도
같았다.

"아, 안 돼……."

진도운은 천천히 발을 떼는가 싶더니 바로 옆에 있는 그의 오른 손 위에 다시 발을 얹었다. 그리고 꾹 누르는가 싶더니 중간에 멈췄다.

"아직 한쪽 손이 남았다."

그 말에 언자추가 미친 듯이 고개를 좌우로 저으며 안 된다는 말만 반복했다.

"이 손이라도 살리고 싶으면 내가 묻는 말에 잘 대답해야 할 거야."

"뭐, 뭘 물으려는 것이오?"

그의 말투가 공손해지고 다급해졌다.

"소호는 어디 있는 것이냐?"

"보, 본 가에 있소."

진도운은 고개를 갸웃거렸다.

"소호가 언가에 있다고? 분명 만금성에서 미리 황보세가에 사람을 보낼 거라 서찰까지 보내기까지 했는데 언가에 있다고?"

"그렇소."

"황보세가에서 나를 기다리고 있는 줄 알았건만……."

언자추는 고개를 절레절레 흔들었다.

"아니오. 이곳에 없소."

"소호의 정체가 무엇이냐?"

"나도 모르오."

"모르는 사람의 말을 따르고 있는 건가?"

진도운이 발에 살짝 힘을 주자 언자추는 화들짝 놀라며 다급히 입을 열었다.

"우리는 소호와 그리 많은 대화를 나누지 않아서 그가 누군지 알아볼 기회조차 없소. 그만큼 대화를 나눌 수 있는 사람은 오직 본 가의 가주뿐이오."

"계속 말해 보아라."

"만약 가주가 아니었다면 우리도 소호의 말을 듣지 않았을 것이오. 그런데 이미 가주가 홀딱 넘어가서 소호의 말을 듣는 바람에……."

그는 침을 꿀꺽 삼키며 말을 이었다.

"하지만 의외로 소호는 제법 뛰어난 자였소. 늘 백도에서 천시 받던 본 가를 백도의 중심에 있는 황보세가와 결맹 맺게 도와주었소. 그때부터 가주뿐만 아니라 다른 가솔들도 소호의 말을 듣기 시작했소."

"……."

"소호는 대게 가주를 통해서 말을 전하오. 가끔 우리들에게 직접적으로 명령을 내릴 때가 있다 싶으면 그건 다 서찰을 통해서 말을 전했소."

그 말에 진도운은 미간을 찌푸렸다.

"넌 아는 게 없다는 소리군. 결국 네가 쓸모없다는 거 아닌가?"

진도운이 다시 발에 힘을 주었다.

"한 가지, 한 가지 알고 있는 게 있소!"

언자추가 다급히 말하자 진도운이 다시 힘을 뺐다.

"말해라."

"소호는 구야혈교를 피해 도망치고 있소."

"그게 무슨 소리지?"

"가주에게 직접 들은 적이 있소. 가주와 소호가 처음 만난 건 하북성의 어느 뒷골목이었다고 들었소. 그런데 거기서 소호가 누군가에게 쫓기고 있다가 본 가의 가주가 도와주게 되어서 가까스로 목숨을 건졌다고 들었소."

"……."

"그런데 그때 쫓아오던 자들이 구야혈교의 무인들이었다고 하오. 그들은 결국 소호를 찾지 못하고 그 근방을 떠났다고 했는데……."

진도운은 처음으로 표정을 굳혔다.

"구야혈교에게 쫓기고 있었다고?"

그의 얼굴이 굳어지는 걸 보고 언자추가 혼자 덜컥 겁을 먹고 또 다시 말을 이었다.

"확실하오. 구야혈교. 처음에는 가주도 긴가민가했지만 나중에서야 확신했소. 그래서 가주는 괜히 구야혈교와 척을 지기 싫어서 소호를 내보내려고 했는데……. 만약 그때 소호가 본 가의 배신자를 잡아내지 않았다면 곧장 쫓겨났을 것이오."

"그 배신자에 대한 얘기를 해보아라."

"그, 그건 소호의 정체와 관련 없는 얘기 아니오?"

진도운이 씩 웃었다.

"아직도 내 말에 토를 다는군."

"대대로 언가와 거래를 해온 상단이 있었는데 알고 보니 그 상단의 대행수가 본 가의 정보를 빼돌리고 어디론가 보내고 있었소. 그걸 소호가 잡아낸 것이오."

진도운은 그 말을 듣는 순간 일전에 사무도에게 들었던 소호의 이야기를 떠올렸다.

'소호가 시나귀를 죽인 적이 있다고 했지.'

"그것도 모자라 그 대행수 놈은 언가의 사람을 죽인 적도 있었소. 그것 역시 소호가 그 대행수를 고문해서 알아낸 것이오."

그 말을 듣자 진도운의 입꼬리가 묘하게 꿈틀거렸다.

'그 대행수 하는 짓이 영락없이 시나귀들이 하는 짓과 똑같군.'

"그래서 소호는 본 가의 가주에게 신임을 얻게 되고 그 뒤로는 소호의 말을 듣고 있소. 우리가 보기에는 좀 과하다 싶을 때가 있소만 우리가 어쩌겠소? 가주가 소호의 말이라면 무조건 따르는데 말이오."

"구야혈교에서 소호를 왜 쫓는지는 모르고?"

"그, 그것까지는……."

"그렇군."

진도운은 내공을 뿜어 순식간에 이 전각 안에 벽을 치고

121

언자추의 오른손을 밟고 있는 발에 힘을 주었다.

"끄아아아아악!"

언자추는 미친 듯이 비명을 질러댔지만 진도운은 딴 생각에 빠져 그에게 눈길도 주지 않았다.

'구야혈교에 쫓기고 있었다고?'

구야혈교가 하북성에서까지 모습을 드러냈다는 것은 작정하고 쫓고 있었다는 뜻이다.

'하지만 그만큼 구야혈교가 신경 쓸 만한 놈들이 있던가?'

진도운은 아무리 생각해봐도 마땅한 인물을 떠올리지 못했다.

"으아아아아!"

언자추는 비명을 지르고 있었지만 실제 고통은 느끼지 못했다. 그저 진도운의 발아래에서 뼈가 부스러지는 소리에 놀라 비명을 지르고 있었다. 그 소리가 날 때마다 다시는 손을 쓰지 못한다는 생각이 차올랐다. 그건 주먹을 쓰는 무인에게 있어 엄청나게 고통스러운 일이었다.

"다 말했는데……."

결국 맥이 풀려버린 그는 고개를 떨구며 말했다. 하지만 진도운은 그를 보며 냉소를 짓더니 천천히 손을 뻗었다.

"걱정 마. 이제 그 손은 문제도 안 될 테니."

진도운의 온몸에서 파지직 거리는 소리와 함께 살기가 번뜩였다.

문 앞에 기절해있던 언천생이 힘겹게 눈을 떴다. 그리곤 뒤쪽 목이 뻐근한 걸 느끼며 고개를 좌우로 꺾다가 눈앞에 붕 떠있는 인영을 보고 다시 털썩 주저앉았다.

전각 한 가운데에 언자추의 몸이 붕 떠있었다. 그런데 자세히 보니 지붕 서까래에서 내려온 천 쪼가리가 언자추의 목에 묶여 있었다. 그리고 언자추의 왼쪽 가슴에 구멍이 뻥 뚫려서 피를 쏟아내고 있었다. 아직 비린내가 생생한 걸로 보아 죽은지 얼마 안 된 듯 보였다.

"사, 사백!"

언천생은 눈을 부릅뜨며 소리쳤다.

"쉿."

그 순간, 언자추의 시신 뒤에서 음산한 목소리가 흘러나왔다.

"누, 누구냐!"

언천생은 그곳으로 고개를 돌렸다. 그리고 의자에 차분하게 앉아 자신을 바라보는 진도운을 발견했다. 그곳에서 진도운은 하얀 이를 드러내며 웃고 있었다.

"부디 너는 아는 게 많았으면 좋겠군."

그 순간, 언천생은 등골이 서늘해지는 걸 느끼며 자신도 모르게 침을 꿀꺽 삼켰다. 그리고 지붕에 매달려 있는 언자추의 시신과 차분하게 앉아있는 진도운의 모습을 번갈아가면서 봤다.

"……."

언천생은 곧바로 몸을 돌리며 문을 향해 손을 내뻗었다.
그때 동시에 등 뒤에서 파지직 거리는 괴상한 소리를 들었다.

뚝뚝.

진도운의 손에서 핏방울이 떨어졌다. 그의 앞에는 처참
하게 머리가 뜯겨져 나간 언천생의 시신이 널브러져 있었
다.

"이놈은 아예 아는 게 없군."

그래도 언자추에게 소호에 대해 어느 정도 알아낸 게 있
으니 아무런 소득이 없는 건 아니었다.

"이 두 놈이 모르는 걸 저놈들이 알 리 없지."

진도운은 주변에 아직도 기절해 있는 4명의 언가 놈들을
보며 손을 뻗었다.

서걱!

섬뜩한 소리와 함께 네 명의 머리통이 목에서 떨어져 나
와 바닥을 굴렀다. 하지만 진도운은 눈길 한 번 주지 않고
혈아세인술을 펼쳐서 밖으로 나왔다.

╫

"어디 갔다 왔소?"

전각 안에서 빈둥대고 있던 사무도는 갑자기 전각 지붕
에서 뚝 떨어지는 진도운을 보며 말했다. 하지만 이내 진도

124 天沐鬼王 3

운의 손에 피가 묻어있는 걸 보곤 말하지 말라는 듯 손을 저었다.

"됐소. 차라리 안 듣는 게 속 편하겠소."

그에 진도운은 피식 웃으며 전각에 딸려 있는 목욕실로 들어가 손을 닦고 나왔다.

"내가 없는 동안 누가 왔다 갔나?"

"아무도 안 왔소."

그때, 누군가 문을 두들기며 잠시 문을 열어 달라 말했다. 이미 한 번 만난 적이 있는 황보광의 목소리였다.

그에 진도운이 직접 문을 열고 그를 맞이했다.

"무슨 일이오?"

"가주님의 말씀을 전해주러 왔소이다. 오늘 저녁에 바로 만금성에 대한 조사를 들어갈 예정이니, 그동안 이곳에서 기다리고 계시오."

"알겠소. 그런데 황보 가주는 아직도 바쁜가 보오?"

"가주님께서는 지금 흉수가 될지도 모르는 사람하고 사전에 만났다가 조사의 공정성을 훼손시킬 수도 있으니 일부러 오지 않겠다고 했소. 부디 성주께서 이해해주시길 바라오."

"알겠소."

진도운은 피식 웃으며 말했고 황보관은 설레설레 목인사를 올리고 밖으로 나갔다.

바로 그날 저녁, 황보광이 직접 와서 진도운을 데리고 황보세가 안쪽으로 들어갔다. 그리고 다른 건물들보다 족히 두 배는 커 보이는 대청 안으로 들어갔다.

그 대청 안에는 세 사람이 나란히 앉아있었고 그들의 앞에는 각자 서류가 가득 쌓여있는 탁자가 놓여있었다. 그리고 그들 옆에 텅 빈 의자와 탁자가 하나씩 더 있었다.

황보관은 그들 앞으로 진도운을 데려왔고 그들을 향해 정중히 목인사를 하고 본인은 밖으로 나갔다. 그러자 그들 세 명 중 중앙에 앉은 황보세가의 가주, 황보담이 멋쩍게 웃었다.

"조금만 기다려 주시겠소? 언가에서 오신 분이 아직 오지 않아서 말이오."

"알겠소."

진도운은 주변을 둘러봤지만 그 어디에도 자신이 앉을 의자는 보이지 않았다. 그래서 그는 우두커니 서서 황보담의 좌우에 앉아있는 자들을 훑어보았다. 그들 모두 아까 낮에 황보광을 따라갔다가 얼굴을 본 자들이었다.

황보담의 좌측에 앉아있는 중년인은 탄탄한 체격에 힘있는 굵은 인상을 가진 하북팽가에서도 나름 배분이 있는 팽도후였다. 그리고 황보담의 우측에 점잖게 앉아서 길고 쭉 찢어진 눈으로 무덤덤하게 앉아있는 젊은 사내는 제갈세가의 제갈현이었다.

그 둘 모두 입을 꾹 닫고 나머지 빈자리가 얼른 채워지기

만을 기다리고 있었다. 하지만 그대로 일각이 지나도 아무런 소식이 없자 황보담이 밖에서 대기 중인 황보광을 불러 언가의 사람들이 머물고 있는 별채로 보냈다.

그런데 얼마 뒤에 황보광이 허겁지겁 달려 들어오더니 황보담의 옆에 바짝 붙어서 하얗게 질린 얼굴로 속삭였다.

"어, 언가 쪽 사람들이 모두 죽었습니다."

작게 새어나온 그 말에 나란히 앉은 세 사람의 얼굴에 큰 동요가 일었다. 하지만 진도운은 아무것도 모른다는 듯 편안한 얼굴로 서있었다.

"왜 그러시오? 무슨 일이라도 생겼소?"

진도운은 차분한 목소리로 물었다. 그러자 황보담의 눈빛이 좌우로 흔들리더니 그를 똑바로 노려봤다.

"잠시만 기다리시오."

황보담은 벌떡 일어서서 황보광과 함께 밖으로 나갔다. 그들이 나가자 대청 안은 순식간에 조용해졌다.

"언가 쪽 사람이 죽었다니……."

팽도후가 입을 열어 그 고요를 깨트렸다. 그리곤 묵직한 목소리로 말을 이었다.

"성주께선 그에 대해 아는 게 있으시오?"

"없소."

진도운은 모른 척 말했다.

"그럼 누가 언가의 사람들을 죽였단 말이오? 우리 중에서 그럴 만한 동기가 있는 사람은 성주 말고 또 누가 있소?"

"나는 오늘 낮에 황보세가에 와서 지금까지 처소에만 틀어박혀 있었소."

그 말에 팽도후는 진도운의 전신을 훑어보았다. 옷에 가려져 있는 뼈대는 좋을지 몰라도 풍기는 기운이나 안에 품고 있는 기운이 느껴지지 않았다.

'저런 일반인 같은 무위론 언가의 문지기조차 제대로 상대하지 못할 것이다. 하지만 저 자가 오자마자 언가 쪽 사람이 죽었다. 그건 우연의 일치란 말인가?'

무엇보다 그의 말대로 그는 오늘 낮에 와서 지금까지 처소에만 박혀 있었다고 들었다.

'그럼 누구란 말이지?'

팽도후가 좀처럼 갈피를 잡지 못하고 있을 때, 황보담이 돌아왔다. 그는 굳은 얼굴로 돌아와 자신의 자리로 가던 도중 멈춰 섰다. 그리곤 그 앞에 있는 빈 의자를 집고 구석으로 내던지고 나서 자신의 자리로 돌아와 앉았다.

"언가 쪽에선 부득이한 사정으로 참석하지 못하게 됐소."

그 말에 진도운은 입꼬리를 꿈틀거렸다.

'이대로 밀어붙이겠다는 건가?'

어느 정도 예상은 했지만 저렇게 거리낌 없는 얼굴로 앉아 조사를 밀어붙일지는 몰랐다. 아무래도 단단히 각오를 한 모양이었다.

'더군다나 자기 가문 안에서 일어난 일이건만……'

황보담의 양옆에 앉은 팽도후와 제갈현도 의아한 눈길로 그를 바라봤지만 그는 탁자 위에 쌓인 서류를 하나씩 늘어놓기 바빴다.

"여기에 있는 서류들은 본 가에서 보낸 사람들이 남궁세가를 조사하고 그것들을 기록한 일종의 보고서요."

황보담이 서류를 살피며 말했다.

"그렇소?"

진도운은 덤덤하게 말했다. 하지만 겉과 달리 속으로는 웃음이 새어나올 수밖에 없었다. 저런 식으로 서류로만 남겼다는 건 결국엔 쓰는 사람 마음에 따라 얼마든지 조작할 수 있기 때문이었다.

"여기에 적힌 보고서에 따르면 남궁세가의 생존자는 한 명도 없다고 하오. 남궁세가에 머물고 있던 외부 손님들조차 모두 죽었다고 나와 있소."

황보담은 다른 서류를 집으며 말을 이었다.

"그리고 이 보고서에는 남궁세가의 외원에 있던 자들은 모두 칼 같이 예리한 무기에 당한 자상이 있었다고 하오. 그런데 내원에 있는 자들은……."

황보담은 잠시 침음을 삼켰다가 다시 천천히 말했다.

"손으로 심장이 쥐어뜯기거나 머리가 터져 나가 시체들이 하나같이 지저분했다고 적혀 있소. 이건 조사 차 나간 본 가의 장의원들조차 경악할 만큼 잔혹한 손속이오."

그때 옆에서 팽도후가 심각하게 표정을 굳혔다.

"이게 마공과 다를 게 뭐요?"

"그러게 말이오."

황보담은 고개를 끄덕이며 말했다. 하지만 여전히 진도운의 얼굴에는 아무런 표정 변화도 없었다.

"아무리 들어도 그 일을 만금성이 저질렀다는 증거는 없는 것 같소만."

나직한 진도운의 말에 황보담은 피식 웃었다.

"증거를 떠나서 솔직히 터놓고 말해보시오. 안휘성에서 남궁세가를 그렇게 만들 수 있는 문파가 몇이나 있을 것 같소?"

"잘 모르겠구려."

"애초에 안휘성은 철마방과 남궁세가가 양립하고 있었소. 그 둘 사이에 다른 문파들은 끼어들 틈조차 없었소. 그런데 만금성이 갑자기 철마방을 무너트리면서 개문을 하더니 며칠 지나지도 않아서 남궁세가가 멸문을 당했소."

"……."

"철마방을 무너트렸다는 건 남궁세가를 멸문시킨 힘이 있다는 뜻이 아니겠소? 게다가 남궁세가를 멸문시키면서 가장 이득을 본 곳은 만금성이니……. 굳이 따지고 할 게 뭐가 있소?"

그 말에 진도운은 슬쩍 황보담의 앞에 놓여 있는 서류들을 훑었다. 그 서류들은 모두 만금성을 노리고 준비해온 서류들이었다. 그런데 저렇게 준비해온 서류를 쓰지 않고 갑

130

자기 다른 말을 늘어놓으니 여간 신경 쓰이는 게 아니었다.

'무슨 꿍꿍이더냐?'

진도운은 고개를 저었다.

"다시 말하지만 만금성은 남궁세가를 공격하지 않았소."

"그 말을 증명할 수 있겠소?"

"하지 않았다는 걸 어떻게 증명한단 말이오?"

황보담은 서류 더미 속에서 한 장의 서류만 끄집어내서 진도운 앞으로 휙 던졌다. 그러자 그 서류가 허공에서 한 바퀴 돌며 진도운의 앞에 떨어졌다.

진도운은 그 서류를 집어 눈으로 빠르게 읽어갔다. 거기엔 마치 자신이 남궁세가를 멸문시켰다는 사실을 인정하고 이 사실을 밝힌 황보세가의 처분을 기다리고 있겠다는 내용이 장문으로 쓰여 있었다.

"이게 무엇이오?"

"성주에게 주는 마지막 기회요."

황보담의 목소리에는 자신감이 흘러 넘쳤다.

"무슨 소리를 하는지 모르겠소."

"바로 내일 본가에서는 거기에 적힌 내용을 그대로 벽보로 만들어서 산동성에 붙일 것이오."

"하지만 난 여기에 적혀 있는 것을 인정한 적이 없소만."

"그건 중요하지 않소. 지금 백도 무림에서 필요한 건 진실이 아니라 명분이오."

"……."

"성주께서 아무리 부인을 하더라도 내가 이리 먼저 치고 나가면 본 가를 따라 백도의 문파들이 들고 일어설 것이요. 어차피 그들은 진실을 원하지 않소. 그저 만금성을 칠 구실만 원하는 거지……. 그때가 되면 결국 만금성도 무사하지 못할 것이오. 만금성 혼자서 백도 무림을 상대할 순 없잖소."

진도운이 말이 없자 황보담은 다른 서류를 던졌다. 이번에도 진도운은 발 앞에 떨어진 서류를 집어 그 내용을 읽어봤다.

"……."

첫 줄을 읽자마자 말문이 막혔다. 남궁세가의 시신들에 남아있는 흔적을 보아 만금성은 사이한 무공을 배운 것이 틀림없으며 이건 백도의 문파로써 좌시할 수 없는 문제라고 쓰여 있었다.

"그런 내용이 적힌 벽보도 같이 붙인다면 어떻게 되겠소?"

"본성의 무공을 보지도 않고 이리 적는단 말이오?"

"사람을 그렇게 처참하게 죽이는 잔인한 무공을 익혔다는 소문이 돌면 세상 사람들은 만금성을 다른 눈으로 볼 것이오."

진도운은 덤덤히 웃었다.

"재밌구려. 본 성이 저지르지도 않은 일들을 이렇게 저

질렀다고 하다니."

그 말에 황보담은 씩 웃더니 다른 서류를 던졌고 이번에는 진도운이 땅에 떨어지기 전에 잡았다. 그 서류에 적힌 말은 가관이 따로 없었다.

그곳에는 만금성의 성주인 백우결이 남궁세가를 멸문시키면서 여자를 탐했고 겁탈까지 했다는 서류가 적혀 있었다. 그리고 물론 그 모든 것은 백우결 본인이 직접 황보세가의 추궁을 받아 인정했다는 사실이 적혀 있었다.

"예전에 황제가 그대를 보고 게을러 터져서 여자만 밝히는 호색한이라고 공포한 적이 있지 않소? 만금성의 성주가 그 장본인이이라는 사실도 밝히면 세상 사람들은 그 소문을 듣고 납득할 것 같소만."

"……."

진도운은 웃음이 새어나오는 걸 가까스로 참았다.

'이렇게까지 나오다니…….'

지금 황보담의 눈에선 무엇이든지 하겠다는 의지가 엿보였다.

"만금성이 부정한다고 해도 세상 사람들은 만금성의 말을 듣지 않을 것이오. 그들이 원하는 건 진실이 아니기 때문이오."

"……."

말이 없는 진도운을 보며 황보담은 보이지 않게 씩 웃었다.

'백도 무림이 들고 일어나면 이 모든 일을 밝혀낸 본 가가 자연스럽게 주도권을 잡을 수 있을 것이다. 그럼 이 혼란스러운 백도 무림에서 본 가가 선봉에 서게 될 터…….'

진도운은 음흉하게 웃고 있는 황보담을 똑바로 바라봤다.

"황보세가에서 이렇게 나올 줄 몰랐소."

"나를 이렇게 몰아간 건 만금성이요. 만금성이 얌전히 자금을 융통하고 조용히 지냈으면 지금과 같은 일을 당했더라도……. 아니 실제로 만금성이 남궁세가를 멸문시켰더라고 하더라도 다른 문파들은 조용히 있었을 것이오."

황보담은 그 말을 하며 자리에서 일어서더니 진도운의 앞으로 다가가 그가 쥐고 있는 서류들을 다 뺏었다. 그리곤 그의 눈앞에서 활짝 웃어보였다.

"나도 이렇게까지 하고 싶지 않소. 굳이 우리가 서로 척을 질 필요가 있겠소? 어쩌면 우리하고 만금성하고 좋게 지낼 수 있는 방법이 있을지도 모르오."

"어떻게 말이오?"

"서로의 체면을 살려주는 선에서 이번 일을 대충 마무리 짓고 만금성도 우리와 함께 하는 것이오. 그리고 자금을 우리에게만 융통하시오. 그럼 백도 무림이 들고 일어서더라도 만금성을 함부로 건들지 못할 것이오."

그의 말이 맞았다. 새롭게 안휘성의 패자로 떠오른 만금성이 이들의 결맹에 끼어든다면 백도 무림에서 더 이상 건

들자가 없었다.

"나도 이렇게까지 하고 싶지 않았소."

황보담은 그 서류를 진도운의 눈앞에서 흔들어대며 말을 이었다.

"하지만 필요하다면 할 것이오. 그리고 나는 이보다 더한 짓도 할 수 있소. 지금과 같은 정세는 앞으로 몇 백 년이 지나도 다시는 오지 않을 기회이기 때문이오."

말을 하는 황보담의 눈에선 탐욕과 욕망의 빛이 뒤엉켜서 빛나고 있었다.

"생각 좀 해보겠소."

그 말에 황보담은 쯧쯧 혀를 차며 고개를 저었다.

"아직도 모르겠소? 성주께 생각할 시간 같은 건 없소."

그때였다. 대청의 문을 벌컥 열며 일단의 무리가 안으로 들어왔다. 그 무리에서 가장 앞선 자는 진도운도 익히 얼굴을 알고 있는 황보광이었다. 그런데 그의 뒤에 있는 황보세가의 무인들 사이에서 사무도가 포박 된 채 끼어 있었다.

[어떻게 된 일이지?]

진도운은 그를 보자마자 전음을 보냈다.

[갑자기 들이닥치더니 방을 마구 뒤지는 게 아니겠소? 그러더니 피 묻은 옷을 찾았다며 날 포박해서 끌고 왔소.]

[피 묻은 옷을 처소에서 찾았다고?]

그럴 리 없었다. 깔끔하게 언가의 사람들을 죽이고 옷 같은 건 가져오지도 않았다.

'지들이 들고 와서 찾은 것처럼 꾸민 거겠지.'

[그 옷이 언가 사람의 옷이라고 하더이다. 그러면서 황보세가에 머무는 언가의 사람을 저보고 죽였다면서 이리 끌고 왔소.]

그 전음을 들은 진도운은 고개를 숙이며 씩 웃었다.

'이래서 그 많은 서류를 쌓아두고 딴 소리를 지껄인 거였군.'

이건 예상하지 못했다. 언가의 사람들이 죽어있는 걸 보고 이렇게 이용할 줄이야…….

"가주님."

황보광이 앞으로 나서며 말했다.

"무슨 일이냐?"

황보담은 모른 척 말했다.

"이 자가 머무는 전각 안에서 언가의 사람들이 입고 있던 옷을 발견했습니다. 아무래도 이 자가 본 가에 머무는 언가의 사람들을 죽인 것 같습니다."

사무도는 기가 막혀서 말도 안하고 있었다.

"이런……. 쯧쯧쯧. 어째서 그런 짓을 벌였단 말이오?"

황보담은 혀를 차며 말을 이었다.

"그런데 그 처소에 이 자 혼자 머물고 있던가? 언가에서 오신 분은 다름 아닌 염라권 언자추와 그의 사질인 언천생인데, 아무리 생각해도 이 자 혼자서 그들을 죽였다는 게 불가능해 보이는데. 내가 생각하기엔 공범이 있을 것 같군."

"이 자의 처소에 만금성의 성주 백우결도 같이 머물고 있었습니다."

"그럼 성주께서도 그 혐의에서 자유롭지 못하겠구려."

황보담은 진도운을 보며 이죽거렸다.

"지금 상황에선 내가 무슨 말을 해도 믿지 않을 것 같소만."

"성주께선 언가의 사람들을 죽였다고 인정하는 것이오? 그것도 본 가 안에서 말이오?"

"……."

"하긴, 이미 증거까지 다 나왔겠다. 이건 남궁세가를 멸문시킨 일처럼 따로 조사를 할 필요도 없겠구려."

그 말에 황보광과 그의 부하들이 진도운의 옆에 붙으며 진도운을 포박하기 시작했다. 그에 황보담은 줄에 손이 묶이고 몸이 묶이는 진도운을 정면에서 바라보며 히쭉 웃었다.

"본 가에서 일어난 일이니만큼 본 가의 책임도 있소. 그러니 흉수에게 직접 처벌을 내리는 걸로 본 가의 책임을 다하겠소이다."

"……."

"이 죄인들을 지하 뇌옥에 가두어라."

"예!"

황보광과 그의 부하들이 기다렸다는 듯 진도운과 사무도를 끌고 대청 밖으로 나갔다.

그들이 나가고 황보담은 만족스럽다는 듯 미소를 지으며 제자리로 돌아왔다.

"이렇게까지 하실 필요가 있습니까?"

그가 앉자마자 제갈현이 옆에서 물어왔다. 그때까지 조용히 있던 제갈현이 갑자기 입을 열자 황보담이 방긋 웃었다.

"제갈 공자께서는 화가 나지도 않소? 누가 봐도 남궁세가를 멸문시킨 건 만금성이 분명한데 저리 안했다고 뻔뻔하게 나오니……."

"저는 아직 잘 모르겠습니다."

"허허. 그렇소?"

"저는 제갈세가를 대표해서 이곳에 왔지만 그 목적은 온전히 남궁세가에 머물고 있는 본가의 식솔을 누가 죽였는지 알아내기 위해서 입니다. 팽가나 언가처럼 황보세가와 결맹을 맺고 괜히 만금성이나 건드는 일을 하러 온 것이 아닙니다."

하지만 황보담의 표정은 하나도 흔들리지 않았다.

"하지만 제갈세가도 이제는 입장을 분명히 취해줘야 하오. 지금 일은 단순하게 누가 남궁세가를 멸문시켰는지 알아내는 거론 끝나지 않을 것이오."

"……."

"이런 상황에서 혼자 고결한 척 발을 떼선 안 되오. 세상을 갖기 위해선 때론 흙탕물에 손을 담글 줄도 알아야 하오."

제갈현은 그에 대한 대꾸를 하지 않고 자리에서 일어나

밖으로 나갔다.

"하여간 제갈 세가 놈들은 혼자 깨끗한 척 다 한다니까."

황보담은 혀를 차며 말했다. 그러자 옆에서 보고 있던 팽도후가 피식 웃었다.

"일을 이렇게까지 벌인 이상 만금성을 끌어들이든지 아니면 끝장내든지 확실한 결판을 내야 하오."

"걱정 마시오. 성주가 본 가에 잡혀있는데 만금성이라고 어쩌겠소? 성주가 본 가에서 언가의 사람을 죽이고 지금 지하뇌옥에 잡혀있다는 사실이 알려지면 만금성에선 당장이라도 우리와 협상을 하려 들게요. 그때 만금성을 가지면 되오."

그 말에 팽도후가 깊게 침음을 삼켰다.

"그런데 언가 쪽 사람들은 누가 죽인 것이오?"

"나도 모르겠소. 처음에는 당연히 만금성 쪽 사람이라 생각했소. 그들이 나타나자마자 이런 일이 벌어졌으니 말이오. 그런데 증거가 없소. 너무도 깨끗하게 언가의 사람들을 죽여 놔서 아무런 흔적도 찾을 수 없었소."

"……"

"그리고 만금성 놈들이 언가의 사람이 어디에 머무는지 어떻게 알고, 또 염라권 언자추까지 있는데 아무런 소리도 내지 않고 죽일 수 있단 말이오?"

팽도후가 심각하게 표정을 굳혔다.

"그럼 살수라도 들었단 것이오?"

"그것까진 나도 모르겠소."

팽도후는 그의 눈에서 이글거리는 빛을 보고 눈매를 날카롭게 찢었다.

'오직 앞만 보고 달리는구나. 목표를 제외한 건 아예 쳐다보지도 않아.'

팽도후가 쳐다보는 것도 모르고 황보담은 아까 진도운에게 던졌던 서류들을 다시 모으고 있었다.

‡‡

공기가 습하고 퀴퀴한 냄새로 가득한 지하 뇌옥 안에 진도운과 사무도가 갇혀 있었다. 뇌옥 바닥에는 지푸라기들이 깔려 있었지만 어찌나 더러운지 살짝 엉덩이를 대기만 해도 온갖 오물이 다 붙었다. 그래도 그들을 가둔 쇠창살만큼은 관리를 잘 해놨는지, 아니면 이럴 때를 대비해서 새로 준비해둔 건지 깨끗하고 튼튼해 보였다.

그런데 지하 뇌옥에 집어넣더니 갑자기 포박한 줄을 풀어주는 게 아닌가? 보통 이렇게 가두면 쇠사슬로 묶고 다시는 내공을 쓰지 못하도록 점혈까지 하는 게 기본이거늘, 점혈은커녕 포박한 줄까지 풀어주다니?

그로부터 얼마 지나지 않아 쇠창살 밖으로 황보담이 나타났다. 그는 손에 쥐고 있는 서류를 쇠창살 안으로 집어넣었다.

"우리에겐 성주를 가둬둘 명분이 있소. 막말로 이대로 성주를 죽여도 우리가 욕먹을 일은 없을 것이오. 다른 사람도 아니고 언자추와 언천생이 죽어나갔으니 말이오."

황보담은 실실 웃더니 그 옆에 있는 사무도를 쳐다봤다.

"보아하니 자네는 만금성의 사람 같지 않아 보이고 낭인처럼 보이는군. 어떤가? 자네가 증언을 해주지 않겠나? 성주가 직접 언가의 사람들을 찾으러 나갔다 오면서 피 묻은 옷을 가지고 왔다고만 말해주면 되네."

"……."

"그럼 나머지 일은 본 가에서 알아서 하겠네. 자네는 아무런 걱정도 할 필요가 없어."

하지만 사무도는 그 말을 들은 체도 안하며 일체 대꾸도 하지 않았다.

"낭인이면 살아날 구멍은 알아서 챙겨야지. 여기서 이런다고 자네의 충성심을 알아줄 것 같나? 낭인은 고용이 끝나는 순간 서로에게 남이 되는 것이야."

"충성심이 아니라……. 됐소. 말을 해서 무얼 하겠소."

사무도는 아예 등을 돌리고 앉았다. 그에 황보담은 고개를 절레절레 흔들며 다시 진도운을 쳐다봤다. 그리곤 자신이 쇠창살 안으로 집어넣은 서류들을 가리켰다.

"그 서류들이 세간에 나붙기 시작하면 만금성은 온갖 더러운 소리를 다 들을 것이오. 그래도 그렇게 고집을 부릴 셈이오?"

"……."

황보담은 말없이 자신을 쳐다보는 진도운을 보다가 이내 몸을 돌렸다.

"마음대로 하시구려. 이제 더 이상 그대들에게 기회는 없소이다."

황보담은 그대로 밖으로 나갔다. 그가 사라지자마자 사무도가 다시 앞을 돌아보며 앉으며 실없는 웃음을 흘렸다.

"이런 황당한 경우가 다 있나? 다른 곳도 아니고 황보세가가 저리 나올 줄 몰랐소."

"방금 전에 왜 황보담의 회유에 넘어가지 않은 거지? 그가 원하는 대로 말 몇 마디만 해주면 너는 여기서 바로 풀려날 텐데. 그렇다고 나에게 충성심이 있는 것도 아닐 테고."

"내 살 길 찾아가는 것뿐이오. 그대의 무위라면 여기서 곧바로 도망칠 수 있는데 그러지 않는다는 건 뭔가 다른 꿍꿍이가 있다는 거 아니요?"

진도운은 씩 웃었다.

"눈치가 빠르군."

"낭인으로써 먹고 살려면 그 정도 눈칫밥은 기본이오. 그리고 어쨌든 그대가 진백고에 대해 알아봐준다고 했으니 그때까지는 그대를 따르는 수밖에 없소."

진도운은 고개를 끄덕였다.

"현실적인 이유군. 차라리 그게 낫지."

"그럼 이제 앞으로 어쩔 셈이오?"

"소호를 끌어내야지."

"역시 소호를 노리고 있었구려."

진도운은 쇠창살 사이로 보이는 지하를 쭉 훑어보았다. 그곳에 갇힌 자신들 말고는 아무도 보이지 않았다. 하지만 지하를 넘어선 곳에 득실거리는 황보세가의 무인들이 느껴졌다.

'이래서 줄도 풀어주고 점혈도 하지 않은 건가?'

밖으로 나온 순간 탈주를 시도했다는 핑계로 자신을 덮칠 것이다. 그래서 일부러 쇠창살 밖에 지키는 사람도 두지 않고 지상으로 통하는 단 하나의 입구에 사람들을 잔뜩 대기시켜 놓은 것이다.

'우습군.'

설사 자신을 쇠사슬로 묶고 점혈을 가해도 여기서 아무도 눈치 못 채게 나갈 자신이 있었다. 그런데 이리 얕은 수작을 펼치다니……. 어이가 없어 웃음이 나올 뿐이었다.

그날 밤, 황보담은 만반의 준비를 끝내놓고 처소로 돌아왔다. 불하나 없이 새카만 방 안으로 들어온 그는 대충 옷을 풀어헤치고 침상 위에 몸을 눕혔다. 그런데 그의 귀에 '스슥' 거리는 소리가 희미하게 났다.

"음?"

143

황보담은 고개를 돌려 방 한 쪽을 쳐다봤다. 그곳에선 어둠 속에 앉아 붓을 놀리고 있는 사람 그림자가 보였다. 원체 방 안에 드리운 어둠이 짙어서 처음에는 자신이 잘못 본 줄 알았다. 그런데 눈이 금방 어둠에 적응하고 그 인영의 모습을 뚜렷하게 잡았다. 그 사내는 지하 뇌옥에 갇혀 있어야 할 진도운이었다.

"네 놈이 여긴 어떻게?"

"쉿."

진도운은 잠시 붓을 멈추고 검지를 세워 입에 갖다 대며 말했다. 하지만 그런다고 황보담이 조용히 있을 놈은 아니었다. 그는 목청껏 소리를 높였다. 다만, 지풍을 쏘는 진도운의 손이 더 빨랐을 뿐이다.

'커헉!'

정확히 아혈에 지풍이 격중 당한 탓에 목소리가 잠긴 것처럼 나오지 않았다.

'이게 어찌된 일이지?'

그는 눈 깜작할 사이에, 그것도 그 먼 거리를 격하고 점혈을 넣는 진도운의 손동작을 보며 멈칫했다. 지풍으로 점혈을 하는 건 자신조차 넘볼 수 없는 고도의 수법이었다.

'그것도 이 캄캄한 어둠에서……'

"잠시 이 앞에 앉지."

진도운은 붓을 내려놓으며 자신의 맞은편에 있는 빈 의자에 자리를 권했다. 하지만 황보담은 침상 끝에 걸터앉아

꿈쩍도 안하고 있었다. 그는 진도운을 눈여겨보며 손에 내 공을 모으고 있었다. 하지만 진도운은 금방 알아채고 조용히 오른 손을 들었다.

그 순간,

'으어?'

황보담의 얼굴이 경악으로 물들며 그의 전신이 앞으로 튀어나갔다. 그는 내공을 발산하며 자신의 몸을 끌어당기고 있는 미증유의 힘을 끊어보려 했지만 장강의 물줄기에 휩쓸려 가는 작은 돌멩이처럼 그의 몸은 단숨에 진도운의 손 안으로 딸려 들어갔다.

스슥!

진도운이 손을 앞으로 털어내자 그 손에 잡힌 황보담의 신형이 빈 의자 위로 떨어졌다.

"……."

황보담은 지금 이 상황을 믿을 수 없다는 듯 눈을 휘둥그렇게 떴다. 자신이 내뿜는 내공을 모두 무시하고 자신의 몸을 끌어당기는 이 어마어마한 내공 앞에 황보담은 입을 꾹 다물었다.

'이게 가능한 일이던가?'

지금껏 이런 무지막지한 내력은 듣도 보도 못했다. 그런데 정작 진도운은 이런 건 아무것도 아니라는 듯 편안한 얼굴을 하고선 자신을 쳐다보고 있었다.

"내가 방금 쓴 건데, 한 번 읽어 봐."

진도운은 아직 먹물이 다 마르지도 않은 종이를 내밀었다. 그에 황보담은 고개를 내리며 그 종이를 보다가 이내 얼굴을 일그러트렸다.

　'이, 이건……'

　여전히 목소리는 나오지 않았다.

　"그래. 맞아. 여기엔 자네가 언가의 사람들을 죽였다고 쓰여 있지."

　그에 황보담은 주먹을 꾹 쥐고 바들바들 떨었다. 하지만 진도운은 그의 시선은 무시한 채 다시 붓을 들고 깨끗한 종이에 새롭게 글씨를 써내려갔다.

　"이것도 읽어보게."

　단숨에 그 종이에 두, 세 줄 적은 진도운은 그 종이를 똑같이 앞으로 내밀었다. 황보담은 볼 필요도 없었다. 그가 그 종이에 쓸 때부터 한 글자씩 보고 있었기 때문이다.

　그 종이에는 황보담이 자신이 직접 언가의 사람을 죽이고 그 죄를 만금성의 성주에게 뒤집어 씌었다고 쓰여 있었다. 부디 대의를 위한 희생이니 언가에서 이해해달라는 풍의 글씨도 덧붙여 있었다.

　'미친 새끼……'

　황보담은 이를 바득 갈며 말했지만 그의 목소리는 입안에서만 맴돌았다.

　"자네에게 변론의 기회를 줄 테니, 말해보게나."

　그 말에 발끈한 황보담은 계속 무어라 말을 하고 있지만

목소리가 나오지 않았다. 그에 진도운은 쯧쯧 혀를 차며 고개를 저었다.

"이런 기회를 준다고 해도 말이 없군."

쾅!

결국 황보담이 참지 못하고 탁자를 내리쳤다. 순식간에 탁자가 폭삭 가라앉았다. 하지만 그 나무 파편 속에서 진도운이 작성한 두 장의 종이는 무사했다. 그래서 황보담은 얼른 그 두 장의 종이를 들고 마구 찢었다.

그러자 바로 앞에서 보고 있던 진도운이 싱긋 웃더니, 손을 들어올렸다. 그러자 그 손을 따라 황보담의 손도 같이 떠오르는 게 아닌가?

'제길, 또……'

마치 보이지 않는 손이 자신의 손을 붙잡고 들어 올린 것 같았다.

"자네에게 붓을 줄 테니, 자네가 직접 써보게나. 자네의 죄를 낱낱이 고하는 거야."

진도운은 자신의 손에 쥐고 있던 붓을 황보담의 손에 억지로 쥐어주었다. 그리고 붓을 꽉 쥐게끔 손까지 오므려 주었다. 뒤이어 그는 발을 들어 가볍게 바닥을 두드렸다. 그러자 바닥에 쌓여있던 잔해 속에서 아직 아무것도 적히지 않은 종이가 여러 장 떠올랐다.

진도운은 반대 손으로 허공에 떠오른 그 종이를 잡고는 방에 굴러다니는 책상들 중 하나를 가져와 황보담의 앞에

놓고 그 위에 깨끗한 종이를 두었다.

"크헉!"

그 순간, 황보담의 입에서 거친 숨을 토해내며 목소리가 나왔고 허공에 고정되었던 그의 손도 책상 위로 떨어졌다.

"허어, 허……."

그는 물에 빠져 죽을 뻔 한 사람처럼 호흡을 한 번에 몰아서 했다. 하지만 진도운은 여전히 편안한 얼굴로 그 앞에서 팔짱을 끼며 고개를 삐딱하게 꺾었다.

"자, 이제 내가 불러주는 대로 쓰는 거다."

그 말에 혈관이 튀어나올 만큼 울컥한 황보담은 수중의 붓을 들어 그대로 칼처럼 내리꽂았다.

빠악!

진도운의 어깨에 꽂힌 붓이 반으로 부러지며, 부러진 붓대가 허공으로 튀어올랐다. 기습적으로 공격을 한 것이었지만 분명 그 붓에 자신의 내공을 모두 쏟아 부었다. 그 정도면 바위에도 구멍을 낼만한 위력이건만 진도운의 어깨는커녕 그의 옷조차 뚫지 못했다.

피식.

진도운의 입꼬리가 뒤틀렸다. 어느새 번개처럼 튀어나온 그의 손이 금나수를 펼쳐 황보담의 손목을 휘어잡고는 확 잡아당겼다. 그리고 맨손을 먹물에 찍고선 종이 위에 놓았다.

"네가 앞으로 이 종이에 써야 할 건 황보세가가 남궁세가를 멸문시키고 황보세가에 온 언가의 사람들까지 죽였다고 쓰는 것이다. 그리고 그 모든 걸 아무런 죄도 없는 만금성에 뒤집어씌우려 했다는 것도 써야한다."

"……."

그 말에 황보담의 얼굴은 비참한 기색으로 물들었다.

'저 자의 말대로 쓰게 되면…….'

자신은 물론이고 황보세가 전체가 무너질 것이다. 그래서 그는 아무것도 하지 못하고 가만히 앉아만 있었다. 그러자 진도운의 얼굴에서 냉소가 떠오르더니…….

"다음엔 혓바닥을 뽑아 붓으로 대신 하지. 그 손가락은 네가 부러트린 붓처럼 반으로 부수고 나서 말이야."

그 말에 황보담의 얼굴이 하얗게 질렸다.

"여, 여분의 붓이 있소."

황보담은 손가락에 묻어있는 먹물을 보며 말했다. 지금 그것만큼 자신을 비참하게 만드는 것은 없었다.

"가져와라."

그 말에 황보담은 어깨를 축 늘어트린 채 일어나 주변에 있는 서랍에서 붓 한 자루를 꺼내 왔다. 그리고 붓에 먹까지 찍었지만 차마 종이에 대지 못했다. 망설이는 그의 모습을 보며 진도운은 나직이 입을 열었다.

"먼저 언가에 쓸 서찰부터 작성하지."

"……."

"지금 만금성의 성주를 붙잡아 두었고 만금성에선 쳐 들어온다고 난리를 치니 도움이 필요하다고 적어라. 그리고 이미 팽가에서도 사람을 보내기로 했다고 하고 언가 사람들도 급히 와줬으면 좋겠다고 적어라."

황보담은 일순간 멈칫했다. 비록 팽가의 사람이 오기로 한 것은 거짓이었지만 그래도 말한 그대로 서찰을 보내면 언가의 사람들이 우르르 몰려올 것이다. 그럼 진도운의 입장에서는 불리하게 되건만 오히려 그가 언가의 사람들 보고 와달라고 말하고 있었다.

이리저리 머리를 굴리는 황보담을 보며 진도운은 피식 웃었다.

"잘 생각해봐라. 지금 네 입장에서도 언가 쪽 사람들이 와서 너를 도와주는 게 낫지 않겠어?"

그의 말이 옳았다. 언가의 사람들이 오는 것이 자신에겐 훨씬 나은 상황이었다.

"그러니 어서 쓰지."

"……."

황보담은 그에게 다른 꿍꿍이가 있어서 언가의 사람들을 끌어들이는 거라 생각했다. 그래서 섣불리 적지 못하고 망설이고 있었다. 그러자 진도운의 눈에 살의가 깃들었다.

"내가 감옥을 나와 여기까지 들어오는데 아무도 눈치 못 채더군. 심지어 자네도 내가 소리를 내기 전까지는 나를 발견하지 못했지."

"……."

"그런 내가 황보세가 사람들을 아무도 모르게 한 명씩 납치하는 게 어려운 일일까?"

황보담의 눈이 급격히 흔들렸다.

"무슨 말을 하는 것이냐?"

"한 명씩 데리고 와서 네 앞에서 목을 그어야 붓을 놀릴 건가?"

"……!"

황보담의 목과 얼굴에 혈관이 바짝 서며 그의 눈시울이 붉게 물들었다. 그는 지금 가슴 속 깊은 곳에서 분노가 머리끝까지 차오르는 걸 느꼈다.

"저 가까운 곳에 젊은 놈들 몇 명 있던데……. 안타깝군. 무림에 제대로 이름을 떨쳐보기도 전에 죽게 되다니."

진도운은 자리에서 일어나며 말했다. 그러자 황보담이 붓을 내리 누르며 종이 위에 점을 찍었다.

"쓰, 쓰겠소."

진도운은 가만히 서서 그를 내려다봤다. 그에 황보담이 붓을 움직이기 시작했고 종이 위에 있는 점에 획이 붙으며 글씨가 되었다. 그제야 진도운은 자리에 앉았다.

'언가 놈들이 와야 소호가 온다.'

소호는 언가에 붙어있으니, 언가가 움직이면 자연스럽게 소호도 움직일 것이다. 게다가 만금성의 성주가 잡혀 있고 언가와 팽가까지 도와주는 유리한 상황이 된다면 더욱 나타날 확률이 높아질 것이다.

"이왕이면 제갈세가도 도와주러 온다고 적는 게 좋겠군."

그들에게 유리하면 유리한 상황일수록 좋다.

"하, 하지만 제갈세가는……."

"안다. 아직 너희들과 결맹을 맺지 않은 거. 그래도 적어라."

진도운은 황보세가의 총관인 황보광을 따라 제갈세가의 사람들을 엿본 적이 있었다. 그래서 그들이 황보세가와 손을 잡기보다 남궁세가의 멸문에만 관심이 있다는 것도 알아낼 수 있었다.

"만금성 놈들이 오고 있으니 하루라도 빨리 오는 게 좋다고 해라."

"도대체 무슨 수작을 벌이는 것이오? 언가 놈들이 오면 성주는 무사할 것 같소?"

"언가 놈들이 오든 말든 신경 쓰지 않는다. 내가 노리는 건 언가에 있는 소호다."

그 말에 황보담이 눈매를 쭉 찢었다.

"소호를 노리는 것이었소?"

"역시 알고 있군."

"그가 이 모든 일을 주도했소."

황보담은 붓을 놀리며 말했다.

"알고 있다."

"그는 웬만해선 앞에 나타나지 않소."

"그럼 나타나게 만들어야지."

진도운은 씩 웃으며 말을 이었다.

"오늘부터 시작해서 소호가 올 때까지 황보세가 놈들을 하루에 한 명씩 죽여야지."

그 냉랭한 목소리에 황보담의 얼굴이 일그러졌다.

"어, 어떻게 그런 짓을 할 수 있단 말이오?"

"만약에 언가 놈들만 오고 소호가 오지 않으면 그때는 황보세가의 가치도 없어질 테고, 그럼 그냥 철마방이나 남궁세가처럼 없애버려야겠군."

황보담이 고개를 짓쳐들며 온몸을 부르르 떨었다. 하지만 그 압도적인 무력의 차이 앞에 자신이 할 수 있는 건 아무것도 없었다. 게다가 지금은 자칫 잘못했다간 자신만 죽는 게 아니라 자신의 가솔들까지 위험해질 수 있었다.

"그럴 줄 알았소. 역시 남궁세가는 만금성이 그렇게 만든 것이었소."

"당연한 소리를 하는군. 만금성이 아니면 또 누가 있단 말이냐?"

황보담은 등골이 서늘해지는 걸 느꼈다. 철마방과 남궁세가를 무너트렸다면 황보세가 역시 만금성에 미치지 못할 거란 걸 깨달은 것이다.

"만금성 사람들이 온다고 하면 소호는 오지 않을 것이오. 그냥 만금성의 성주만 잡고 그 성주가 모든 죄를 인정했다고 해야 올 것이오."

"그런가?"

"그럼 자신이 세운 계획이 모두 통했다고 생각하면서 안심을 할 것이오. 소호는 그런 안전한 상황이 아니면 절대 자신을 드러내지 않소."

그에 진도운은 새로운 종이를 황보담의 앞에 내밀었다.

"그럼, 그렇게 쓰도록."

"대신 본 가의 가솔들은 건들지 마시오."

"그러지."

황보담은 그제야 붓을 놀리며 그 종이 안에 글씨를 채웠다. 내용은 그가 말한 대로 만금성의 성주가 모든 걸 인정하고 황보세가와 뜻을 함께 하기로 했다는 내용이었다.

"뒤에 백도 무림으로부터 만금성을 지켜주기로 약조를 했다는 내용도 덧붙여라. 그냥 황보세가에 투항했다고 하면 뭔가 이상하잖아."

"알겠소."

황보담은 마저 붓을 놀렸고 진도운이 말한 내용도 덧붙였다. 그러자 진도운은 기다렸다는 듯 다른 종이를 꺼내 내밀었다.

"거기에는 남궁세가를 황보세가가 멸문시키고 만금성을 공격할 명분을 갖추기 위해 만금성에 뒤집어씌우려고

했다고 쓰거라."

"……."

"그건 굳이 네 글씨체가 필요하지 않겠지. 널 대신해서 써줄 사람은 황보세가에도 많으니까."

소호에게 보내는 서찰이라면 황보담의 필체가 필요했다. 하지만 이건 어차피 벽보로 내걸을 것이니 누구의 필체든 지 상관없었다. 그저 황보세가의 직인만 있으면 됐다.

"그럼 내가 쓰지."

진도운은 황보담의 손에서 붓을 뺏어들고 자신이 말한 내용을 그대로 종이에 적었다. 그 종이가 한 글자씩 채워질 때마다 황보담의 얼굴은 어둡게 물들었다.

'언가의 무인들이 오기만 한다면…….'

그는 탁자 아래에서 주먹을 쥐고 부들부들 떨었다.

'그때 이 모든 치욕을 되갚아주마.'

분명 진도운은 언가에서 사람이 올 때까지 황보세가를 건들지 않기로 했다. 적어도 그때까지는 안전하다고 생각한 것이다.

'네가 아무리 고강한 무위를 갖추고 있다고 해도 본 가와 언가를 혼자서 상대할 순 없을 것이다.'

그때까지만 참으면 됐다. 그때까지만…….

어느새 진도운은 종이에 글씨를 다 채우고 황보담의 앞에 내밀었다.

"황보세가의 직인을 찍어라."

"그럴 순 없소."

이게 바깥으로 새어나간다면 황보세가는 백도 무림의 비난을 받고 구현회처럼 명예가 추락해서 제대로 영향력을 발휘하지 못할 것이다. 하지만 진도운에겐 그런 것 따위 고려의 대상도 아니었다. 그는 가볍게 손가락을 튕겨 지풍을 쏟아냈다.

파파파팟!

쏜살처럼 날아간 바람 줄기가 황보담의 전신을 두들겼다. 그러자 그대로 황보담의 몸이 굳어서 미동도 보이지 않았다. 점혈을 당한 것이다.

'무슨 짓을 하려고……'

아혈까지 점혈 당해서 목소리도 나오지 않았다. 그런데 눈앞에서 진도운이 일어나더니 불길하게 실실 웃는 게 아닌가?

'제길!'

하지만 그의 목소리는 속에서만 맴돌았고 진도운의 신형은 눈앞에서 꺼졌다. 잔상은커녕 발을 떼는 것조차 보지 못했건만 그 자리에서 아예 사라져버렸다.

'안 돼. 안 된다고!'

심장이 미친 듯이 뛰기 시작했으나 자신이 할 수 있는 건 아무것도 없었다. 그저 진도운이 누군가를 한 손에 들고 나타날 때까지 의자에 가만히 앉아있을 수밖에 없었다.

진도운의 손에 축 늘어져 있는 자는 다름 아닌 황보세가

의 총관, 황보광이었다. 진도운은 황보광을 황보담의 맞은 편 의자에 내려놓으며 그의 등을 살짝 쳤다. 그러자 황보광이 온몸을 팔딱이며 정신을 차렸다.

"가, 가주님?"

그는 바로 앞에서 꼼짝 않고 앉아있는 황보담을 보며 말했다. 그런데 그 순간 무언가 뒤통수를 확 잡아채더니 자신의 머리를 탁자 위에 그대로 내리꽂는 게 아닌가?

쿵!

다행히 탁자는 무너지지 않았다. 하지만 황보광은 자신의 머리를 누르고 있는 손 때문에 강제로 허리를 접은 채 탁자 위에 머리를 박고 있어야 했다.

"누, 누구냐? 누가 이런 짓을…… . 크윽!"

황보광은 자신의 뒤통수를 붙잡고 있는 손가락이 머리를 꽉 움켜쥐는 걸 느끼고 신음을 흘렸다. 어느새 그의 얼굴은 새빨갛게 달아올랐고 그의 입에선 노란 침을 주르륵 흘렸다.

"황보세가의 직인이 어디 있느냐?"

그때, 진도운이 물었다. 하지만 황보담은 고개를 돌리며 황보광을 외면했다.

'그냥 협박하는 것뿐이다. 어차피 소호가 오기 전까지는 아무도 죽이지 못한…… .'

"가, 가주에게 있소!"

그런데 진도운의 손에 머리통에 잡혀 있는 황보광이 그 고통을 견디지 못하고 말했다.

"가, 가주가 항상 품에 지니고 다니오."

"그렇군."

진도운은 방긋 웃으며 황보광의 머리를 잡고 있는 손을 주먹을 쥐듯 꾹 말아 쥐었다.

"으아아……."

바드득.

황보광의 비명소리가 중간에 끊기며 뼈가 바스러지는 소리가 들렸다. 그리고 진도운의 손 안에서 뼛조각과 뇌수가 튀었다.

"……."

황보담의 눈빛이 미친 듯이 떨렸다. 바로 눈앞에서 가솔의 머리가 터져 나가는 걸 보고 나니 그의 머릿속은 새하얗게 질렸다.

'부, 분명 소호가 오기 전까지는 건들지 않겠다고…….'

그는 입술까지 파리하게 질려서 믿을 수 없다는 듯 고개를 떨었다. 그때 진도운은 피가 잔뜩 묻어있는 손으로 황보담의 품속을 뒤져서 황보세가의 직인을 찾아냈다. 그리고 그는 그 직인과 자신이 작성한 종이를 들고 구석에 가서 종이에 직인을 찍고 품속에 넣었다.

다시 황보담의 앞으로 돌아온 진도운은 그의 뒤에 있는 침상으로 가서 이불보를 찢어 기다란 천 쪼가리로 만들었다. 그리곤 그 천 쪼가리로 황보담의 몸을 팔과 함께 묶어서 밖으로 들고 나갔다.

진도운이 지붕 끝에 천 쪼가리를 묶자 그 천 쪼가리에 몸이 묶여 있는 황보담이 허공에 떠서 굴비처럼 매달려있게 되었다. 그제야 진도운은 그의 아혈을 눌러서 목소리를 낼 수 있게 해주었다.

"소호가 오기 전까지 안 죽인다고 하지 않았느냐!"

그가 분노에 찬 목소리로 말했다.

"내 말을 곧이곧대로 믿은 건가? 생각보다 순진한 면이 있군."

"이, 이 개 같은……"

황보담은 울컥 솟아오르는 분노를 주체하지 못하고 온몸을 부르르 떨었다. 그런데 그때 처소 주변을 감싸고 있는 담장의 문이 벌컥 열리며 젊은 청년이 들어왔다. 그 역시 황보세가의 사람으로 방금 전 황보담의 목소리를 듣고 달려온 것이다.

"가주님! 무슨 일이십니까?"

청년은 담장 안으로 들어오자마자 소리쳤다.

진도운은 곧장 그를 향해 손을 뻗더니 좌에서 우로, 허공을 그었다.

서걱!

섬뜩한 소리와 함께 그 청년의 목이 잘려나갔다. 머리를 잃은 청년의 몸이 앞으로 고꾸라졌고 머리는 위로 살짝 떴다가 뒤늦게 땅에 떨어졌다. 그리고 머리가 잘려나간 목의 단면에서 하얀 연기가 부스스 올라오고 있었다.

"······!"

황보담은 눈을 부릅뜨며 아랫 입술을 꾹 깨물었다.

"또 소리를 질러라."

"뭣이라?"

"소리를 지르라고. 그래야 황보세가 놈들이 와서 너를 구하려 들 것 아니냐? 그럼 나도 굳이 황보세가를 돌아다닐 필요 없겠지."

"······."

황보담은 반쯤 넋이 나간 표정으로 아무 말도 하지 못했다.

"너도 좋고, 나도 좋고 서로에게 좋은 일이잖아."

진도운은 히쭉 웃으며 말했다.

"어찌 이런 짓을 벌일 수 있단 말이냐? 흑도의 무인들도 이렇게까지 하진 않을 것이다."

그는 혹여나 자신의 목소리를 듣고 누가 올까봐 목소리를 낮췄다. 진도운이 손을 바짝 세워서 그의 옆구리에 찔러 넣었다. 진도운의 손이 살점을 뚫고 들어가 내장에 닿았다.

"끄으······."

황보담은 온몸을 사시나무처럼 떨면서도 입은 꾹 닫았다. 하지만 진도운이 그의 옆구리에 찔러 넣은 손을 좌우로 비틀자 그의 입은 금세 쩍 벌어졌다.

"으아아아악!"

그때 진도운은 주변에 내공을 쳐서 그의 목소리가 적당

히 이 부근에만 퍼지도록 만들었다. 그래서 그런 것인지 이곳으로 달려오는 발길질 소리가 났지만 그 수가 채 열 명을 넘지 않았다.

"가, 가주님!"

"어서 그 손을 빼지 못할까!"

그들 열 명은 담장 안으로 들어오자마자 진도운을 향해 달려들었다.

진도운은 황보담의 옆구리에서 손을 빼며 매의 발처럼 손가락을 구부러트렸다. 그 순간, 그 다섯 손가락에서 공기까지 타들어가게 만드는 지독한 기운이 넘실거렸다.

진도운은 몸을 날리며 자신을 향해 달려드는 10명의 무인들을 향해 그 손을 크게 휘둘렀다.

싸악!

허공을 할퀴는 그의 손가락을 따라 황보세가 무인들의 몸통이 찢어졌다.

한 번에 다섯.

그들 다섯 명의 몸통이 가로로 여섯 조각으로 동강나며 땅에 후두둑 떨어졌다. 그러자 호기 좋게 달려들던 나머지 다섯 명은 중간에 멈칫 서며 땅바닥에 떨어진 몸통 조각들을 훑어봤다. 그 몸통 조각들은 마치 맹수의 발톱에 할퀸 것처럼 단면이 지저분했고 그 단면에선 하얀 연기가 모락모락 피어나고 있었다. 천목수의 2초식, 천목조가 펼쳐진 것이다.

진도운은 그 멍하니 있는 다섯 명을 향해 반대쪽 손을 내밀었다. 어느새 천목수는 거두고 귀살류를 펼쳐 그의 손에서 귀살류의 살기가 통째로 뻗어갔다.

콰앙!

허공에서 격한 소리가 틀리며 다섯 명의 신형이 뒤로 걸레짝처럼 튕겨져 나갔다. 그중 셋은 그 일격으로 즉사를 했고 가까스로 살아남은 두 명도 겨우 숨만 남아있는 정도였다.

"운이 좋았군."

진도운은 그 두 명을 향해 다가가 수도로 그 두 명의 목을 그었다. 그러자 그 두 명의 머리통이 땅바닥 위를 굴렀다. 하지만 진도운은 눈길 한 번 주지 않고 황보담이 묶여있는 곳으로 돌아갔다.

그 모든 광경을 지켜본 황보담의 눈동자가 극심하게 흔들리고 있었다. 하지만 더 이상 몸을 떨진 않았다. 그는 이미 정신이 반쯤 놓은 듯 보였다.

"어, 어디서 그렇게 잔인한 무공을……."

"또 소리를 질러라."

황보담은 피가 튀어 나올 정도로 아랫입술을 세게 깨물더니 이내 입을 열었다.

"소호가 올지 안 올지 어떻게 알고 나를 죽인단 말이오? 만약 나중에 소호가 오지 않게 된다면 그때 또 내 도움이 필요하지 않겠소? 그런데 성주가 이렇게 나오면 난 절대로 도와줄 수 없소."

"그땐 내가 언가로 가면 된다."

그의 얼굴에 떠오른 독기가 한순간 허무하게 흩어졌다. 이제 그에겐 더 이상 협살할 만 한 거리가 남지 않았다.

"왜 이렇게까지 하는 것이오? 차라리 처음부터……."

"네 가솔들을 죽이고 나면 너는 더 이상 잃을 게 없어지지 않나? 그럼 네가 모든 걸 포기하고 내 말을 따르지 않을 수도 있잖아."

"그래서 나보고 먼저 그 서찰을 쓰라고 한 것이오?"

"그럼 너희들이 마음에 들어서 지금까지 살려 준 줄 아느냐? 게다가 나 혼자서 이 넓은 황보세가를 돌아다니다보면 한 두 사람 놓칠 수도 있다. 하지만 이렇게 알아서 와준다면 편하게 조금씩 처리하면 될 일이지."

"소호를 노리는 거라면 아예 처음부터 언가로 가지 그랬소."

그 이유는 간단했다.

"여기로 올 때까지만 해도 소호가 언가에 있는 줄 몰랐거든. 그리고 안휘성에선 여기 산동성이 더 가깝잖아. 언가가 있는 하북성보다는 말이야."

그 어처구니없는 말에 황보담이 표독한 눈빛을 쏟아냈다.

"미친 새끼……. 내 반드시 네 놈을……."

진도운은 귀찮다는 듯 고개를 좌우로 까닥이다가 그의 옆구리에 구멍이 나있는 부분을 손으로 눌렀다.

"크아악!"

진도운은 이번에도 내공을 쳐서 적당히 이 부근에만 들리게 했다. 그러자 이번에도 겨우 열 명 남짓한 황보세가의 사람들이 담장 안으로 들어왔고 그들은 담장 안으로 들어오자마자 목이 잘려 나갔다. 그들은 아마 죽는 순간까지도 자신들이 왜 죽는 지도 몰랐을 것이다.

"이런……."

진도운은 담장 바로 앞에 쓰러진 그 시체들을 보며 쯧쯧 혀를 찼다.

"내가 너무 성급했군."

저렇게 담장 바로 앞에 두면 담장 앞에 얼씬 거리기만 해도 시체들이 보일 것이다. 그래서 진도운은 그 담장 앞으로 가서 그 시체들을 한쪽으로 치웠다. 그런데 그때 황보담이 있는 힘껏 소리를 질렀다. 아니, 도망이라는 말밖에 내지 못했건만 진도운의 신형이 바로 코앞에서 솟아나며 그의 입을 한손으로 틀어막았다.

"조금이라도 틈을 보이면 가만히 있질 않는군."

진도운은 다시 황보담의 아혈을 눌러 말하지 못하도록 만들었다.

"도망을 치라고 말해선 안 되지. 그럼 이곳으로 오지 않잖아."

진도운은 씩 웃으며 말을 이었다.

"침입자다! 가주의 처소에 침입자가 나타났다!"

진도운은 자신이 직접 목소리를 내고선 땅을 박차고 지

붕 위로 올라갔다. 그러자 30명이 넘는 인원이 부산하게 담장 안으로 몰려왔다. 그들 말고도 다른 사람들도 오고 있었다.

"이게 어찌 된……. 가주님!"

우르르 몰려온 30명의 무인들은 처소 앞에 널브러진 처참한 시신들을 보다가 저 안쪽에서 천 쪼가리에 묶여 있는 황보담을 발견하고 가까이 다가갔다.

'도망가! 도망가라고!'

그는 있는 힘을 다해 소리를 질렀지만 그의 목소리는 밖으로 나오지 않았다. 오히려 그 30명은 황보담의 옆구리에서 쏟아지는 피를 보고 지혈을 위해서 황보담의 옆으로 달라붙었다.

그때였다.

파지지직!

그들의 머리 위에서 괴상한 소리가 들렸다. 그에 30명이 동시에 고개를 들었다. 그리고 바로 그 순간, 그물망처럼 뒤엉킨 귀살류의 살기가 그들을 덮쳤다. 그것은 귀살류의 2초식, 매나였다.

콰콰콰콰콰쾅!

흙먼지가 떠올랐다가 금세 가라앉았다. 그리고 그 중심에 있는 황보담은 혼자 멀쩡한 얼굴로 자신의 앞에 있던 30명의 가솔들을 보았다. 그들 30명의 피부는 다 터져나갔고 그 사이로 살점들이 흉측하게 부풀어 올라 있었다.

"……."

황보담은 머리털 하나 다치지 않았지만 그의 눈은 넋이 나간 것처럼 초점이 흐릿했다. 그는 지금 눈앞에서 펼쳐진 매나를 보고 그 무공이 무엇인지 알아차린 것이다.

'구야혈교의……. 그, 그걸 어째서 저 자가…….'

진도운에게 제압당한 뒤로 틈틈이 반항하는 모습을 보였던 그의 얼굴에서 더 이상 독기를 찾아볼 수 없었다. 그의 의지는 완전히 꺾여서 더 이상 고개를 들지 않았다.

"침입자를 잡아라!"

한 발 늦게 도착한 황보세가의 무인들이 담장 안으로 들어왔다. 그들 역시 담장 안에 펼쳐진 참혹한 광경을 보고 중간에 멈칫 섰다. 하지만 이젠 황보담은 더 이상 소리를 지르려는 시도조차 하지 않았다. 그는 그저 멍하니 매달려 있었다.

타앗!

진도운이 지붕을 박차고 신표혈리술을 펼쳐서 담장에 뭉쳐있는 황보세가의 무인들을 향해 날아들었다. 그리곤 그들을 향해 곧장 주먹을 휘둘렀는데, 그 주먹에선 둥그런 칼바람이 일어나 사방을 에워쌌다. 천목수의 3초식, 천목권이었다.

"크악!"

"으아아악!"

콰드드드득!

연거푸 터지는 비명소리와 함께 그들의 몸통은 서슬 퍼런 칼바람에 휩쓸려 갈가리 찢어졌다. 수백 조각으로 찢겨진 살점들이 허공에 떠오르고 그 사이에 뼛조각과 내장 조각들도 뒤섞여 쉴 새 없이 휘몰아치는 칼바람에 갈가리 바스러졌다. 그리고 형체를 알아볼 수 없을 만큼 찢겨진 시체 조각들이 땅에 떨어지며 하얀 연기를 내뿜었다.

그 잔혹한 흔적이 담장 밖에까지 흘러나갔다. 그래서 뒤이어 이곳으로 달려오는 황보세가의 무인들이 기겁을 하며 중간에 멈춰 섰다.

"저, 저렇게 악독한 무공이……."

가장 앞에서 입을 열던 자의 몸이 돌연 반으로 쫙 갈라지며 그 사이에서 진도운의 신형이 나타났다.

씨익.

진도운은 우뚝 서서 사방에서 몰려든 황보세가의 무인들을 쭉 훑어보았다.

"네, 네놈은 누구냐?"

황보세가의 무인들은 자신들이 압도적으로 많은 숫자에도 불구하고 함부로 덤벼들지 못했다. 진도운에게서 자연스럽게 흘러나오는 살의가 그들의 본능을 엉망으로 만들었기 때문이다.

"마, 만금성의 성주다!"

용케 누가 알아보고 소리쳤다. 아마 지하 뇌옥으로 가던 도중에 자신을 보았을 것이다.

"지하 뇌옥에 있어야 하는 자가 어떻게 여기 있는 것이냐!"

"뭣들 하느냐? 어서 저 자를 잡아라!"

황보세가의 무인들이 양옆에 나있는 길을 꽉 채우며 거침없이 짓쳐들었다. 마치 짐승이 떼로 몰려오는 것처럼 그들의 전신에서 살벌한 기세가 강렬하게 타오르고 있었다.

하지만 진도운은 오히려 그들을 향해 성큼성큼 걸어가더니 양 손을 편안하게 다리 옆에 놓았다.

파지지직!

그의 전신에서 살기가 요동치며 일어나더니 그의 양 손에 모여들었다. 그리고 그 손에 살기고 모이고 또 모여 깊게 고였다.

그때, 가장 앞서 달려들던 황보세가의 무인을 향해 진도운이 오른 손을 뻗었다. 섬전처럼 날아든 그의 손이 그 황보세가 무인의 머리를 스치고 지나가자…….

콰드득!

뼈가 엇갈리는 소리가 들리며 그대로 그 머리통이 산산조각 박살났다. 그리곤 사방으로 피와 뇌수, 그리고 뼛조각에 처참하게 뭉그러진 뇌까지 튀었다.

콰득-콰드득!

진도운의 신형이 물이 흐르듯 앞으로 나아가더니 그 길에 있던 황보세가 무인들의 몸에서 피부가 벌어지며 뭉그

러진 살점이 통째로 뜯겨져 나왔다.

"끄윽!"

"으아아악!"

그 황보세가 무인들은 온몸을 바들바들 떨면서 비명을 질렀다. 그리고 그들의 몸에서 살점이 뜯겨져 나간 곳은 움푹 파여서 피가 계속 뿜어져 나왔다.

투둑.

그들의 몸에서 뜯어낸 살점이 진도운의 손에서 떨어졌다.

그 진저리가 날 정도로 끔찍한 광경은 오직 귀살류의 7초식, 공살(空殺)만이 보일 수 있었다.

"으아아악!"

"죽여라!"

하지만 그때까지도 황보세가의 무인들이 내뿜는 사나운 기세는 조금도 움츠려들지 않았다.

파지지직!

귀살류의 살기를 머금은 진도운의 손이 앞으로 뻗어나가 황보세가 무인의 몸을 두 동강으로 찢고는 그 사이로 진도운의 신형이 쏙 빠져나갔다. 그리곤 그 뒤에 있는 무인을 향해 수도를 내질렀다.

푸욱!

한 줄기 빛살처럼 허공을 가로지른 그의 수도가 황보세가 무인의 목을 꿰뚫었다.

진도운은 성큼성큼 앞으로 걸어 나가며 달려드는 황보세가의 무인들을 일일이 죽이기 시작했다. 옆에서 주먹을 내지르는 자가 있으면 그 주먹을 잡고 아예 팔까지 통째로 뜯어냈다.

"으아악!"

그 처절하게 울부짖는 비명소리는 진도운이 걸음 하는 곳마다 따라붙었다.

"크악!"

진도운이 창처럼 팔을 뻗으며 일장을 내갈기자, 그 장법에 격중 당한 황보세가 무인의 가슴뼈가 함몰되었다. 그 자는 그 자리에서 즉사했다.

진도운은 계속 앞으로 걸어나가며 두 손을 쉴 새 없이 움직였다. 그가 바깥으로 크게 휘두르는 주먹에 세 명의 머리가 터져 나가고 끝에 있던 한 명이 운 좋게 얼굴 뼈만 함몰되었다.

콰득!

그의 손에 턱이 잡힌 황보세가의 무인은 그대로 목줄기째 뜯겨져 나갔다. 어느새 그의 양손은 새빨갛게 물들어서 더 이상 살의 색깔을 보이지 않았다.

뚝.

이윽고 그가 걸음을 멈추자 그의 앞으로는 더 이상 살아있는 사람이 없었다. 이제는 뒤다. 그는 몸을 돌렸고 자신의 뒤에 몰려든 황보세가의 무인들을 향해 다시 걷기 시작했다.

파지직!

살기로 뒤덮인 그의 손이 황보세가 무인들을 잡는 족족 심장을 쥐어뜯었다.

"크아아악!"

"으악!"

사방에서 비명 소리가 울리고 피 냄새가 진동했다. 그리고 그곳에 몰려든 황보세가의 무인들도 이제 더 이상 자신들의 상대가 아니라는 걸 깨달았는지 중간에 멈춰서 뒤로 슬금슬금 물러나기 시작했다.

씩.

성큼성큼 걷던 진도운이 돌연 몸을 날렸다. 그러자 황보세가의 무인들은 얼굴이 하얗게 질려서 아예 뒤로 몸을 틀어 도망치기 시작했다.

콰직!

허공으로 날아오른 진도운의 발이 황보세가 무인의 머리통을 내려찍으며 그걸 밟고 앞으로 쭉 나아갔다. 동시에 진도운은 양 손을 떨치며 그 손이 나아가는 방향 끝에 있는 황보세가 무인들의 머리통을 깨트렸다. 그렇게 그는 도망치는 자들을 일일이 쫓아가 죽이기 시작했다.

그야말로 대살육이 벌어졌다.

天流魂玉

15장.

제갈현

15장.
제갈현

　본래 별채는 본채와 좀 떨어져 있다지만 본채에서 비명
소리가 끊이질 않는데 별채에 있다고 그 소리를 못 들을 건
아니었다. 게다가 바람을 타고 피 냄새까지 들어오니 별채
에 머물던 팽가의 사람들은 허겁지겁 건물 밖으로 나왔다.
그 부근에 있는 다른 건물에선 제갈현이 머물고 있었지만
그는 안에만 틀어박혀 있었다.

　"이게 무슨 일이냐?"

　현재 팽가의 사람들을 이끌고 있는 팽도후가 안력을 돋
우어 본채를 쭉 살폈다. 그리고 이내 핼쑥해진 얼굴로 한
걸음 물러났다. 자신이 보는 곳마다 황보세가 무인들의 시
신들이 널브러져 있었기 때문이다. 그것도 심장에 구멍이

나있거나 머리가 터져나가는 등 시신에는 아주 잔혹한 흔
적만 남아있었다. 그때 황보세가에서 자체적으로 남궁세가
무인들의 시신들을 조사하고 보고를 올린 내용을 떠올렸
다.

'남궁세가 내원에 있는 자들도 저랬지.'

팽도후는 뒷덜미가 서늘해지는 걸 느꼈다.

'설마 만금성에서 쳐들어온 건가?'

하지만 아무리 살펴봐도 만금성의 사람들은 보이지 않았
다. 생생하게 비명이 나는 곳으로 고개를 돌리면 그새 이
모든 일을 벌인 자는 어디로 갔는지 황보세가 무인들의 시
신들만 널브러져 있었다.

'공기가 무겁다.'

팽도후는 자신도 모르게 등 뒤로 손을 넘겨 도를 뽑았다.
두툼한 도 한 자루가 그의 손에 딸려 나오자 그의 기도가
달라졌다.

"……!"

그런데 그 순간, 본채 쪽에서 살기가 쭉 일어나더니 이쪽
으로 향하는 게 아닌가?

"세상에 이런 기운이……."

이 먼 거리에서도 느껴질 만큼 지독한 살기였다. 헌데,
그 살기가 돌연 자신을 향해 후왁 덮쳐오는 게 아닌가?

'빠르다!'

눈을 부릅뜬 팽도후는 몸을 낮추며 순식간에 정면으로

날아든 묵직한 바람 줄기를 향해 도를 휘둘렀다.

콰앙!

그 도에서 묵직한 굉음이 울리며 사방을 물어뜯는 벽력의 기운이 일어났다. 동시에 그의 도가 눈부신 속도로 뻗어나가 수많은 도기(刀氣)를 뿌렸다.

눈부신 빛을 내며 공간 그 자체를 난도질 하는 벽력의 도기.

그것은 팽가가 자랑하는 혼원벽력도(混元霹靂刀)였다.

콰콰콰콰!

정면으로 짓쳐든 바람 줄기가 그 마구 뒤엉킨 도기에 난도질을 당하며 허무하게 흩어졌다.

'느낌이 없다!'

팽도후의 눈이 파르르 떨렸다. 그는 지금 휘두른 도에서 아무런 감촉도 느끼지 못했기 때문이다.

"혼원벽력도는 오랜만에 보는군."

그때, 바로 등 뒤에서 들리는 냉랭한 음성에 놀라 팽도후는 어깨를 들썩였다. 그리곤 몸을 뒤로 돌리며 도를 가로로 휘둘렀다. 어김없이 그의 도에선 벽력의 기운이 휘몰아쳤다.

터엉!

그런데 팽도후의 도가 중간에 멈췄다. 그리고 그 앞에 새빨갛게 물든 진도운의 손이 있었다.

"……!"

팽도후는 눈동자를 파르르 떨며 진도운의 손에 잡혀있는 자신의 도를 바라봤다. 아직 자신의 도에선 맹수처럼 미쳐 날뛰는 벽력의 기운이 맺혀 있었다. 그런데 진도운의 손에서 새어나오는 살기에 꾹 눌리더니 돌연 순한 양처럼 얌전해지는 게 아닌가?

'혼원벽력도를 맨 손으로 잡다니!'

그 순간, 진도운이 주먹을 쥐듯 손을 말자 그 안에 잡혀 있던 팽무도의 도가 종잇장처럼 구겨졌다.

까앙!

구겨지던 도신이 조각조각 작살이 나며 땅으로 후두둑 떨어졌다.

그 경악스러운 광경에 팽도후를 비롯한 팽가의 사람들은 모두 얼굴이 하얗게 질렸다. 그리고 그들이 불사르던 투기도 순식간에 식었다.

"예전에 봤을 땐 상당히 강한 도법이라 생각했는데……."

진도운은 피로 물든 자신의 손을 들여다보며 말했다. 그 손은 상처 하나 없이 깨끗했다.

"지금 보니 별 다른 감흥이 일지 않는군."

그 말에 팽도후의 눈빛이 되살아났다.

"감히 본 가의 도법을 우습게 보다……."

콰앙!

팽도후는 말을 채 다 잇기도 전에 돌연 걸레짝처럼 뒤로

나가 떨어졌다. 그리고 땅바닥에 대 자로 뻗어서 더 이상 꿈쩍도 안했다.

진도운은 그가 살았는지 확인도 하지 않고 몸을 돌렸다. 마치 볼 것 다 봤다는 듯 말이다. 그리곤 주변에서 머뭇거리고 있는 팽가의 무인들을 쓱 훑어보더니 손을 살짝 들어 올렸다. 그러자 땅에 나뒹굴던 도의 파편들이 떠올랐고 진도운이 손을 앞으로 내밀자 그 손을 따라 날카로운 도의 파편들이 쏜살처럼 날아갔다.

파파파팟!

부채꼴 모양으로 넓게 쏘아진 도의 파편들이 팽가 무인들의 목과 가슴에 꽂혔다. 그들은 팽도후처럼 비명도 지르지 못한 채 즉사했다.

진도운은 팽가의 사람들이 머물던 건물을 쓱 훑어보더니 무심하게 그 곁을 지나갔다. 그리고 제갈현이 머물고 있는 전각 앞에 섰다. 특이하게 제갈세가는 팽가나 언가처럼 여러 사람 보내지 않고 딱 제갈현 한 사람만 보냈다. 그래서 이 안에 있는 기척도 딱 한 명이어야 하건만 그 건물 안엔 난잡한 기척이 여럿 있었다.

'진법이군.'

진도운은 그 모든 게 진법이 만들어낸 허상이란 걸 알아챘다.

'그새 진법을 설치하다니…… 역시 제갈세가의 사람답군.'

진도운은 그 건물에 흐르고 있는 묘한 기류를 따라 눈을 움직였다. 그리곤 기류 속에 틈을 발견하곤 손을 뻗으려다가 멈칫했다. 진법은 축만 와해시키면 무너지기 마련이다. 아예 눈앞에 있는 건물을 부서트리면 건물에 펼쳐져 있는 진법도 힘을 못 쓸 것이다. 하지만 진도운은 그 앞에 서서 멈췄다.

"그 안에서 나를 보고 있겠지."

"……."

건물 안에선 아무런 소리도 나지 않았다.

"지금쯤이면 황보세가가 어떻게 됐는지 눈치 챘겠지. 그러니 이런 진법까지 설치해놓은 걸 테고."

"돌아가시오."

그때 전각 안에서 맑게 울리는 목소리가 튀어나왔다. 제갈현의 목소리였다.

"지금 밖으로 나오면 살려주마."

"나보고 그 말을 믿으라는 것이오?"

진도운은 피식 웃었다.

"그것도 그렇군. 어떤 놈들은 너무 쉽게 내 말을 믿어서 허탈했는데……. 그럼 달리 말해주지. 지금 나오지 않으면 이 길로 제갈세가로 달려가서 제갈세가를 멸문시켜주지."

"……."

"그리고 제갈세가 놈들을 죽일 때마다 너 혼자 살겠다고

밖으로 나오지 않아서 그런다고 말해 줄 거다."

그 말이 끝나자마자 건물 주변을 감싸고 있는 묘한 기류가 사라졌다. 진법을 푼 것이다. 곧이어 끼이익 거리는 소리와 함께 제갈현이 문을 열고 밖으로 나왔다. 그는 하얀 경장 위에 녹색 비단 장삼을 걸치고 있었고 뱀눈처럼 차가운 눈빛을 쏟아내고 있었다. 하지만 그 눈빛에 별 다른 감정은 담겨있지 않았다.

"나를 죽이시고 본 가는 건들지 마세요."

"내가 왜 너를 죽일 거라 생각했지?"

"주위를 둘러보세요. 제가 왜 그런 생각을 했는지 아실 겁니다."

그 말에 진도운은 미소를 지으며 몸을 돌렸다.

"따라와라."

그 말에 제갈현은 멈칫했다.

"……."

"따라오면 죽이지 않으마. 아니, 내 말을 안 믿는다고 했나?"

"따라가겠습니다."

죽이려면 자신이 밖에 나온 순간 곧바로 죽였을 것이다. 이렇게 질질 끈다는 건 아직 자신에게 볼 일이 남았다는 뜻. 제갈현은 진도운을 따라 황보세가 본채를 향해 나아갔다.

밤이 더 깊어지고 달빛이 흐릿하게 번지며 힘을 잃을 때, 진도운은 아직도 지붕 아래 매달려 있는 황보담의 앞으로 다가갔다. 그때 진도운의 뒤에는 제갈현이 우두커니 서있었다.

"……."

황보담은 진도운의 손에서 피가 뚝뚝 떨어지는 걸 보고 고개를 푹 숙였다. 굳이 그게 아니더라도 지금까지 울린 비명소리와 사방에서 진동하는 피 냄새만 보더라도 황보세가가 어떻게 됐는지 충분히 알 수 있었다.

"몇 명이나 살았을까?"

황보담은 어이가 없다는 듯 실소를 흘렸다.

"살아있는 사람이 있긴 있소?"

"너까지 포함해서 한 명 있지."

"……."

황보담은 이제 웃지도 않았다. 그의 얼굴에는 그 어떤 표정도 깃들지 않았다. 초점도 없이 그저 멍하니 있었다.

"완전히 정신이 나갔군. 이래선 어디 쓸 곳도 없겠어."

진도운은 손을 들었다가 황보담의 옆구리를 보고 다시 손을 내렸다. 그 옆구리에는 구멍이 뻥 뚫려서 피와 내장이 뒤섞인 채 흘러나와있었다. 게다가 얼굴은 창백하게 질렸고 입술은 멍든 것처럼 푸르렀다. 지금까지 살아있는 게 신

182

기해 보일 지경이었다.

"황보세가를 멸문시킨 겁니까?"

갑자기 등 뒤에서 제갈현이 물어왔다.

"그래."

진도운은 뒤를 돌아보며 말했다.

"왜 그렇게까지 하신 겁니까?"

"자네도 보지 않았나? 저들은 나에게 누명을 뒤집어씌우려고 했어."

그 말에 제갈현은 고개를 저었다.

"황보세가만을 얘기하는 게 아닙니다. 철마방이나 남궁세가 또한 멸문시키지 않으셨습니까?"

"남궁세가를 멸문시켰다고 인정한 적은 없는데."

"만금성이 그랬다는 건 자명한 일이지요."

"글쎄. 난 모르겠는 걸."

제갈현은 덤덤히 미소를 지었다.

"그럼 남궁세가는 빼고 황보세가와 철마방만 묻지요. 도대체 왜 그러신 겁니까?"

"그 이유가 궁금한가?"

"그렇습니다. 멸문시키는 것보다 휘하에 두는 것이 훨씬 이득이 되고 덜 위험한 일일 텐데, 지금 만금성은 마치 그들에게 복수를 하는 것처럼 한 사람도 살려두지 않고 있습니다."

진도운은 고개를 끄덕였다.

"잘 짚었다. 복수가 맞다."

제갈현의 눈썹이 꿈틀거렸다. 그가 아는 한 철마방이나 황보세가가 만금성과 척을 질만 한 일은 없었다.

"무슨 원한이 있는 겁니까?"

그 말에 진도운은 백우결의 어머니가 얽힌 이야기를 해주었고 그 얘기를 다 들은 제갈현은 그제야 만금성의 이러한 행보를 이해할 수 있었다.

"저는 그런 일이 발생한 줄조차 모르고 있었습니다."

진도운은 피식 웃었다.

'나도 모르고 있었지. 만금성 놈들이 워낙 폐쇄적이라 그 일을 아는 사람을 찾는 게 더 힘들 것이다.'

"그래서 만금성이 자금을 융통하던 것도 끊은 것이로군요."

"그래. 하지만 제갈세가는 처음부터 돈을 받지 않았지."

"그래서 저를 살려둔 겁니까?"

"그것도 있고 또 황보세가와 결맹을 맺지 않아서 그런 것도 있고."

제갈현은 안도의 한숨을 내쉬었다.

"다행이군요. 이제 어찌 될 진 모르겠지만……."

진도운은 말과 달리 얼굴은 활짝 웃고 있는 제갈현을 보고 실소를 흘렸다.

"별로 긴장을 하는 것 같진 않은데."

"겉보기엔 이래도 속으로 많이 떨고 있답니다."

"재미있군."

진도운은 씩 웃으며 말했다.

"저를 살려두는 이유라도 있습니까?"

"아직 죽일 이유를 못 찾았다고 해두지."

진도운은 구야혈교에 있을 때도 제갈세가의 사람들을 만나본 적이 없었다. 그들이 딱히 숨어 지내는 것도 아닌데 이상하게 그들과 부딪힌 적이 없었다. 하지만 늘 그들을 궁금해 하고 있었다.

'태생적으로 영특하고 총명한 머리를 가지고 태어나 기관진식과 진법처럼 복잡한 기예에 능한 자들.'

지금은 그저 호기심이 동해서 그를 지켜보고만 있었다.

"이제 앞으로 어떡하실 생각입니까?"

진도운은 품속을 뒤적거려 두 장의 서찰을 꺼내 그 중의 하나를 내밀었다. 그건 소호를 끌어내기 위해 황보담이 직접 쓴 서찰이었다.

"이걸 언가에 보내고 언가의 사람들이 올 때까지 기다리려고."

"언가를 노리고 계시는 겁니까?"

"일단은 그렇다고 해두지."

제갈현은 짐짓 고민을 하는가 싶더니 이내 천천히 입을 열었다.

"그런 식으로 하면 결국엔 천하가 등을 돌릴 겁니다. 나중에는 만금성 혼자만 남게 될 수도 있습니다. 그럼 이렇게 만금성이 승승장구하는 일도 머잖아 끝날 겁니다."

"구야혈교도 그렇잖아. 구야혈교도 천하가 등을 돌렸는데 지금까지 멀쩡히 잘 살아왔잖아. 아니지. 그 이상이지. 온 무림에서 구야혈교를 두려워하고 있으니……."

"구야혈교는 그럴 만한 힘이 있으니까요."

진도운은 방긋 웃었다.

"내게는 그럴 만한 힘이 없을 것 같나?"

"그건 제가 만금성을 보지 않아서 정확히 말씀드릴 수 없습니다."

진도운의 얼굴에서 밝은 미소가 떠올랐다. 그 미소가 그의 새빨간 손과 어울려 소름끼치는 광경을 자아냈다.

'이런 상황에서 잘도 그런 말을 내뱉는군.'

만약 다른 사람이었다면 살기 위해서라도 만금성을 찬양하는 말을 내뱉었을 것이다.

"그럼 자네는 만금성이 구야혈교를 이기려면 어떻게 해야 한다고 생각하나?"

그때였다. 진도운은 등 뒤에서 희미하던 숨소리가 끊기는 걸 느끼고 뒤돌아 황보담을 쳐다봤다.

그는 더 이상 숨을 쉬지 않았다.

"죽었군요."

"그래. 죽었지."

진도운은 아무 일 아니라는 듯 다시 앞을 보며 말을 이었다.

"지금은 내 질문에 집중하는 게 좋을 것 같군."

"구야혈교를 노리고 계시는 겁니까?"

"그냥 궁금해서 물어보는 것뿐이다."

그런 것 치곤 구야혈교를 콕 집어 말한 게 이상했지만 제 갈현은 굳이 캐묻지 않았다.

"저도 모르겠습니다. 제가 구야혈교나 만금성에 대해 제 대로 아는 게 없고 또 지금 같은 상황에선 단 두 문파의 문 제가 아닙니다."

"그럼?"

"구야혈교와 만금성은 서로 반대편에 위치해 있습니다. 그런데 그 둘이 싸운다면 어떻게 되겠습니까? 그 사이에 끼어있는 중원의 수많은 문파들까지 휩쓸릴 겁니다."

"그렇겠지."

구야혈교나 만금성처럼 거대한 두 문파가 싸운다는 건 말 그대로 전쟁이나 다름없었다. 그럼 자연스럽게 부수적 인 피해가 발생하는 건 당연했다.

"이렇게 생각해봅시다. 두 문파가 싸울 때, 다른 문파 들이 힘을 모아 만금성을 치게 된다면 어떻게 되겠습니 까?"

"……."

"가만히 있으면 자신들이 휩쓸려 큰 피해를 입고 움직이 면 만금성을 한 번 쯤은 노려볼 수 있습니다. 그런데 다른 문파들이 가만히 있을 것 같습니까?"

진도운은 고개를 끄덕였다.

"가만히 안 있겠지. 그리고 굳이 그 이유가 아니더라도 누구나 그런 싸움에서 서로 이득을 보려 하겠지."

"맞습니다. 게다가 구야혈교는 지난 수백 년 동안이나 공포의 대상으로 군림해왔으니 대부분의 무림인들은 구야혈교에 거스르려고 하지 않겠죠."

진도운은 씩 웃었다.

"그럼 우리도 구야혈교와 똑같은 모습을 보여야겠군."

"만금성은 후발주자나 다름없으니 그 이상이어야 합니다. 그렇다고 지금처럼 모두 멸문만 시킨다면 괜한 반발만 살 수 있습니다."

"까다롭군."

제갈현은 슬며시 미소를 지었다.

"그럼 제가 한 번 물어보겠습니다. 철마방과 남궁세가가 사라지고 그 자리를 만금성이 차지했지요? 그뿐만 아니라 그들과 관련이 있는 무관이나 중소문파들까지 모두 없애버렸습니다. 그래서 어떻게 됐습니까?"

"글쎄. 정확히 뭘 묻는 건지 모르겠군."

"안휘성의 성도인 합비에만 상단이 10개가 넘는 걸로 알고 있습니다. 안휘성 전체로 넘어가면 그보다 더하겠죠. 하물며 객잔이나 전장 등 다른 사업들까지 합치면……."

진도운은 피식 웃었다.

"그 많은 사업장들을 만금성 혼자서 보호할 수 있냐고 묻는 것이냐?"

"그렇습니다."

제갈현은 현재 만금성의 문제점을 정확히 파고들었다. 제금사휘단과 흑객들을 합쳐 채 800명도 되지 않은 인원으로 안휘성을 지키려고 하니 어느 정도 인력부족에 시달리는 것은 사실이었다.

실제로 경석산에 제금사휘단의 무인들을 보낼 때도 15명밖에 보내지 못했던 이유가 안휘성 전체에 제금사휘단의 무인들을 퍼트려놓아서 따로 차출할 여유가 없었다. 어쩌면 앞으로 더 크게 발목 잡힐 일이 생길 수도 있다.

"하지만 만금성은 늘 폐쇄적이었다."

"이제는 바뀌어야 할 때입니다. 적당히 타협을 보세요."

진도운은 짐짓 미소를 지었다.

"적당한 타협이라……. 어렵군. 구야혈교 그 이상의 모습을 보여주면서 타협도 봐야하니."

"그럼 전 무림을 상대하는 일인데, 쉬울 거라 생각하셨습니까? 그나마 다행인 건 작금 무림의 정세가 만금성에게 유리하게 돌아간다는 겁니다."

"그런가? 난 전혀 반대로 생각했는데. 백도의 문파들이 서로 구현회의 빈자리를 차지하기 위해서 만금성을 노리고 있지 않나?"

제갈현은 힘차게 고개를 끄덕였다.

"맞습니다. 그런데 만금성이 이제 여기 산동성까지 차지했다는 소문이 들면 어떻게 되겠습니까? 이제 더 이상 만금성을 우습게 볼 곳은 없습니다."

진도운은 고개를 갸웃거렸다.

"그럼 지금 황보세가가 그랬던 것처럼 여러 문파들이 규합할 수도 있는 거 아닌가?"

제갈현은 고개를 끄덕이다가 말고 고개를 저었다.

"맞습니다. 규합하겠죠. 그런데 그렇게 되면 더 이상 만금성만을 노리진 않을 겁니다."

진도운은 팔짱을 끼며 씩 웃었다.

"자세히 말해봐라."

"구현회가 300년 전에 성혼마를 잡고 백도 무림의 정점으로 떠오른 것처럼 현재 백도의 문파들은 성혼마처럼 자신들의 명예를 드높여줄 존재를 찾고 있습니다. 그 예로 현재 가장 많은 주목을 받고 있는 만금성을 여러 문파가 노리고 있지요."

하지만 만금성이 지금처럼 굳건하게 버틴다면 다른 문파들은 자연스럽게 시선을 돌릴 것이다. 그럼 흑도만큼 좋은 제물이 없었다.

그 말을 듣는 순간 진도운의 눈썹이 크게 들썩였다.

"백도 놈들이 흑도를 잡고 명예를 높이려 하겠군."

"흑도를 치는 것엔 굳이 명분이 필요 없으니까요."

"백도와 흑도의 전쟁으로 반발할 수 있겠군."

제갈현은 고개를 끄덕였다.

"특히 백도의 문파들은 정무회처럼 여러 문파들이 합쳐

져서 커다란 조직으로 클 테니, 흑도에서도 그에 맞서려면 똑같은 움직임을 보일 겁니다. 그때가 되면 이제 단순히 백도와 흑도의 싸움이 아닙니다."

"격동, 그 자체가 되겠군."

제갈현은 덤덤히 웃었다.

"어떻게 보면 정무회가 세워지면서 백도 문파들의 신경을 건들게 만들고 구현회를 무너트리면서 백도 무림의 정점에 큰 공백을 남긴 게 만금성에게는 유리하게 적용 된 겁니다."

"그 점을 잘 이용해라 이건가?"

"그렇습니다."

"예를 들어……."

제갈현은 나직이 그 예에 대해 말했고 진도운은 하얀 이를 드러내며 진하게 웃었다. 그리곤 고개를 삐딱하게 꺾었다.

"그럼 제갈세가는 앞으로 어쩔 셈이지?"

제갈현의 얼굴에서 처음으로 미소가 사라졌다.

"본 가는 전통적으로 그런 정세에 휩쓸리지 않습니다. 결국엔 승자 말고 모두가 지는 싸움이라는 걸 잘 알고 있거든요."

"그래서 만금성의 돈도 받지 않은 건가?"

"언젠가 탈이 날 거라 생각했습니다. 그리고 지금 성주님을 보니 본 가의 판단이 옳았다는 생각이 드는군요."

진도운은 그가 마음에 들었다. 만금성의 문제점을 정확히 짚어내고 또 정세를 보는 눈도 있다. 이런 자가 자신의 사람이 된다면 상당한 도움이 될 것이다.

"넌 나와 같이 만금성으로 가야겠다."

"만금성은 외부인이 함부로 드나들 수 없지 않습니까?"

"이미 여러 명 왔다갔다. 심지어 한 명은 몇 십 년 째 만금성에 머물고 있지. 그 자처럼 너도 만금성에 큰 도움을 준다면 만금성에 머물 수 있다."

그 말에 제갈현의 눈빛이 미묘하게 흔들렸다. 지금 그의 말로 봐서는 단순하게 만금성에 들르라는 것처럼 들리지 않았기 때문이다.

"저를 원하시는 겁니까?"

"본래 사람은 자기를 알아봐주는 사람 밑에서 일해야 하는 법. 너에게 그러할 기회를 주는 것이다."

"제가 간다고 제갈세가를 얻을 순 없을 겁니다."

"제갈세가까지도 필요하지 않다. 난 너만 있으면 된다."

하지만 자신이 만금성으로 간다면 세상 사람들은 제갈세가가 만금성에 붙었다고 생각할 것이다. 그렇게 되면 이 혼란스러운 정세에 제갈세가도 휩쓸리게 된다.

"물론 제갈세가는 만금성이 지켜준다. 너희들이 원하면 안휘성에 자리를 내줄 수도 있어. 하지만 내 말을 거부한다면……."

"저를 죽이실 겁니까?"

"너 같은 인재를 다른 문파에 보낼 수 없지. 그리고 제갈세가까지 없애야지. 제갈세가에서 복수를 하겠다고 날뛰면 꽤나 골치 아파질 테니."

제갈세가는 예로부터 기관진식과 진법으로 유명했다. 그 두 가지가 상대 쪽으로 넘어간다면 만금성도 큰 피해를 입을 것이다. 하지만 반대로 그게 만금성으로 온다면 먼저 만금성의 인력 부족을 어느 정도 해소할 수 있었다. 먼저 만금성 주변에 기관진식과 진법을 설치한다면 만금성을 지키겠다고 흑객들을 놔둘 필요가 없었기 때문이다.

"생각할 시간을 주지."

"언제까지 말하면 되는 겁니까?"

"언가 놈들이 이곳 황보세가로 올 때까지 기다려주마."

진도운은 손에 들고 있던 서찰을 제갈현의 뒤로 던졌다. 그러자 그 서찰이 빳빳하게 선 채 날아가더니 제갈현의 뒤에 있는 누군가 잡았다. 사무도였다.

"언가에 보내라."

그제야 제갈현은 뒤를 돌아봐 사무도를 발견했다. 방금 전까지는 그곳에 사람이 있는 지도 몰랐다.

"알겠소."

사무도는 오랜 세월 낭인으로 지내며 묻지 않는 법도 배웠기에 이 처참한 황보세가를 보고도 아무것도 묻지 않았다. 그는 그저 서찰을 들고 황보세가 밖으로 나갔다.

"누구입니까?"

제갈현은 다시 진도운을 쳐다보며 말했다.

"내가 고용한 낭인."

"보통 낭인 같진 않군요. 그렇다고 만금성의 사람 같지도 않습니다."

"앞으로 만금성에서 지내게 되면 가끔 보게 될 테지."

"아직 저는 대답을 드리지 않았습니다."

하지만 진도운은 자신 있다는 듯 방긋 웃었다. 자신의 사람이 되지 않으면 가문을 없애겠다고 으름장을 놓았는데, 그가 자신의 말을 듣지 않을 리 없었다. 그래서 그는 여유롭게 미소를 지었다.

"이 시신들 먼저 치워야겠군."

저대로 놔두면 썩은 냄새가 진동할 테고 그럼 사람들이 몰려들어 황보세가가 멸문했다는 소문이 금세 퍼질 것이다. 그러니 그 전에 저 시신들을 모두 치워야했다.

"저 많은 시체들을 어떻게 처리하시려고……."

"묻으면 된다. 땅은 넓으니까."

진도운이 땅바닥을 향해 손을 내뻗자, 그 손이 향한 곳에서 요란한 굉음이 울리며 땅이 깊게 파였다.

天流鬼

16장.
연가별문

16장.
언가멸문

진주언가는 예로부터 악랄한 수법을 많이 써서 백도의 문파들이 자주 거리를 두었다. 하지만 그들 역시 대세가(大世家)로 그에 걸맞은 막강한 무력을 갖추고 있었다. 게다가 손속까지 잔인해서 하북성에서만큼은 그들의 명성이 닿지 않는 곳이 없었다. 그런 그들이 100명을 훌쩍 넘어가는 인원수로 갑자기 산동의 성도인 제남에 나타나니 사람들의 주목을 받는 것은 당연했다.

그들은 모두 가문의 복장인 적색단포를 입고 있었고 그 사이에서 홀로 방갓을 푹 눌러쓰고 청색의 장삼을 걸치고 있는 자가 있었다. 이상하게 그 자는 언가의 사람들 사이에 껴서 좀처럼 고개를 들지 않았다.

헌데, 그들 언가의 사람들 말고도 뒤에 다른 복장을 한 사람들이 있었다. 그들은 맨손으로 다니는 언가의 사람들과 다르게 각자 허리춤에 도를 한 자루씩 차고 있었다. 그리고 언가처럼 떼로 몰려오지 않고 그저 열 명 남짓한 인원만 언가 뒤에 따라붙었다. 그들 열 명은 모두 하북팽가의 무인들이었다.

"다 온 것 같구려."

그때 언가의 사람들 사이에서 누군가 말했다. 그는 넓은 이마에 좁은 미간을 가진 중년인으로 현재 언가를 이끌고 있는 가주 언산우였다.

언산우는 뒤로 빠져 팽가의 사람들 옆에 붙었다. 그 중에서도 근엄한 인상에 굵은 수염이 인상적인 중년인 옆에 나란히 섰다. 그가 현재 이 팽가의 무리를 이끌고 있는 책임자, 팽휘량이었다.

"황보세가에서는 저희에게만 서찰을 보냈는데, 굳이 이렇게 따라오실 필요까지 있소? 우리 측에서 다 알아서 처리하고 팽가에도 알려줬을 것이오."

"세 가문이 공정하게 결맹을 맺었으면 이런 일에 같이 참여해야 하지 않겠소? 그런데 만금성의 성주를 잡아놓고 팽가만 쏙 빼놓다니……."

팽휘량은 불편하다는 기색을 거리낌 없이 내비쳤다. 그도 그럴 것이 만금성의 성주를 잡았다고 알리는 서찰을 팽가는 받지 못했기 때문이다.

'어떻게 된 게 황보세가에 가있는 본 가의 식솔들에게조차 소식이 없단 말인가?'

그때 만약 자신이 언가에 머물고 있지 않았다면 언가는 팽가에게 입을 싹 닫고 모른 척 했을 거란 생각에 기분이 좋지 않았다.

"그런데 언가에서는 무슨 사람들을 이리 많이 끌고 왔소?"

팽휘량이 묻자 언산우는 머쓱하게 웃었다.

"소호가 움직이지 않았습니까?"

팽휘량의 시선은 언가의 무인들 사이에서 홀로 방갓을 쓰고 있는 자에게 향했다.

"언가도 피곤하겠소. 소호가 한 번 움직일 때마다 저리 많은 인원들이 나와야 하니."

"우리들은 괜찮소. 그리고 소호는 그럴 만한 자격이 있소."

"그래도 궁금하지 않소이까? 도대체 누굴 저렇게 두려워해서 혼자는 밖으로 나오지도 못한 답니까?"

언산우는 차마 소호가 구야혈교에게 쫓기고 있다는 사실을 말하지 못했다. 그랬다간 팽가에서 발을 빼겠다고 난리칠 게 자명했다.

"나도 모르겠소이다."

언산우는 거짓말을 했다.

"조심하시오. 뭔가 구린 게 없었다면 저리 굴지도 않았을 것이오."

그 말에 언산우는 천천히 고개를 끄덕였다.

"알겠소."

어느새 그들은 황보세가의 정문 앞에 도착했다. 그러자 정문 앞에 서성이던 문지기가 다가와 포권을 취했다. 그가 황보세가의 복장을 한 사무도란 걸 모르는 그들은 별 다른 의심 없이 세가 안으로 들어갔다.

"조용하오."

언산우는 황보세가 안에서 음산한 기운이 나도는 걸 느끼며 말했다.

"저 안쪽에 모두 모여 있습니다."

사무도가 앞장서며 말했다.

"황보세가 사람들이 다 그곳에 모여 있는 것이오?"

"그렇습니다. 이쪽으로 오시면 됩니다."

언가와 팽가의 무인들은 사무도를 따라 안쪽으로 들어갔다. 그런데 중간에 소호가 갑자기 멈춰 서자 언가와 팽가의 무인들도 따라서 멈춰 섰다.

"왜 그러시오?"

언산우는 소호의 옆에 붙으며 물었다.

"함정입니다."

"함정이라니?"

"희미하지만 피 냄새가 나고 있습니다. 그리고 지금 이렇게 한 가운데까지 들어왔는데도 사람 소리가 하나도 들리지 않습니다."

주변을 휩쓰는 소호의 눈빛이 파르르 떨렸다. 그는 지금

공기 중에 나도는 이상한 기류를 눈치 챈 것이다.

"누군가 우리를 지켜보고 있소."

그 말에 언산우는 저 앞에 있는 사무도를 노려봤다.

"네 놈은 누구냐? 황보세가의 사람이 맞긴 하는 거냐?"

"갑자기 왜 그러십니까?"

"이놈이 누굴 농락하느냐?"

지금까지 얌전하던 언산우가 소호의 말에 격하게 반응하고 있었다. 그뿐만 아니라 언가의 사람들 모두 사방을 경계하기 시작했다.

"무슨 일이오?"

팽휘량도 덩달아 긴장하며 물었다.

"함정이오."

"함정? 황보세가가 함정을 팠단 말이오?"

그때, 소호가 방갓을 슬쩍 들며 입을 열었다.

"황보세가가 아닙니다. 이미 황보세가는 멸문 당한 듯 보이는군요."

짝짝짝.

소호의 말이 끝나자마자 그들의 뒤쪽에서 박수 소리가 튀어나왔다. 그에 놀란 언가와 팽가의 사람들이 재빨리 뒤돌아보며 그곳에서 여유롭게 박수를 치고 있는 진도운을 발견했다.

"대단하군. 감춘다고 노력을 많이 했는데, 한 눈에 알아볼 줄은 몰랐군. 아, 여기까지 들어왔으니 한 눈에 알아챈

건 아닌가?"

진도운은 히쭉 웃으며 말했다.

"네 놈은 누구냐?"

언산우가 앞으로 성큼성큼 걸어 나오며 소리쳤다.

"글쎄. 내가 누굴까?"

"……!"

그런데 진도운을 보고 크게 움찔거리는 자가 있었다. 그 자는 언가 사이에 껴서 홀로 방갓에다가 옷 색깔도 달라서 유독 눈에 띄었다.

진도운은 그 자를 주시했다.

"네가 소호인가 보군. 그리고 내가 누군지 알아본 것 같은데……."

자신을 보자마자 알아보는 경우는 처음 있는 일이었다. 그래서 진도운도 그에게서 눈을 떼지 못했다.

"……."

소호는 말이 없었다. 오히려 그 사이에 언산우가 끼어들어 진도운을 노려봤다.

"네 놈이 누구냐고 물었잖은가!"

"네 놈들이 그토록 원하던 만금성의 성주다."

그 말에 언가와 팽가의 무인들이 흠칫 놀랐다. 그리곤 재빨리 주변을 둘러보며 만금성의 사람들이 숨어있는지 찾아보았다. 하지만 아무도 보이지 않았다. 아무도.

"황보세가의 사람들은 다들 어디 가고……."

"여기 있지."

진도운은 검지로 땅을 가리키며 말했다.

"지하에 있단 말이냐?"

"땅 속에 묻혔으니까 지하는 지하인가?"

그 말에 언가와 팽가의 무인들이 술렁거렸다.

"허튼 소리!"

언산우가 소리쳤다. 황보세가 같은 거대 세가가 소리도 없이 멸문할 리 없었다.

하지만 그 말에 진도운은 가소롭다는 듯 웃으며 손을 휘저었다. 그러자 그 손을 따라 일어난 가공할 기운이 땅바닥을 세 군데 가격했다.

콰콰쾅!

땅거죽이 벗겨지며 그 안에 쌓여있는 수많은 시신들이 모습을 드러냈다. 동시에 시체 썩는 냄새가 확 올라와 언가와 팽가의 무인들은 코를 잡거나 내공으로 코를 막았다.

언산우는 그걸 보고 믿을 수 없다는 듯 고개를 저었다. 지금 이곳에 만금성의 무인들이 들이닥쳤다면 모를까 저 많은 인원을 진도운 혼자서 처리했다고 보기엔 무리였다.

"일단 소호를 내 앞에 갖다 놓으면 너희들에게 최소한 도망칠 기회는 주겠다."

그 어처구니없는 말에 언가의 사람들은 피식 웃었다.

"잠깐, 그럼 황보세가에 머물고 있던 팽가의 사람들도 죽은 것이오?"

그때 팽휘량이 앞으로 끼어들며 물었다. 그에 진도운은 어깨를 으쓱거렸다.

"글쎄. 저기 뒤져봐서 팽가 놈들이 있는지 찾아보던가."

그 말에 팽휘량의 눈썹이 꿈틀거렸다. 동시에 그를 비롯한 팽가의 무인들이 일제히 도를 뽑았다.

채앵!

팽가의 무인들은 도를 꽉 쥐며 물러서지 않겠다는 의지를 내보였다. 그건 언가의 무인들 역시 마찬가지였다. 그들은 두 주먹을 말아 쥐며 소호의 곁에서 찰싹 달라붙었다.

피식.

진도운의 입에서 실소가 새어나왔다.

스윽.

진도운은 손을 허리까지만 들어 허공을 그었다. 좌에서 우로, 이번에는 좀 길게 그었다.

서걱!

그의 손에서 칼날처럼 예리하게 방출된 무형의 기운이 언가 무인들의 허리를 반으로 베었다. 그야말로 상반신과 하반신을 싹둑 잘라버린 것이다.

스으으.

하얀 연기가 올라오며 언가의 무인들 중 한쪽 끝에 있는 자들의 몸이 분리되며 칼로 벤 것처럼 깨끗한 단면을 드러냈다. 그리고 이내 분리된 상반신이 땅으로 떨어졌다. 뒤이어 절단면에서 하얀 연기를 뿜고 있는 하반신도 무너져 내렸다.

쿠웅!

두 동강 난 시신들이 땅에 떨어지는 소리가 묵직하게 울렸다. 그러자 언가의 무인들이 한데 뭉쳐 있는 대열에서 한쪽 귀퉁이가 싹둑 잘려 나간 것처럼 보였다.

"……."

언가와 팽가의 무인들은 일순간 눈을 부릅뜨며 모든 움직임을 멈췄다. 그리고 하나, 둘 소스라치게 놀라기 시작했다.

"으으."

"저, 저게 뭐야?"

다들 생전 처음 보는 무공에 당황해 하고 있었다. 그들이 내뿜던 기세가 눈에 띄게 줄었고 진도운이 손을 살짝만 움직여도 언가의 무인들은 몸을 크게 움찔거렸다.

"흐압!"

그때 팽휘량이 기합을 내지르며 성난 맹수처럼 사나운 기운을 폭사했다.

"팽가여. 나를 따르라."

팽휘량이 앞장서서 나섰고 그의 뒤를 팽가의 무인들이 따라붙었다.

"한 번에 달려든다."

상대는 한 명이었지만 방금 본 게 있기 때문에 팽가의 무인들은 긴장을 놓지 않았다.

피식.

진도운의 입에서 비릿한 미소가 떠올랐다.

"너희들에겐 볼 일이 없다."

그 순간, 진도운의 신형이 팽휘량의 지척에서 솟아났고, 그에 움찔한 팽휘량은 재빨리 수중의 도를 휘둘렀다. 아니, 휘두르려는 순간.

터업!

진도운이 팽휘량의 손을 잡더니 안쪽으로 확 꺾는 게 아닌가?

"크흑!"

팽휘량의 온몸이 그 손을 따라 뒤틀리며 도를 잡고 있는 손가락까지 벌어졌다. 그에 진도운은 손쉽게 팽휘량의 도를 빼앗아서 팽휘량의 목에 갖다 댔다. 그리곤 팽휘량의 손을 놓아주었다.

"도를 뺏겨서 어떻게 하나?"

진도운은 빙글빙글 웃으며 말했다. 그러자 팽휘량의 뒤에 있던 팽가의 무인들이 함부로 달려들지 못하고 머뭇거리고만 있었다.

"뭣들 하느냐? 나는 상관 말고 어서 이 자를 쳐라."

팽휘량은 화통한 목소리로 소리쳤지만 팽가의 무인들은 좀처럼 덤벼들지 못했다.

"그렇게 말한다고 쟤들이 달려들겠냐? 차라리 네가 네 목을 이 도에 스스로 갖다 대면 모를까."

진도운은 실실 웃으며 말했다.

"이놈……."

팽휘량은 이를 바득 갈다가 눈을 꾹 감고 목을 앞으로 들이밀었다. 그러자 목 바로 앞에 있던 도가 뒤로 쭉 빠졌고 팽휘량은 괜히 목을 빼내며 허리를 반으로 접은 자세가 되었다. 그때 진도운은 재빨리 팽휘량의 전신을 두들겨서 점혈을 가했다. 그러자 팽휘량은 그 자세 그대로 모든 움직임을 멈췄다.

"뭐하는 것이냐?"

팽휘량이 소리쳤다. 아혈은 찍지 않아서 그나마 말은 할 수 있었다.

그때 진도운은 팽휘량의 목 앞으로 다시 도를 들이밀었다. 그리고 머뭇거리고 있는 팽가의 무인들을 보고 방긋 웃었다.

"이 자가 죽길 원하면 어디 움직여보아라."

"그딴 더러운 수나 쓰다니."

"치졸한 놈!"

팽가의 무인들이 저마다 한 마디씩 내뱉었다. 그러자 진도운은 히쭉 웃으며 도를 뒤로 빼는가 싶더니 돌연 위에서 아래로 내려찍었다.

싹둑!

진도운이 휘두른 도가 팽휘량의 얼굴 옆을 스치고 지나갔다. 그리고 동시에 땅에 귀가 떨어졌다.

"크악!"

팽휘량은 온몸을 움찔 떨며 땅에 떨어진 자신의 귀를 보았다. 그는 아랫입술을 질끈 깨물며 뒤이어 떨어지는 핏줄기를 바라보았다.

"다시 지껄여봐."

진도운은 다시 도를 팽휘량의 목 앞에 붙이며 말했다. 하지만 팽가의 무인들은 얼굴이 새빨갛게 달아오를 만큼 분노하면서도 누구 하나 입을 열지 못했다.

"이 놈을 살리고 싶으면 가서 소호를 데리고 와라."

"무슨 헛소리를 하는 것이냐!"

그때 멀리서 언가의 사람이 소리쳤다.

"어서 데려오는 게 좋을 걸."

하지만 진도운은 그쪽을 쳐다보지도 않고 말했다.

"이놈이 허튼 수작을 부리는구나!"

언산우가 훌쩍 몸을 띄우며 날아들었다. 그는 두 주먹을 마구 내지르며 무차별적으로 권풍을 날렸다. 마치 수십 개의 바위 덩어리가 떨어지는 것처럼 묵직한 권풍들이 소낙비처럼 떨어져 내렸다.

콰콰콰콰콰쾅!

흙먼지가 들썩이며 그 일대를 집어삼켰다.

"안 돼!"

"백부님!"

팽가의 무인들은 얼굴이 하얗게 질려서 재빨리 흙먼지를 걷어냈다. 그러자 상반신을 숙이고 있던 팽휘량이 차렷 자

세로 서있는 모습으로 나타났다. 헌데, 그의 옷은 넝마처럼 너덜너덜해져 있었고 그의 온몸에선 시퍼런 멍이 나있었다. 그리고 그의 입에선 피를 꾸역꾸역 쏟아내고 있었다. 언산우의 공격을 아무런 방비 없이 맨몸으로 맞은 탓이었다.

그에 반면 진도운은 팽휘량의 목덜미를 잡고 뒤에 숨어 있어서 상처 하나 없이 깨끗했다. 그는 서서히 고개를 들며 히쭉 웃었다.

"크흑!"

"제기랄!"

팽가의 무인들은 침음을 삼키며 고개를 돌렸다. 차마 그런 팽휘량의 모습을 볼 수 없었다.

"어서 소호를 내 앞으로 데리고 와라."

진도운의 말에 또 언산우가 발끈하며 주먹을 휘두르려 했다. 그런데 그 순간, 팽가의 무인들이 그의 앞을 막아섰다.

"멈추시오!"

"지금 뭣들 하는 것이오? 어서 비키시오!"

언산우가 소리쳤다.

"그럴 순 없소."

팽가의 무인들도 강경하게 나왔다. 그에 언산우는 주변을 둘러보더니 어쩔 수 없다는 듯 입을 열었다.

"팽가 놈들을 죽여라."

"……!"

"언 가주! 정신을 차리시오."

팽가의 무인들이 놀라서 눈을 부릅떴다. 하지만 언산우는 더 강하게 소리쳤다.

"어서 팽가의 무인들을 치워라!"

그 말에 언가의 무인들이 앞으로 우르르 쏟아져 나오더니 팽가의 무인들을 향해 달려들었다.

'어차피 팽가에는 저놈이 죽었다고 말하면 된다.'

언산우는 가만히 서서 자신의 가솔들이 팽가의 무인들을 공격하는 걸 보기만 했다. 이미 인원수에서 상당한 차이가 나서 그런지 팽가의 무인들은 속절없이 무너졌다. 그리고 진도운은 그 광경을 재밌게 지켜봤다.

"이제 넌 쓸모가 없어졌군."

진도운은 팽휘량을 땅바닥에 내팽겨 치며 고개를 좌우로 꺾었다.

"그럼 쓸모가 있는……."

진도운의 신형이 사라졌다.

"네 놈을 잡아야겠군."

진도운의 신형이 언산우의 눈앞에서 솟아났다.

"으읍!"

언산우는 눈을 부릅뜨며 고개를 뒤로 젖혔지만 진도운의 손이 눈부신 속도로 나아가 단숨에 언산우의 목을 움켜쥐었다. 그와 동시에 진도운의 신형이 뒤로 훌쩍 물러났다. 그리고 진도운은 팽휘량의 도를 땅바닥에 꽂으며 한 손으

로 언산우의 목을 감싸 쥐었다.

그 순간, 언가의 무인들은 일제히 모든 움직임을 멈췄다. 그리고 팽가의 무인들이 그랬던 것처럼 머뭇거리며 쳐다만 보고 있었다.

"그 손 놓지 못할까?"

"이 놈이 어디다 함부로 손을 얹는 것이냐?"

언가의 무인들이 한 마디씩 내뱉고 있을 때였다.

[이봐. 나와 거래 하나 하지 않겠나?]

언산우의 눈동자가 미세하게 흔들렸다. 지금 그는 자신의 귀를 의심하고 있었다. 자신의 목을 잡고 있으면서 갑자기 전음을 보내다니?

[소호에 대해 아는 걸 털어놓으면 네 목숨은 살려주지. 아니면……]

진도운은 손에 힘을 주어 언산우의 목을 압박했다.

[저 놈은 날 아는 것 같은데, 내가 저 놈에 대해 아는 게 없어서 말이야. 나중에 저놈이 말하는 게 진실인지 거짓인지 구분을 할 수 없거든. 그러니 소호의 말이 진실이란 걸 확인할 수 있을 정도면 된다.]

언산우가 머뭇거리며 쉽게 대답을 하지 못했다. 그러자 진도운은 그의 목을 세게 쥐어서 목소리가 새어나오지 않게 막았다. 그리곤 눈앞에서 자신을 노려보고 있는 언가의 무인들을 향해 입을 열었다.

"소호를 내 앞으로 데려와라."

자신의 말에 언가의 무인들은 동요하기 시작했다. 진도운은 그들을 유심히 바라보며 표정 하나 놓치지 않았다.

'궁지에 몰리면 자신을 드러내기 마련이지.'

진도운의 의도대로 언가의 무인들은 서로 눈빛을 주고받다가 하나 둘씩 소호에게 떨어지기 시작했다.

"……."

그때까지 가만히 서있던 소호는 돌연 사방에서 몰려드는 사나운 기세를 느꼈다. 살짝 거리를 둔 언가의 무인들이 자신을 향해 기세를 내뿜은 것이다.

"우리로서는 어쩔 수 없소."

언가의 사람들은 이미 진도운의 손속이 무자비하다는 걸 봤기에 진도운이 정말로 언산우의 목을 꺾을 수도 있다고 생각했다. 그래서 그들은 어쩔 수 없이 소호를 향해 몸을 틀었다.

방갓 아래로 보이는 소호의 눈이 좌우로 빠르게 움직였다. 하지만 처음에 언가의 무인들이 자신을 보호하려고 너무 바짝 붙은 탓에 지금은 이미 퇴로까지 모두 막힌 상태였다.

'제기랄.'

소호는 어쩔 수 없다는 듯 품속에 손을 집어넣더니 끝에 금방울이 달려있는 나무 막대기를 꺼냈다.

"……!"

진도운의 눈이 커졌다.

'철본혈교의 잔당이었군.'

그 순간 모든 것이 이해되었다. 소호가 구야혈교에게 쫓기던 이유도, 자신을 알아본 이유도, 그리고 언산우가 소호의 말을 착실히 듣고 있다는 것 모두 이해되었다.

'그날 장석산에서 도망 나온 놈인가 보군. 그래서 구야혈교가 쫓고 있던 거야. 그리고 나는 그날 송표기와 장석산을 돌아다닐 때 내 얼굴을 한 번 봤을 테고……. 언산우는 아마 수단향 때문에 소호의 말을 고분고분 들은 거겠지.'

"저 놈들을 막아라!"

역시나 예상대로 소호가 막대기를 흔들자 자신의 손에 잡혀 있는 언산우가 방울소리에 반응했다. 그뿐만 아니라 언가의 무인들 중에서도 방울소리에 반응하는 사람들이 생겨나며 멀쩡한 언가의 무인들을 공격하기 시작했다.

"이제 너도 쓸모가 없구나."

진도운은 단숨에 언산우의 목을 꺾었다.

콰득.

목뼈 부러지는 소리와 함께 언산우의 고개가 너덜거렸다.

진도운은 그런 언산우의 시신을 땅바닥에 버리고 땅바닥에 꽂혀있는 도를 들며 한 발자국 내딛었다. 그와 동시에 진도운의 신형이 모든 거리를 압축하고 소호의 눈앞으로 뚝 떨어졌다.

퍼억!

번갯불처럼 튀어 오른 진도운의 발이 소호의 얼굴을 후려 찼다.

고개가 휙 돌아간 소호는 몸까지 크게 휘청거렸고 그때 진도운은 그의 발목까지 차서 그를 완전히 넘어트렸다. 그리곤 대 자로 뻗은 소호의 목 아래로 도를 들이밀었다.

"그때 구야혈교 놈들에게 다 죽었을 줄 알았는데 이리 도망친 놈이 있었을 줄이야."

"흐흐……."

소호는 입가에 한 줄기 피를 흘리면서도 미친놈처럼 웃었다. 그에 진도운도 마주 웃으며 그가 손에 꾹 쥐고 있는 나무 작대기를 도로 후려 쳐서 두 동강냈다. 그리고 도 끝으로 방갓을 쳐서 방갓도 빼냈다. 그러자 그의 얼굴이 자세히 드러났다.

"그래. 이렇게 보니 그때 네 얼굴을 본 것 같기도 하군."

그때라 함은 호남성으로 백선행을 나가서 홀로 장악산을 올라 송표기를 만났을 때였다.

"그런데 철본혈교의 교도가 백도의 세가에 숨어있을 줄은 몰랐군."

"너 같으면 구야혈교에게 쫓기고 있는 마당에 백도나 흑도를 따지고 있나?"

그 말에 진도운은 씩 웃었다.

"용케도 장악산에서 도망쳤군."

"나 말고도 몇 놈 살아남았지. 그 중에는 지호도 있다."

"지호?"

진도운은 그제야 철본혈교의 교도들 중에서 천호, 지호처럼 뒤에 호자를 돌려쓰는 자들이 있다는 걸 기억했다.

'가만 지호라면…….'

서문세가에 곽철명이란 이름을 쓰며 잠입했다가 자신에게 제압당했던 자였다.

진도운은 그때의 기억을 더듬으며 입을 열었다.

"그 녀석도 살아있었나 보군."

"네가 서문세가에서 지호의 머리를 벽에 박은 것 때문에 치료를 받으려고 장악산을 내려갔었거든. 그래서 지호는 아예 구야혈교 놈들과 부딪히지도 않았지."

"운이 좋군."

"다 네 덕분이지. 그래서 그런지 지호를 마지막으로 만났을 때만 해도 지호는 너를 죽이고 싶어 하더군."

"은혜를 원수로 갚으려 하다니."

진도운은 쯧쯧 혀를 차며 말을 이었다.

"마침 잘 됐어. 안 그래도 묻고 싶은 게 있었는데 말이야."

"흐흐. 내가 대답해줄 것 같으냐?"

"가끔씩 너 같은 놈이 있었지. 하지만 결국엔 고분고분 말해주더군."

진도운은 말과 동시에 발을 들어 소호의 아랫배를 내리찍었다. 그 발에 내공까지 실은 터라 소호는 배가 터질 것 같은 통증을 느끼며 온몸을 꿈틀거렸다. 동시에 그의 단전

이 부서지며 내공이 흩어졌다.

뒤이어 진도운이 도를 좌우로 휘둘러 양 손목의 힘줄을 끊었고 발로 그의 발등을 내려찍어 뼈를 아작 냈다. 손과 발, 그리고 내공까지 쓰지 못하게 됐으니 여기서 도망칠 수 있는 방법은 없었다.

"크아아아악!"

소호는 머릿속이 새하얗게 질려서 있는 힘껏 비명을 질렀다.

그때 주변에서 자신들끼리 싸우던 언가의 무인들 중에 죽는 사람이 속출하기 시작했다.

"주변이 시끄럽군. 조금만 기다려. 금방 정리하고 오지."

진도운은 도를 소호의 옆에 던지며 신형을 뒤로 내빼는가 싶더니 그 자리에서 사라졌다. 그리고 동시에 주변에서 생생하게 움직이던 기척들이 순식간에 사라지기 시작했다. 하지만 소호는 사무치는 통증에 그런 걸 신경 쓸 틈도 없었다.

얼마나 지났을까? 소호가 아직도 손과 발을 꿈틀거리고 있을 때, 진도운은 다시 그의 앞에 나타났다. 그때 그의 손은 새빨갛게 물들어서 진득한 핏물이 쭉 떨어지고 있었다.

진도운은 소호의 가슴을 밟으며 그가 못 움직이도록 꾹 눌렀다.

"크읍!"

소호는 가슴이 갑갑해지는 걸 느끼며 몸을 바들바들 떨었다.

"송표기는 구야혈교에 잡혀갔나?"

그래도 소호가 대답이 없자 진도운은 귀살류를 펼쳐서 귀살류의 살기를 쏟아냈다.

파지지지직!

"끄아아아악!"

소호는 전신을 부들부들 떨며 입에 게거품까지 물었다. 그리고 서서히 눈이 뒤집어지려는 찰나 진도운이 귀살류를 멈췄다.

내공도 없는 맨몸으로 귀살류의 살기를 정통으로 맞는다는 건 정말 지극히도 고통스러운 일이었다.

"자, 잡혀갔다. 잡혀갔다고!"

소호는 다시 진도운의 몸에서 파직거리는 소리가 들리자마자 다급하게 말했다.

"혁련굉이 송표기를 죽이지 않은 것이냐?"

"그, 그래. 살려서 데려갔다."

진도운의 눈빛이 미세하게 흔들렸다. 어느 정도 짐작하고 있었지만 막상 들으니 꽤나 골치 아프게 느껴졌다.

"그렇군. 그런데 너 말고 또 누가 도망친 거지? 아까 말한 거 봐서는 지호도 도망쳤을 테고."

"지호는 어쩌다가 우연히 만나서 알게 된 거고 우리도 누가 도망쳤는지 모른다. 그때 다들 뿔뿔이 흩어져서 누가 아직까지 살아있는지 모른다."

"구야혈교를 피해 여기까지 온 건 칭찬해주지."

"우리에게는 구야혈교에게 없는 다양한 수법들이 많으니까."

"하긴……."

이들은 철본혈교가 부리는 미지의 수법과 구야혈교의 무공을 동시에 갖췄으니 제 한 몸 건사할 능력은 있을 것이다.

"그때 장악산에서 네 놈을 보고 만금성의 사람일 거라는 생각지도 못했는데, 하물며 만금성의 성주라니……."

자신이 만라전상대법을 통해 백우결의 몸을 갖게 됐다는 건 철본혈교 안에서도 오직 송표기만 아는 일이었다. 그래서 지금도 소호는 자신을 보고 의아해 하고 있었다.

"네 놈이 남궁세가에서 흑객들을 죽이고 도망친 놈이 맞지?"

"흑객? 그 검은 천을 뒤집어쓴 놈들을 말하는 거로군. 그래. 내가 몇 놈 죽였지."

그 말이 끝나는 순간 진도운은 소호의 왼손을 잡고 들어 올리더니 갑자기 힘껏 잡아당겼다.

"끄아아아!"

끔찍한 비명소리와 함께 소호의 왼팔이 통째로 뜯겨 나갔다.

진도운은 무심히 그 왼팔을 땅에 버리며 소호의 멀쩡한 오른 팔을 보았다.

"경석산에서 만휘단의 단원들을 죽인 것도 너지. 뭐, 그건 물을 필요도 없겠군."

진도운은 소호의 오른 손을 잡더니 똑같이 팔까지 통째로 뜯었다.

"으아아아악!"

진도운은 몸부림치는 소호를 무심한 눈길로 내려다봤다.

"언가에 들러붙더니 만금성까지 칠 줄은 몰랐군."

"흐으, 흐윽. 그저 언가를 키우려 했을 뿐, 만금성에 원한이 있던 것은 아니다."

그는 거친 숨을 내뱉으며 말했다.

"누가 보면 언가의 가솔인줄 알겠군."

"언가가 커져야 내가 안전하지. 구야혈교가 노리고 있는데 혼자 나돌아 다닐 순 없잖아? 흐으……."

그는 다 죽어가는 목소리로 말했다. 그런데 진도운은 순간 자신의 처지와 그와 다를 바 없다고 생각했다.

'결국엔 나도 구야혈교 때문에 만금성을 키우고 있는 거였지.'

"흐흐……. 네 놈이 만금성에 있다는 걸 지호가 알게 되면 볼만 하겠군. 내 복수도 그놈이 해주겠지."

그 말에 진도운은 피식 웃었다.

"주위를 둘러봐라."

소호는 힘겹게 고개를 들어 주위를 훑어봤다. 그리고 벼락이라도 맞은 것처럼 온몸을 부르르 떨었다. 지금 주변에는 가슴에 구멍이 뚫려있거나 머리가 터져 나간 시체들이 쫙 깔려 있었다.

"어, 어떻게 저 많은 인원을……."

"부디 지호도 저 만한 힘을 가지고 있었으면 좋겠군."

그럴 리 없었다. 어느 누구도 그러지 못한다.

소호는 뒤통수를 땅에 대며 실없이 웃었다.

"구야혈교만 문제는 아니었군."

그때 진도운은 소호의 옆에 떨어져 있는 도를 들고 소호의 얼굴을 빤히 바라봤다. 그리곤 말없이 도를 휘둘러서 소호의 목을 베었다.

서걱!

소호의 머리통이 목에서 떨어져 나와 땅바닥을 굴렀다. 진도운은 도를 버리고 소호의 머리채를 휘어잡으며 그 머리통을 들어올렸다.

"그걸 가져가려고 그러오?"

그때까지 지켜만 보던 사무도가 다가와 물었다. 그러자 진도운이 소호의 머리통을 앞으로 내밀었다.

"이 녀석이 시나귀의 정체를 알아내고 죽인 놈이다."

그 말에 사무도의 얼굴에 흠칫 굳은 기색이 스쳐지나갔다.

"그 녀석이었소?"

"이래 보여도 나름 시나귀를 알아볼 만한 능력은 갖추고 있는 놈이다."

"듣자하니 그놈 말고 또 여럿 있는 것 같은데……."

사무도가 조심스럽게 물었다. 그러자 진도운이 방긋

웃었다.

"무슨 소리를 하는지 모르겠군."

그 미소에 사무도가 다급히 고개를 저었다.

"아니오. 내가 잘 못 들었나 보오."

들어도 들은 것이 아니다. 그래야지만 이곳에서 살아남을 수 있었다.

진도운은 팽휘량의 시신을 가리켰다.

"저 시신을 팽가에 보내라. 그럼 여기는 알아서 정리 될 것이다."

"그게 뭔 소리요?"

"저 자의 몸에는 언가 무공의 흔적이 남아있지. 그걸 팽가에서 본다면 팽가는 곧바로 언가를 칠 터, 이미 언가의 상당수가 여기에 와있으니 언가는 팽가에 밀려 곧바로 무너질 것이다."

"그렇구려."

"그리고 그 두 가문이 결맹을 맺었으니 세상 사람들은 결맹이 뭔가 잘못됐다고 생각하겠지. 그럼 자연스럽게 황보세가의 일도 팽가에게 떠넘길 수 있다."

"하지만 이미 황보세가에서 만금성의 성주를 추궁할거라고 대대적으로 알리지 않았소?"

그 말에 진도운은 품속에서 종이 한 장을 꺼냈다. 그 종이는 황보세가가 남궁세가를 멸문시키고 만금성에 뒤집어 씌우려고 했다는 자백하는 내용이 적혀 있었다.

"이걸 뿌리면 결맹을 맺은 자기들끼리 뭔가 일을 꾸미다 틀어진 줄 알겠지."

진도운은 그 서찰을 사무도에게 건네주며 뒤를 돌아봤다. 그곳에는 지금까지 건물 안에 숨어있었던 제갈현이 서 있었다.

"이제 시간이 다 됐군. 자네의 대답을 들을 시간이야."

"애초에 저에게 선택권이 있었습니까?"

"없지."

제갈현은 다 포기한 듯 방긋 웃었다.

"만금성으로 가겠습니다."

"그럼 먼저 제갈세가에 남궁세가를 멸문시킨 건 만금성이 아니라고 서찰부터 보내라."

"알겠습니다."

제갈현은 여기서 더 큰 희생을 막자는 생각으로 그의 말을 따랐다.

"너는 양염평에게 소호를 처리했다고 서찰을 보내고 나와 함께 만금성으로 간다."

"알겠소."

사무도는 이제 그의 명령을 당연하다는 듯이 받아들이고 있었다.

天汲鬼工

17장.
시아귀

17장.
사사귀

진도운은 만금성으로 돌아오자마자 만휘단 단원들의 시신이 안치된 관 앞으로 향했다. 그리곤 그곳까지 들고 온 소호의 머리통을 그 앞에 내려놓았다.

"복수는 했다."

그는 짤막하게 말을 내뱉은 뒤 돌아서서 그곳을 벗어났다. 그리고 자신의 처소로 향하며 제갈현에게 자신의 처소와 가까운 곳에 있는 건물 하나를 처소로 쓰라고 내어주며 장로원에 데려가 그를 소개시켜주었다.

"만금성 주변에 기관진식과 진법을 설치하면 좋지 않겠소? 그럼 흑객들도 자유롭게 움직일 수 있을 것이오."

진도운의 말에 장로들은 제갈현을 반갑게 맞이했다.

그러자 오히려 제갈현이 당황했다. 분명 만금성은 폐쇄적이어서 외부인을 경계한다고 들었기 때문이다. 하지만 지금 일로 만금성의 어떤 규율도 성주의 말을 앞서지 못한다는 걸 깨달았다.

'성주의 명령은 절대적이다.'

그건 제갈현이 지난 며칠 동안 만금성에서 지내면서 깨달은 사실이다. 성주의 말 한 마디에 외부인인 자신이 만금성의 중책을 맡은 것만 봐도 알 수 있었다.

만금성 밖에 기관진식과 진법을 설치하는 일을 맡기면서 그걸 총 관리하는 중책까지 만들어 주었고 또한 만금성의 물자를 자유롭게 쓸 수 있는 권한까지 받았다.

'나는 결국에 외부인이 아니던가?'

하지만 그런 고민이 무색하게 만금성의 사람들은 그에게 어떠한 차별도 보이지 않았다. 그러던 어느 날, 제갈현은 만금성 밖에 나와 만금성 주변에 깔려 있는 망루들을 보며 길게 한숨을 내쉬었다.

"뭘 그리 한숨을 쉬는 거지?"

그때 제갈현의 옆으로 진도운이 다가오며 물었다. 그러자 제갈현이 다급히 읍을 해보였다.

"오셨습니까?"

"왜 그리 한숨을 쉬냐고 물었다."

그에 제갈현은 머쓱하게 웃었다.

"성주님께서 저에게 생각보다 많은 권한을 주셔서 놀랐습니다. 결국엔 저는 외부인일지인데 저를 어찌 믿고……."

"그저 네 능력이 필요해서 데려왔을 뿐, 너를 믿는 건 아니다. 애초에 난 그 누구도 믿지 않는다."

그 단호한 말에 제갈현은 멋쩍게 웃었다.

"그렇군요."

"만금성 주변에 어떤 걸 설치할 셈이냐?"

진도운은 재빨리 화제를 바꿨다.

"저 망루를 축으로 진법을 설치한 다음 저기 우측에 있는 산에는 산속에, 그리고 좌측에 있는 평야에는 땅 속에 기관진식을 설치할 셈입니다."

제갈현은 만금성 주변에 깔려 있는 망루들을 일일이 짚어가며 말했다.

"시간이 꽤 걸리겠군."

"진법이야 이미 축으로 쓸 망루가 있으니 그리 오래 걸리지 않겠지만 기관진식은 시간이 좀 걸릴 겁니다. 그래도 만금성의 재력이면 제 예상보다 훨씬 빠르게 끝낼 수 있을 겁니다."

진도운은 고개를 끄덕였다.

"공사에 들어가기 전에 어떤 진법을 설치하고 어떤 기관진식을 설치하는지 자세히 정리해서 나에게 보고를 올리도록 해라."

"알겠습니다."

제갈현은 정중히 고개를 끄덕였고 진도운은 몸을 돌려 만금성 안으로 들어갔다.

집무실로 돌아온 진도운은 문 앞에 대기 중인 사무도의 읍을 받으며 집무실 안으로 들어갔다. 사무도 역시 어느 정도 권한을 부여받으며 만금성을 자유롭게 돌아다닐 수 있었다. 하지만 굳이 만금성을 돌아다니기보다 이렇게 문 앞을 지키는 일만 자처했다. 그래야지 나중에 뒤탈이 없다는 걸 알고 있었기 때문이었다. 그건 그가 낭인으로써 살아오며 깨달은 일종의 생존법이나 다름없었다.

집무실 안에는 사평호가 기다리고 있었다. 진도운은 이미 그의 기운을 느꼈기에 별 다른 내색을 하지 않았다.

"생각보다 빨리 왔소."

"제가 선엽초를 구하러 간 사이에 많은 일들이 있었나 봅니다. 껄껄."

사평호는 선엽초를 구하러 만금성을 떠났다가 이제 막 돌아와 곧장 진도운의 집무실로 온 것이었다.

"뭐, 이런저런 일들이 있었소. 하지만 지금은 그보다 선엽초를 보고 싶구려."

그 말에 사평호가 품속에서 고이 접은 종이 한 장을 꺼내 펼쳐보였다. 그러자 그 종이 안에 청량한 향을 내뿜고 있는 파란 풀이 나타났다.

"이게 선엽초이오?"

색이 파랗고 잎이 길고 얇다는 걸 빼면 일반 풀과 다를 게 없어보였다.

"그렇습니다. 이게 선엽초입니다."

선엽초가 내뿜는 향만 맡아도 정신이 맑아지는 기분이었다. 그래서일까? 진도운은 선엽초를 맡을수록 정신이 차분하게 진정되서 자신도 모르게 청아한 눈빛을 내비쳤다.

"이것뿐이오? 내가 분명 많이 필요하다고 한 것 같은데."

"더 있긴 합니다만……."

사무도는 멋쩍게 웃으며 말끝을 흐렸다.

"왜 그러시오?"

"그쪽에서 내줄 수 없다고 합니다. 이거 하나도 겨우 주는 거라며……."

그때 진도운은 내공을 쳐서 이 안의 말이 밖에 새어나가지 못하게 막았다.

"그쪽이 누군데 선엽초를 가지고 있단 것이오?"

"등소현이라고……. 예전에 본 방에서 나간 제 사제 놈의 여식입니다. 여인의 몸으로 혼자 산골에서 살며 약초를 재배하고 있습니다. 그래도 지 아비에게 뭔가를 배운 모양인지 선엽초같은 희귀한 약초도 쑥쑥 잘 키워내더군요."

"그런데 왜 하나밖에 줄 수 없다는 것이오? 사제였다고 하면……. 아, 좋지 못한 일로 신환방을 나간 것이오?"

사형제지간에 틀어져서 문파를 나가는 건 무림에서도 가끔씩 있는 일이었다. 하지만 그게 아닌 듯 사평호는 고개를 저었다.

"제 사제 되는 놈은 무림이 싫다며 신환방을 떠났습니다. 하지만 그래도 좋은 관계를 유지해왔고 그 여식과도 나쁘지 않게 지냈습니다."

"그런데 지금은 왜 안 주는 것이오?"

"그게 이상합니다. 그리고 이상한 건 그것뿐만이 아닙니다. 원래 소현이가 여러 약초를 키우는데 지금 가보니 선엽초만 대량으로 재배하고 있더군요. 그렇게 많이 키우면서 달랑 이거 하나 주는 것도 그렇고……"

사무도가 미간을 모으며 말을 이었다.

"심지어 진백고까지 키우고 있더군요. 그것도 선엽초처럼 대량으로 키우고 있었습니다. 물어보니 어디에 따로 쓰고 있다고 하는데, 도통 어디에 쓰는지 알려주질 않습니다."

그 말에 진도운의 눈매가 날카롭게 쭉 찢었다.

'설마…….'

어쩌면 그 등소현이라는 여인이 양염평에게 진백고와 선엽초를 공급하는 걸 수도 있었다.

"혹시 그 여인이 백선문과 연관되어 있을 가능성이 있소?"

"딱히 그런 것 같지는 않습니다."

꽤 단호하게 고개를 젓는 사평호를 보고 진도운은 눈가를 좁혔다.

　"그리 확신하는 이유라도 있소?"

　"소현이는 부모를 여읜 뒤로 홀로 산에 틀어박혀 살고 있습니다. 간간히 마을에 내려오긴 하지만 마을 사람들과 친해질 틈도 없이 바로 산에 올라가버리는 바람에 백선문이 아니라 어떤 다른 문파와도 연관 있어 보이진 않습니다."

　"부모를 여의였소?"

　사평호는 착잡하게 한숨을 내쉬며 고개를 끄덕였다.

　"제가 만금성 때문에 바빠 들리지 못한 사이에 죽었습니다. 어쩌다 무림의 일에 휘말려서 죽었다고 들었습니다."

　"혹시 그 여인을 통하지 않고 선엽초를 구할 방법이 있소?"

　"불가능하다고 보시면 됩니다. 때때로 오지에서 선엽초가 자라긴 하지만 그래봤자 한 뿌리씩 납니다. 성주님께서 원하시는 만큼 대량으로 얻으려면 소현이처럼 재배를 하는 수밖에 없습니다."

　시나귀들뿐만 아니라 그 가족에게까지 먹이려면 상당히 많은 양의 진백고와 선엽초가 필요했다. 게다가 30일 마다 한 번씩 주기적으로 주려면 자연에서 얻는 것만으로는 한계가 있을 터…….

　"그 여인을 만나봐야겠소."

이젠 선엽초뿐만 아니라 양염평과 연관이 있는지도 확인해야 했다.

　"저도 이 한 뿌리로 재배를 시작할 수도 있습니다."

　"그 한 뿌리로 언제 대량으로 만들어낸단 말이오?"

　사무도가 어쩔 수 없다는 듯 고개를 끄덕였다.

　"성주님께서 급히 필요하신 것 같으니 안내를 해드리겠습니다. 하지만 소현이가 부모님을 여의고 나서 외부인들만 보면, 특히 무림인들만 보면 엄청 경계를 하는 지라……."

　"걱정 마시오. 조심 하겠소이다."

　사평호는 고개를 끄덕였다. 무림의 일에 휘말려 부모를 여의었다고 하니 어느 정도 그녀의 심정을 헤아려 줄 생각이었다. 물론, 그 바탕에는 다른 꿍꿍이가 있었지만 말이다.

　"알겠습니다. 그럼 언제 떠나시겠습니까?"

　"내일 바로 떠나겠소."

　"그렇게 급한 일이십니까?"

　"그렇소."

　사평호는 다급히 일어나 떠날 채비를 하겠다며 집무실을 나갔다. 그리고 그가 나가자마자 진도운은 문 밖에 서있는 사무도를 불렀다.

　"자네에게 물을 게 있다."

　사무도는 진도운의 맞은편에 서며 고개를 끄덕였다.

"물어보십시오."

"내가 만약 작금의 대나귀인 양염평을 죽이겠다고 하면, 자네는 어쩔 생각인가?"

"……."

전혀 예상지 못한 말에 사무도의 얼굴이 흠칫 굳었다.

"나를 따를 건가?"

"따르겠소."

그는 결정을 한 듯 단호하게 말했다.

"그럼 그 뒤로는?"

"내가 만금성에 남길 원하는 것이오?"

"그렇다. 그리고 네가 만금성에 머물면서 시나귀들을 관리해줬으면 하는군."

"그게 무슨 소리요?"

"너희들이 싫어하는 대나귀 질을 하겠다는 뜻이다. 그리고 시나귀들을 관리하는 일에 너를 임명할 생각이고."

"……!"

사무도가 눈을 휘둥그렇게 떴다. 그동안 자신을 포함한 시나귀들이 대나귀의 명을 따라 움직이는 삶을 얼마나 싫어했던가? 그런데 그걸 잘 알고 있는 진도운이 눈앞에서 당당히 저런 말을 하다니…….

"결국 이런 거였소?"

사무도는 지금 허탈해 하고 있었다. 언제는 대나귀를 물리는 게 목표라더니 이제 와서 딴 소리를 하니 어이가 없었다.

"그럼 내가 너희들 좋으라고 대나귀를 물러나게 할 줄 알았느냐?"

"……."

사무도는 심경이 복잡하게 뒤얽히는 걸 느꼈다. 진도운이 저렇게 나온다면 자신에겐 일말의 희망도 없었기 때문이다.

힘으로 꺾자니 그동안 봐온 게 있어서 그건 엄두도 내지 했다. 그렇다고 시나귀들에 대해 폭로를 하자니…….

만금성이 백선문처럼 고결하게 구는 것도 없어서 별 다른 타격도 입지 않을 것 같았다. 오히려 다른 문파에 숨어든 자신들이 피해를 입으면 입었지 만금성은 멀쩡할 것이다.

"하아."

사무도는 한숨을 내쉬었다. 그에 진도운은 피식 웃었다. 그의 심정이 어느 정도 이해되었기 때문이다.

"그렇게 싫은가?"

"누가 좋아하겠소? 이젠 별 상관도 없는 백선문을 위해 위험한 일을 도맡아 해오면서 우리 자신의 삶도 위태해졌는데, 다시 그 짓을 하라니."

"내가 아니더라도 양염평은 계속 명령을 내릴 것이다."

그의 말이 옳았다. 진도운이 빠져도 달라질 건 없었다.

"그럼 굳이 내가 성주를 도울 필요가 있소? 그냥 앞으로도 이러고 살면 되는 거지."

진도운은 방긋 웃었다.

"일단 나는 양염평을 없애기로 마음먹었다. 그런 이상 네가 돕든 말든 양염평을 죽일 것이다."

"그냥 죽이고 물러나면 안 되겠소?"

"누구 좋으라고? 그리고 어차피 너희들은 단약을 계속 받아야지만 진백고로부터 무사하지 않나?"

사무도의 눈썹이 꿈틀거렸다.

"그 단약을 구한 것이오?"

"만들어낼 방법을 찾았다고 해두지."

사무도의 눈이 크게 뜨였다.

"어떻게 찾았단 말이오? 우리가 그토록 중원을 뒤지고 다녀도 단약은커녕 진백고에 대해 아는 사람도 드물었는데……."

"내 말하지 않았나? 만금성에 그런 걸 알만 한 사람이 있다고."

사무도는 침을 꿀꺽 삼켰다.

"정말이오?"

"그래. 단약을 만들러 내일 떠날 테니 너도 채비를 하여라."

사무도는 순간 그 말을 믿지 못했다. 그 진백고를 다루는 방법이 바로 시나귀를 이용할 수 있는 핵심이었다. 그런데 그걸 시나귀인 자신에게 버젓이 보여주겠다고?

'무슨 생각이지?

사무도의 눈이 좌우로 흔들렸다.

"네가 무슨 생각을 하고 있는지 어느 정도 짐작을 할 수 있다. 하지만 그런 식으로 내 앞에서 머리를 굴린 놈들이 다 어떻게 됐는지 잊지 마라."

진도운은 은연중에 강압적인 기운을 풍기며 말했다. 그에 사무도는 온몸을 누르는 압력을 느끼며 침을 꿀꺽 삼켰다.

"알고 있소."

사무도가 고개를 끄덕이며 말했다. 그러자 진도운은 방긋 웃으며 언제 그랬냐는 듯 모든 기운을 거둬들였다.

"나는 양염평처럼 강요할 생각이 없다. 그랬다가 지금처럼 딴 생각을 품는 놈들이 생길 수도 있지 않나? 그러니 나는 나를 따라 오겠다고 자진해서 나선 놈들만 시나귀들로 부릴 것이다."

진도운은 이번에도 씩 웃으면서 말했다.

"그럼 성주를 따르는 자에게만 그 단약을 주겠다는 것이오?"

"단약은 모두 제공해주지. 그리고 그와는 별도로 내 말을 따르는 시나귀들에게 상당한 혜택을 제공해주지."

"……."

사무도는 머뭇거리며 진도운을 쳐다봤다. 그러자 진도운이 턱으로 문을 가리키며 말했다.

"나가서 떠날 채비를 하도록."

"알겠소."

사무도는 한결 편안한 마음으로 집무실 밖으로 나갔다.

집무실에 홀로 남은 진도운은 품속에서 두 장의 종이를 꺼냈다가 한 장만 탁자 위에 올려놓고 나머지 한 장은 다시 품속에 넣었다. 그것은 일전에 공길건이 준 두 장의 종이 중 하나로 그 종이엔 만금성의 돈을 받아먹고 외면한 문파들의 이름이 적혀 있었다.

"아직도 많군."

진도운은 붓을 들어 그 종이에 적혀 있는 문파들 중 철마방과 남궁세가 그리고 황보세가라 적힌 글씨 위에 기다란 작대기를 그렸다. 그리고 언가 위에서 붓을 멈추고 잠시 머뭇거렸다.

"지금쯤 올 때가 됐는데."

자신의 예상대로라면 지금쯤 팽가가 언가를 쳤다는 소식이 들려야 했다.

진도운이 붓을 든 채 머뭇거리고 있을 때였다. 젊은 청년이 급하게 안으로 들어와 서찰을 넘기고 다시 밖으로 나갔다. 그 서찰을 한눈에 훑어본 진도운은 멈췄던 붓을 다시 놀려서 언가라는 글씨 위에 선을 그었다. 그리고 그 종이를 접어 다시 품 안에 넣었다.

⚏

호북성의 남북 쪽에 위치한 홍안 마을 뒤쪽에 소철산이

라는 작은 산 하나가 있었다. 산 자체는 그리 높지 않았으나 산세가 워낙 험해서 마을 사람들조차 그 산에 잘 오르지 않았다. 헌데, 그런 곳에서 홀로 살아가는 여인이 있었다.

그녀의 이름은 등소현으로 아버지에게 물려받은 신환방의 의술 지식을 통해 약초를 재배하며 살고 있었다. 그리고 그녀는 가끔씩 산을 내려와 마을에서 생필품을 구비하곤 다시 산에 올라가서 그 마을에도 그녀를 아는 사람은 많지 않았다. 심지어 산을 내려올 때도 면사를 쓰고 내려와 사람들과 안면조차 익히지 않았다. 그녀가 그토록 사람들을 꺼려하는 이유는 자신이 살기 위해서였다.

그녀의 아버지는 등일평이라는 자로 한때 신환방의 제자였다. 하지만 등일평은 무림이 싫다는 이유로 신환방을 떠났고 애초에 무공을 멀리해서 무위도 뛰어나지 않았다. 하지만 의술만큼은 신환방 안에서 유일하게 사평호와 견줄 수 있을 만큼 뛰어났다.

등일평은 신환방을 나와 작은 마을에서 농사를 짓고 살며 마을에서 간간히 아픈 사람이 나타나면 치료해주며 살았다. 그 덕분에 등일평은 마을 사람들에게 많은 존경을 받았고 예쁜 부인도 얻어 혼인도 했다. 그렇게 딸까지 낳고 오순도순 사는가 싶더니 불행이 갑작스럽게 들이닥쳤다.

어떤 무림인이 부상 입은 몸으로 쫓기고 있다가 우연히 그 마을에 들리게 되고 등일평의 치료를 받게 되었다. 그 무림인은 자신이 치명상을 입고 더 이상 살 수 없을 거라

생각했는데 등일평이 보란 듯이 치료해내자 그의 의술에 감탄한 채 마을을 떠났다.

그런데 얼마 뒤에 그 무림인을 쫓는 다른 무림인들이 왔고 그들은 등일평이 자신들이 쫓고 있는 무림인을 치료해 줬다는 이유로 등일평과 그의 부인을 죽였다. 다행히 등소현은 마을 사람들이 숨겨 주어서 살 수 있었지만 그 뒤로 등소현은 마을을 떠나 자신이 아는 사람들이 없는 호북성으로 가서 그곳에 있는 산속으로 들어갔다. 그녀는 그 모든 것의 시작이 등일평이 사람을 치료해주면서 일어난 일이라 여겼고 그 뒤로는 환자를 봐도 외면하기 바빴다.

"기구한 운명이군."

홍안 마을로 향하는 마차 안에서 사평호에게 그 얘기를 모두 들은 진도운이 말했다.

무림에서 가끔씩 있는 일이었다. 누군가를 추격하는 도중에 제 3자가 끼어들어 쫓기는 사람을 도와준다면 당연히 추격하는 사람 입장에서 화가 나기 마련이다. 그럼 무림인들은 대게 폭력적으로 제 3자를 처리한다. 그래야지만 다른 사람들이 겁을 먹고 자신들 일에 끼어들지 않기 때문이다.

"그때 쫓고 있던 자들은 사곡문의 제자들이었습니다."

사평호가 말했다.

"사곡문 놈들이 그 소저의 부모를 죽인 거로군."

"그렇습니다."

천모
귀왕 239

사곡문이라면 흑도에서도 유명한 문파였다. 그리고 무엇보다 일반 대문파보다 규모가 크고 무력도 세서 무림에서 사곡문의 무인이라고 하면 대게 한 수 접고 물러나기 마련이었다. 그런데 오히려 사곡문이 쫓고 있는 자를 치료해주었다고 하니······.

"무림이 싫어서 떠났다면서 왜 무림인을 치료해준 거지?"

"일평이는 무림을 싫어한 거지 사람을 싫어한 건 아니었습니다. 그리고 일평이는 눈앞에서 사람이 죽어 가는데 가만히 지켜볼 성정이 못 됩니다. 무림인이든 아니든 일평이 앞에서는 그냥 환자이지요."

"등소현이란 소저도 그런가?"

"처음에는 그랬죠. 지 아비를 똑 닮아서 환자들을 자주 돌보곤 했습니다. 하지만 그 일을 겪은 뒤엔 환자를 봐도 모른 척 놔두더군요."

진도운은 고개를 끄덕이며 빠르게 지나가는 마차 밖의 풍경을 바라봤다.

"다 왔군."

진도운의 눈에 홍안 마을이 들어왔다.

‡

진도운이 타고 온 마차 뒤에는 제각각 말을 탄 5명의 흑객들과 사무도가 있었다. 어딜 가나 눈에 띌 법한 외양에

240 天沐鬼王 3

무림인이라는 분위기까지 물씬 풍기니 마을 안에서 자연스럽게 주목을 받았다.

진도운은 마차를 객잔에 맡겨두고 등소현이 살고 있다는 소철산에 올랐다. 물론 사평호가 앞장서서 길을 안내했고 진도운과 사평호, 그리고 흑객들은 그 뒤를 따랐다.

듣던 대로 산세가 험했다. 그들은 무림인이라서 이렇게 쭉쭉 산을 오른 것이지 무공을 모르는 자가 올랐다면 벌써 일곱 번은 넘어지고 발까지 접질렸을 것이다.

"저기입니다."

산중턱을 넘어 안쪽 깊숙이 들어간 사평호가 돌연 앞을 가리키며 말했다. 그가 가리킨 곳에 파랗고 기다린 풀이 쫙 깔려 있었고 그 풀밭에서 풍기는 청아한 향이 은은하게 산 속에 퍼지고 있었다.

"선엽초군."

선엽초 밭 뒤로 작은 사옥이 보였다.

"소현아. 안에 있느냐?"

사평호가 사옥 앞으로 다가가며 말했다. 그러자 사옥의 문이 열리고 하얀 경장에 긴 머리를 나풀 거리는 여인이 나왔다. 그녀는 복숭아 빛 피부에 길쭉한 체형을 지닌 젊은 여인이었다. 게다가 청초한 인상 덕분인지 밖으로 나오는 그녀의 몸짓은 단아하기 그지없었다.

밖으로 고개를 내밀며 몸을 반쯤 뺀 그녀가 돌연 멈칫 섰다. 사평호 뒤에 서있는 다른 사람들을 그제야 발견한 것이다.

"사백님. 그 뒤에 계신 분들은 누구시죠?"

그녀는 잔뜩 경계하며 물었다.

"괜찮으니 밖으로 나와 보거라. 만금성에서 오신 분들이다."

"만금성이요?"

"내가 만금성에 머물고 있다고 하지 않았느냐?"

"그랬죠. 하지만 만금성에서 여기까지 무슨 일로……."

그녀는 여전히 몸을 반만 내뺀 채 말했다.

"소저에게 물을 게 있어서 왔소."

진도운이 돌연 앞으로 나오며 말했다.

"공자께서는 누구신가요?"

"만금성의 성주, 백우결이라 하오."

진도운의 말에 그녀가 놀란 듯 눈썹을 들썩거렸다.

"성주님께서 여긴 무슨 일로 오신 거죠?"

"선엽초가 필요해서 이리 왔소이다."

"죄송해요. 저 선엽초는 따로 주인이 있어서 드릴 수가 없네요."

그녀는 단호하게 말했다. 그에 진도운은 방긋 웃었다.

"실례가 안 된다면 저 선엽초를 어디에 쓰는지 물어봐도 되겠소?"

"그런 걸 왜 묻는 거죠?"

그 말에 진도운은 사평호를 쳐다봤다.

"저 소저와 둘이서만 얘기하고 싶소만."

"알겠습니다. 그럼……."

사평호는 사무도와 흑객들을 데리고 뒤로 물러났다. 그러자 그녀가 방 안으로 몸을 집어넣고 고개만 밖으로 내밀었다.

"뭐, 뭐하시는 거예요?"

"소저와 긴히 할 얘기가 있소."

"저는 그쪽과 할 말이 없어요."

그녀가 방 안으로 들어가며 문을 쾅 닫으려는 순간 문틈으로 진도운의 손이 끼어들며 문을 닫지 못하게 꽉 잡았다. 그리고 어느새 진도운의 신형이 문 바로 앞에 서있었다.

"양염평과는 무슨 사이냐?"

진도운의 말투가 달라졌다. 그의 눈빛도 달라졌다. 그 순간, 날카롭게 번뜩이는 그의 눈빛을 보고 등소현은 몸을 움찔 떨었다.

'아니다.'

자신의 눈빛을 보고 몸을 떤 게 아니었다. 양염평이란 말에 반응을 보인 것이었다.

타앙!

진도운은 문을 잡아 뜯으며 뒤로 내팽겨 쳤다. 문은 실이 끊어진 연처럼 날아가 땅바닥에 미끄러졌다. 하지만 진도운은 뒤에 눈길 한 번 주지 않고 문틈에 서며 문을 막았다.

"무, 무슨 짓이에요?"

"다시 묻지. 양염평과는 무슨 사이냐?"

"사백님께 말하겠어요!"

그녀가 뒷걸음질 치며 앙칼진 목소리로 말했다.

"얼마든지."

진도운은 피식 웃으며 말했다. 그러자 그녀가 사백님이라 소리를 지르며 저 멀리 떨어져 있는 사평호를 불렀지만 사평호는 눈을 꾹 감고 몸을 돌렸다. 그가 외면하자 그녀의 안색이 파리해졌다.

"어서 말해라. 양염평과는 무슨 사이냐?"

"전 그 자가 누군지도 몰라요."

그녀의 눈동자가 극심하게 흔들렸다.

"거짓말이 서투르군."

"지, 진짜예요! 이제 내 대답을 들었으니 어서 나가주세요."

하지만 진도운은 그 말을 들은 체도 안하며 방 안을 둘러봤다.

"진백고도 같이 기른다고 들었는데 보이지 않는군."

"진백고는 선엽초가 주변에 있으면 잠이 든다고요. 그러니 당연히 여기 없죠."

"그렇군."

진도운은 곧장 사옥 밖으로 나가 선엽초와는 반대 방향을 향해 무작정 걸었다. 그러자 그녀가 화들짝 놀라며 바깥으로 튀어나오더니 진도운을 따라 뛰었다. 그런데 뛰기 시작한 그녀는 이상하게 걷고 있는 진도운을 따라잡지 못했다.

"머, 멈춰요!"

그녀가 소리쳤다.

진도운은 걸음을 멈췄다. 그리고 그 앞에 장정의 머리통만한 크기의 철 상자들 세 개가 나란히 놓여있는 걸 보며 씩 웃었다.

"여기에 있나보군."

진도운은 철 상자 중 하나를 들어 뚜껑을 열어보았다. 그 안에는 흙이 반쯤 담겨 있어서 흙냄새가 진하게 풍겨왔고 흙속에서 누에처럼 하얗게 생긴 벌레들이 꿈틀거리고 있었다.

"안 돼요! 그게 얼마나 위험한데!"

이젠 거의 악을 쓰는 그녀의 말을 무시한 채 진도운은 철 상자 안에 손을 집어넣어 진백고 하나를 들어올렸다. 꿈틀거릴 때마다 등에 자잘하게 나있는 구멍들이 닫혔다 열리는 것만 빼고는 누에와 다를 게 없어 보였다.

"위험해요!"

그녀는 온몸을 던지며 진도운의 손에 잡혀있는 진백고를 향해 손을 뻗었다. 하지만 진도운은 가볍게 뒤로 물러나며 그녀를 피했다. 그 순간, 진도운의 손에 잡혀 있는 진백고가 독을 뿜었다.

파아!

진백고의 등에 나 있는 수많은 구멍에서 독무(毒霧)가 쉴 새 없이 올라왔다.

"피해요! 어서!"

그녀가 소매로 입과 코를 가리며 소리쳤다. 그런데 정작 진백고를 집고 있는 진도운의 손은 멀쩡했고 정면에서 독무를 정통으로 맞은 진도운의 얼굴도 말끔했다. 피부가 녹아내린다거나 썩어문드러지는 등 어떠한 현상도 보이지 않았다.

"생각보다 독하군."

진도운은 내공으로 온몸을 보호하고 있지 않았으면 아무리 신환성체라도 이 독에 피해를 입을 수 있다는 생각이 들었다.

콰직!

진도운은 주먹을 말아 쥐며 진백고를 터트렸다. 그러자 그의 손바닥에서 치이익 거리는 소리와 함께 강한 독기가 올라왔다. 멀리 떨어져 그 광경을 구경하던 등소현은 눈을 휘둥그렇게 뜬 채 그를 바라봤다.

"어, 어떻게 진백고의 독을 맞고도……."

아무런 피해를 입지 않는 그를 보며 등소현은 믿을 수 없다는 듯 고개를 저었다.

그때, 진도운의 손에서 불길이 일어나는가 싶더니 진백고의 사체를 태워버렸다. 내가고수만이 사용할 수 있다는 삼매진화였다. 그런데 그 불길은 진도운의 손을 떠나 공기 중에 광활하게 퍼지더니 공기에 퍼진 진백고의 독기마저 불사르고 사라졌다. 그것은 일반적으로 알려진 삼매진화보

다 몇 배는 더 강력해 보였다.

꿀꺽.

등소현의 목에서 침 넘어가는 소리가 크게 들렸다. 그녀는 가늠할 수조차 없는 진도운의 무위에 압도되어 할 말도 잃어버린 듯 입을 꾹 닫았다.

"진백고에 선엽초까지 가지고 있다니……. 뭐, 지금 여기서 이럴 게 아니라 만금성에 데리고 가서 물어보면 되겠지."

"제가 언제 만금성에 간다고 했나요?"

그녀가 다시 입을 연 순간 진도운이 성큼 다가가 그녀의 수혈을 점혈했다.

"어……."

눈이 감기며 다리까지 풀려버린 그녀는 온몸을 휘청거리며 쓰러졌다. 아니, 그 전에 가까스로 진도운의 팔이 그녀의 몸을 받고 한쪽 어깨에 들어 올린 뒤 사옥 앞으로 갔다. 그러자 저 멀리 떨어져 있던 사평호가 허겁지겁 다가왔다.

"성주님. 이게 어찌 된 일입니까?"

"만금성으로 갈 것이오."

"소현이도 같이 가는 겁니까?"

"그렇소. 사 장로는 저기서 선엽초를 챙기시오."

선엽초는 희귀한 약초이니만큼 그에 걸맞은 지식을 갖춘 사평호만이 다룰 수 있었다. 자칫 지식이 없는 사람이 만졌다가 선엽초를 못 쓰게 될 수도 있으니 다른 사람들은 선엽초에 손도 댈 수 없었다.

사평호는 잠시 머뭇거리다가 이내 밭으로 가서 선엽초를 조심스럽게 뽑기 시작했다. 그동안 진도운은 기절해 있는 등소현을 사무도에게 넘기고 자신은 사옥 안으로 들어가 대충 눈에 띄는 물품을 몇 개 챙겨서 밖으로 나왔다.

"저곳으로 가면 철로 만들어진 상자가 몇 개 있을 것이다. 절대 뚜껑을 열지 말고 가져 오거라."

진도운은 흑객들을 향해 사옥 뒤를 가리키며 말했다. 그러자 흑객들이 재빨리 사옥 뒤로 넘어가 진백고가 들어있는 상자들을 가져왔다. 그리곤 진도운과 함께 사평호가 선엽초를 다 뽑을 때까지 기다렸다가 해가 지고 나서야 산을 내려갔다.

‡

등소현의 눈꺼풀이 스르르 올라갔다. 그녀는 멍한 눈빛으로 천장을 바라보다가 이내 상체를 벌떡 일으켰다. 그리고 상반신을 타고 스르르 내려가는 이불을 보여 그제야 자신이 침상 위에 누워있단 걸 깨달았다.

방 안을 둘러보던 등소현의 시선이 방 한 가운데에 멈췄다. 방 안에는 온갖 화려한 장식물들이 박혀 있었지만 지금 그녀의 눈은 의자에 앉아 자신을 빤히 바라보고 있는 진도운에게 고정 되어 있었다. 그녀는 뒤늦게 몸을 움츠리며 이

불을 끌어올려 몸을 덮었다. 그리곤 이불 안으로 고개를 집어넣고 자신의 몸을 살폈지만 특별히 남의 손을 탄 곳은 없어보였다.

"건든 거 없으니 걱정하지 마라."

진도운이 말했다.

"여기가 어디죠?"

"만금성이지."

"뭐라고요?"

그녀가 발끈해서 소리쳤다. 하지만 이내 흔들리는 동공과 함께 다시 몸을 움츠렸다.

"그러게 처음 물어봤을 때 얌전히 대답했어야지."

"대답했으면 이렇게 납치 안 했을 건가요?"

"아니. 그래도 납치했을 걸."

그녀가 아랫입술을 질끈 깨물며 진도운을 노려봤다.

"도대체 저에게 왜 이러는 거죠?"

"이미 소철산에서 몇 번이나 물어봤잖아. 양염평과 아는 사이냐고."

"……"

양염평이란 이름이 나올 때마다 그녀의 동공은 흔들렸다.

"지금도 양염평의 이름을 듣고 반응하고 있잖아."

"제가 언제요?"

"모른 척을 하려면 거짓말이라도 잘 하던가."

천모
귀환 249

진도운은 혀를 쯧쯧 차며 의자에서 일어났다. 그러자 침상 위에 있던 그녀가 재빨리 침상 끝으로 물러났다. 그에 진도운은 어처구니없다는 듯 실소를 흘리며 침상과는 반대편에 있는 창문을 향해 다가갔다.

"양염평과 어떤 관계인지 말해보아라."

진도운은 창문 앞에 서며 말했다.

"그게 왜 궁금한 거죠?"

"이젠 부정하지 않는군."

"아니라고 해도 안 믿는데 제가 어쩌겠어요?"

진도운은 창밖을 바라보며 고개를 끄덕였다.

"잘 생각했다. 그런데 아무리 생각해도 이해할 수가 없는 게 있다. 네가 어떻게 양염평과 알고 있는 사이인지……. 아니지. 단순히 알고 있는 것 이상이지."

진도운이 말을 하며 뒤를 돌아보았다. 그런데 어느새 등소현이 침상에서 내려와 문 앞에 서있었다. 그녀는 진도운과 시선이 마주치자 움찔 멈췄다가 곧바로 문을 열고 밖으로 나갔다. 아니, 문을 열자 나란히 서있는 흑객들이 문을 막고 있는 광경이 나타났다.

"여기서 나간다고 만금성에서 빠져나갈 수 있을 것 같나?"

그녀는 할 수 없이 문을 닫고 방 한 가운데에 섰다.

"이제 저를 어쩔 셈이죠?"

"글쎄. 어쩔까?"

"저를 죽일 건가요?"

그녀는 이제 조금도 위축된 모습을 보이지 않았다.

"고민 중이다. 지금은 네가 별로 쓸모 있을 것 같지 않거든."

진도운은 거짓말을 했지만 그녀는 그 말에 홀딱 넘어가 발끈했다.

"선엽초가 필요한 거 아니었어요?"

"이미 네 밭에서 뽑아온 선엽초로 몇 달은 쓸 수 있을걸. 그 뒤로 필요한 건 사 장로가 재배하겠지."

그녀는 진도운이 말하는 사 장로가 사평호라는 걸 알고 있었다. 그리곤 자신이 의식을 잃기 전에 사평호가 자신을 외면했다는 사실을 떠올렸다. 그에 그녀는 자신이 고립된 것처럼 느껴졌다.

"네가 살 수 있는 방법은 양염평과 어떻게 얽혀있는지 말하는 것뿐이다."

"말할 수 없어요."

그녀의 목소리는 단호했다. 잠시 그녀의 눈을 들여다본 진도운은 다시 몸을 돌려 창밖을 바라봤다. 그리곤 사평호가 그녀의 아버지인 등일평이 죽어가는 사람을 가만히 보고만 있지 못한다는 성정이었단 걸 떠올렸다.

'핏줄은 변하지 않지.'

진도운은 덤덤히 미소를 지었다.

"양염평이 네가 키운 진백고와 선엽초를 어디에 썼는지 궁금하지 않나?"

"그건 저에게 말해주지 않았어요."

"양염평에게 진백고와 선엽초를 공급하고 있었던 건 맞나 보군."

그 말에 그녀가 멈칫하더니 이내 긴 한숨을 내뱉었다. 헌데, 다시 생각해 보니 이미 진도운은 선엽초와 진백고를 양염평이 쓰고 있다는 걸 처음부터 알고 있는 듯 보였다. 그렇지 않았다면 일전에 사평호가 찾아와 선엽초를 달라고 하지 않았을 것이다.

"양염평이 어떤 사람인지 알고 있나? 설마 아무것도 모른 채 진백고와 선엽초를 공급한 건 아니겠지."

"알고 있어요. 백선문의 장로잖아요."

"그게 다는 아니다."

"그래도 백선문의 사람이면 악인은 아니잖아요?"

지금 그녀가 말하고 있는 것이 백선문에 대한 일반적인 인식이었다.

"양염평은 아무런 죄도 없는 사람들에게 진백고를 먹이고 그 사람들을 자신의 뜻대로 조정해왔다. 자신의 말을 듣지 않으면 30일 마다 주는 단약을 주지 않는다고 협박까지 했지. 아마 그 단약은 네가 만든 것일 테고."

"……."

"심지어 그 사람들을 부리기 위해서 그 사람들의 주변인들까지 진백고를 먹였다. 그래서 자신뿐만 아니라 자신의 지인들까지 죽도록 말이야. 물론 거기에는 가족도 포함되

어 있으니 아무것도 모르는 아이들도 진백고를 먹은 셈이
지."

"그럴 리 없어요!"

그녀가 소리치자 진도운은 보이지 않게 씩 웃으며 돌아
섰다. 그리곤 그녀를 똑바로 바라봤다.

"결국엔 네가 그렇게 만든 것이다."

"아니에요. 전 몰랐어요."

"알려고 하지도 않았겠지."

"……."

그녀는 갑자기 벙어리라도 된 것처럼 아무 말도 하지 못
했다.

"네가 사곡문 놈들과 다를 게 뭐지? 네가 그토록 증오하
던 사곡문 놈들처럼 너도 다른 사람들을 죽인 게 아닌가?"

"아, 아니에요!"

그녀는 듣기 싫다는 듯 귀를 막고 온몸을 바들바들 떨었
다. 어느새 그녀의 얼굴은 하얗게 질렸고 그녀의 두 눈은
마구 흔들렸다. 지금 그녀는 척 봐도 정신이 나락으로 떨어
지고 있는 걸 알 수 있었다. 그럴수록 진도운의 입가에 맺
힌 미소는 진해졌다.

"어쩌면 사곡문보다 네가 더할 지도 모르겠군. 적어도
사곡문은 어린애였던 너는 죽이지 않았으니 말이야."

그녀의 입술이 파르르 떨렸다.

"부, 분명 저에게는……."

"뭐라고 말했지?"

"사곡문을 없애는데 쓸 거라고 했어요."

그 말에 진도운은 피식 웃었다.

"아버지의 복수 때문이었군."

"저만의 복수는 아니에요. 사곡문은 그동안 너무나도 많은 악행을 저질러왔어요."

"무림에 그런 악행을 벌이는 문파가 사곡문 하나만 있는 것도 아니잖아? 흑도에 그런 문파는 널려 있어. 그런데 사곡문을 콕 집어 그랬다는 건 결국엔 복수 아닌가?"

"맞아요. 복수에요. 그건 부정하지 않겠어요. 하지만 꼭 그것 때문은 아니었어요."

그녀가 앙칼진 목소리로 소리쳤다.

"그럼 뭐가 또 있단 말이냐?"

"백선문이잖아요. 백선문처럼 고결한 문파의 사람이 아니었다면 전 주지 않았을 거예요."

"……."

그녀의 애처로운 표정을 보며 진도운은 입을 꾹 닫았다.

"다시는 저희 아버지처럼 피해를 보는 사람이 없도록 악인들을 처치해준다고 했어요. 백선문이니까…… 백선문은 늘 그래왔으니까 저는 믿었을 뿐이에요."

그녀의 심정이 이해가 되었다. 자신도 시나귀의 존재를 알게 되기 전까지는 백선문에 대한 인식이 그녀와 다를 바

없었기 때문이었다.

"양염평과는 어떻게 만나게 됐지?"

"저는 사곡문에 복수를 하러 갔어요."

그 말에 진도운은 등소현의 전신을 훑어봤다. 삼류에도 못 미칠 만큼 풍기는 기운이 미약했다.

"사곡문에 복수를 할 수 있을 만큼 무위가 높아보이진 않는데."

"꼭 무공으로 할 필요 없죠. 저에겐 독초들이 있으니까요."

"그렇군."

약초를 다룬다는 건 다른 말로 따지면 독초들도 알고 있다는 뜻이었다. 그리고 독은 무림에서 가장 위험한 수단이었다.

"저는 사곡문 놈들이 호북성에 왔다는 소문을 듣고 그들을 찾아 나섰죠. 그런데 그들을 발견했을 때 저보다 한 발 먼저 와있는 사람이 있더군요."

"그게 양염평인가?"

"맞아요. 그분이 먼저 와서 사곡문 놈들을 모두 죽였어요."

진도운의 눈썹이 꿈틀거렸다. 양염평은 표면상으로 백선문의 장로라 방금 말한 것처럼 직접적으로 움직이는 일은 드물었다.

"혼자 왔던가?"

"네. 백선행을 나왔다고 했어요. 그때 양염평 대협을 만나게 되었고 양염평 대협은 제가 들고 있는 독초를 보고선 제 의술 실력을 알아봤어요."

그 뒤로는 안 들어도 대충 짐작이 갔다.

"그리고 너는 진백고와 선엽초가 있다는 사실도 말했겠군."

"대화를 하다 보니 어쩌다가 그렇게 됐어요. 양염평 대협은 진백고와 선엽초를 제공해주면 본인이 대신 사곡문에 복수를 해주겠다고 했어요."

그 얘기를 들은 진도운은 묘한 미소를 띠었다.

'어쩌면 양염평을 끌어낼 방법을 찾은 것 간군.'

무슨 일인지 몰라도 사곡문 놈들을 죽이러 호북성까지 왔다는 건 양염평이 사곡문에 따로 볼 일이 있다는 것이다. 그 점만 잘 이용하면 양염평은 쉽게 끌어낼 수 있었다.

"아까 양염평 대협께서 아이들에게도 진백고를 사용했다는 말……. 그 말이 진짜인가요?"

"사실이다."

그녀의 눈빛이 파르르 떨렸다.

"그럴 줄 몰랐어요. 제가 알았더라면 진백고를 주지 않았을 거예요."

그녀는 스스로를 책망하며 괴로워하고 있었다. 하지만 진도운은 굳이 그걸 말리지 않았다. 저렇게 본인이 약해져야지만 자신이 비집고 들어갈 틈이 생기기 때문이다.

'사평호는 문파 일로 바쁘다.'

사평호가 선엽초를 재배할 수 있는 능력이 있는 건 맞지만 따로 할 일이 많아서 선엽초에만 매달릴 수 없었다. 그럼 그에 걸맞은 의술 지식을 갖고 있는 사람이 또 한 명 필요하다는 것인데, 결국 그 역할을 맡을 사람은 등소현밖에 없었다.

'그리고 등소현은 반드시 만금성 안에만 있어야 한다.'

만약 선엽초를 시나귀나 양염평의 손에 들어간다면 시나귀에 영향력을 끼칠 수 있는 실질적인 수단이 사라지는 것이나 마찬가지였다. 그러니 그녀를 만금성에 두고 다른 사람들 손에 넘어가지 못하도록 지켜야했다.

"여기 머물면서 선엽초를 재배해라. 그럼 내가 그 사람들에게 나눠주지."

"……"

이미 정신이 약해질 때로 약해진 그녀에게 진도운의 말은 깊숙이 박혔다.

"네게도 책임이 있으니 이대로 간과하진 않겠지? 설마 사곡문 놈들이 그랬던 것처럼 이들을 외면하려는 건가?"

진도운은 그녀의 마음을 후벼 파는 말을 거침없이 내뱉었다. 그에 그녀는 고개를 푹 숙이며 고개를 끄덕였다.

"알겠어요."

진도운은 만족스러운 미소를 지으며 다시 창밖을 바라봤다.

"진백고를 제거하는 방법이 있나?"

혹시나 해서 물은 말이었다.

"없어요. 진백고는 예민해서 살짝만 건드려도 독을 뿜어요. 그래서 뭔가를 할 틈도 없이 죽어버리죠."

"그렇군."

진도운의 미소는 더욱 진해졌다.

☰

진도운은 자신의 처소에 등소현을 두고 집무실로 내려왔다. 집무실 안에는 사무도가 비장한 표정으로 자신을 기다리고 있었다.

"등소현이라는 소저가 양염평에게 진백고와 선엽초를 제공한 게 맞소?"

진도운은 대충 고개를 끄덕이며 의자에 앉았다. 하지만 사무도는 여전히 서서 강렬한 눈빛을 내비쳤다.

"그 소저만 없었다면 우리가 이렇게……."

"그래도 양염평은 다른 방법을 찾았을 것이다. 어쩌면 진백고보다 더욱 고통스러운 방법일 수도 있지."

양염평이라면 충분히 그러고도 남았다. 하지만 사무도는 여전히 불길처럼 거친 눈빛을 내비치고 있었다.

"앞으로 어쩔 생각이요?"

"이미 말했잖아. 자네를 만금성에 두고 시나귀들의 관리자로 임명할 거라고."

"왜 하필 나요?"

"너는 나를 직접 만나러 왔지. 그건 결국에 다른 시나귀들을 대표할 만한 영향력을 가지고 있다는 게 아닌가?"

"내 말하지 않았소? 나는 소호를 잡으러 이곳 안휘성에 온 것이었다고."

"그럼 계속 소호를 잡으러 가지 그랬나? 왜 나를 만나러 온 거지? 이미 만금성의 전장에 호문량이 있으니 그가 나를 만나면 되지 않았나?"

이미 다른 시나귀가 있는데도 저 자가 왔다는 건 둘 중의 하나였다. 사무도 본인이 시나귀를 대표해서 왔다든지 아니면 다른 시나귀들이 대표 격으로 사무도를 보냈다든지. 어느 쪽이든 사무도는 시나귀들에게 영향력이 있다는 뜻이었다.

"일전에 말했던 대로 양염평을 죽이고 시나귀들에게 기회를 줄 것이다."

"……."

하지만 그 말에도 사무도는 전혀 기뻐하는 기색을 보이지 않았다.

"웃지 않는군."

"처음에 성주는 나를 보고 그저 양염평을 물러나는 게 목적이라고 했소. 그런데 지금은 우리를 부리겠다고 하고 있소. 또한 그간 성주를 봐오면서 느낀 점은 성주의 말을 함부로 믿을 수 없다는 것이오.

"……."

"그래서 지금 그 말도 믿지 못하겠소."

그 말에 진도운의 미소가 더욱 진하게 번졌다.

"이래서 자네를 시나귀들의 관리자로 두는 것이다."

"그게 무슨 말이오?"

"자네는 낭인으로 오래 생활해서 그런지 상황을 파악하는 눈이 있어. 그러니 괜히 시나귀들을 데리고 어쭙잖은 반항 따위 하지 않겠지."

그 말에 사무도가 눈썹을 꿈틀거렸다.

"나는 그럴지 몰라도 다른 시나귀들은 가만있지 않을 것이오. 그들에겐 결국 양염평이나 성주나 똑같은 대나귀일 뿐이니."

"시나귀들은 백선문을 위협하는 자가 있으면 그 자를 죽여야 하지. 그것도 자신이 살고 있는 삶의 터전에서 말이야."

그건 엄청난 위험을 감수해야하는 일이었다.

"하지만 내가 원하는 건 정보뿐이다. 굳이 만금성을 위해 누구를 죽이라고 하지 않겠다. 그런 건 내가 직접 할 테니 너희들은 신경 쓸 필요 없다."

"……."

"난 내 손에 피를 묻히는 걸 꺼려하지 않거든."

사무도의 눈빛이 흔들렸다.

"단순히 정보만 제공하면 되는 거요?"

"시나귀들의 가치가 무엇이라 생각하나? 너희들의 무위가 고강하나 그것만으로 너희들의 가치를 다 말할 순 없지. 무림이 고루 퍼진 시나귀들은 각자의 위치에서 제법 높은 자리까지 올라갔지. 그 자리에서 얻을 수 있는 정보들이 바로 시나귀의 가치다. 그리고 내가 원하는 것이기도 하지."

이제 무림은 격동의 시대로 접어들 것이다. 그것은 호남성에서 정무회가 세워질 때부터 이미 예견된 사실이나 다름없었다. 그런 시대에서 다른 문파의 정보들을 상세히 알게 된다는 건 엄청난 이점이었다.

"각자의 삶에서 잘 나가고 있는 너희들은 평상시에도 알고 있는 정보들이 많을 테고 또 새로 알게 된 정보들도 많겠지."

"그런 정보들만 주면……."

"그래. 그런 정보들만 주면 된다. 그냥 편하게 거래라고 생각하면 될 것 같군. 너희들은 나에게 정보를 주고 나는 너희들에게 진백고를 재울 수 있는 단약을 주지."

그의 말을 들을수록 사무도의 얼굴은 부드럽게 변했다. 그의 말에 조금씩 설득되고 있는 것이었다.

"뭐, 어쩌다가 서로 도울 일이 있으면 돕기도 하고 말이야. 어때? 나쁘지 않잖아?"

사무도의 눈빛이 흔들렸다.

"성주의 말을 어떻게 믿소?"

"믿지 않으면 어쩌려고? 이미 양염평에게 제공되던 진백고와 선엽초는 내게 왔다. 그건 다시 말해서 내가 양염평처럼 굴어도 너희들은 내 말을 들어야 한다는 거야."

"……."

"굳이 지금처럼 이렇게 거래라는 말까지 써가면서 너를 설득할 필요도 없지. 내게 딴 생각이 있었으면 아예 처음부터 그냥 말을 들으라고 강요를 했을 거야. 그런데 이렇게 너희를 존중해주며 거래를 제안하지 않았나?"

"만약 그 거래를 거부한다면……."

"선엽초를 모두 태워 버려야지."

당연하다는 듯 말하는 그를 보며 사무도는 가슴이 서늘해지는 걸 느꼈다.

'이 자라면 충분히 그럴 것이다.'

이미 황보세가에서 본 손속만으로도 충분히 알 수 있었다.

'지금 저기 있는 선엽초를 모두 태워버린다면…….'

다시 선엽초를 키우기 전에 진백고가 먼저 깨어날 것이다. 그럼 자신을 비롯한 시나귀들은 모두 죽는다.

"다른 시나귀들에게도 물어보겠소."

사무도에겐 다른 방법이 없었다. 사실 사무도는 이미 본 게 있으니 본인만 생각한다면 만금성에 붙어사는 것도 나쁘지 않다고 생각했다. 하지만 지금 본인은 시나귀들을 대표해서 움직이고 있으니 개인의 사정을 내세워선 안 됐다.

"최대한 빨리 답을 줬으면 좋겠군."

"알겠소."

사무도는 고개를 끄덕이며 집무실 밖으로 나갔다.

그 뒤로 한동안 만금성은 조용했다. 만금성 주변에 제갈현이 진법을 설치하면서 300명이 넘는 흑객들 중 반이 자유롭게 움직일 수 있게 되었고 나머지 반도 기관진식이 마저 설치되면 마음껏 돌아다닐 수 있었다.

진도운은 이번에 자유롭게 움직이게 된 150명의 흑객들 중 20명을 골라 등서현에게 붙여주었다. 사무도에게 그녀가 노출이 됐으니 혹시 시나귀들이 그녀를 노릴까봐 조치를 취한 것이었다. 그래서 등서현이 가는 곳마다 20명의 흑객들이 줄줄이 따라다녔다.

"저 분들이 왜 저를 쫓아다니는 거예요?"

그녀는 나름대로 조곤이 말했지만 흑객들은 그녀가 말하는 내용을 모두 들었다. 하지만 그걸 모르는 그녀는 진도운을 볼 때마다 항상 낮게 말했다.

"저 분들이 계속 쫓아온다니까요."

혼자 목소리를 낮추는 걸 보며 진도운은 가끔씩 어이가 없다는 듯 실소를 터트렸다. 그럼 진도운은 안전을 위해서라고 말하며 그녀의 말을 설렁설렁 넘겼다.

그러던 어느 날, 그녀가 가죽 주머니 안에 단약을 한 가득 채워서 진도운의 앞에 내려놓았다. 그 단약에선 이미 숱하게 맡아본 선엽초의 향이 풍겼다.

"이게 선엽초로 만든 단약인가?"

"네. 선엽초를 있는 그대로 보내면 중간에 썩거나 망가져서 약효를 다 못 받을 수 있어요. 하지만 이렇게 단약으로 보내면 약효를 온전히 담을 수 있죠."

"그렇군."

진도운은 가죽 주머니 안에 있는 단약들을 살펴보며 말했다.

"개수는 항상 양염평 장로에게 주는 것과 맞췄어요."

"많군. 이 정도 양을 30일 마다 한 번씩 주는 건가?"

"네. 아직 이만큼 세 번 정도 더 줄 수 있고 세 번 다 주고 나면 지금 씨를 뿌린 선엽초가 단약으로 만들 수 있을 만큼 자라나 있을 거예요."

진도운은 고개를 끄덕이며 가죽 주머니를 닫았다.

"내가 대신 전해주지."

헌데 그녀가 가지 않고 진도운의 앞에서 우물쭈물 서있었다.

"왜? 할 말이라도 남았나?"

진도운이 물었다.

"그분들에게 죄송하다고 전해주세요. 몰랐다는 말로 핑계를 대는 게 아니라 양염평 대협……. 아니, 그 분이 그럴 줄 알았으면 저는 절대 진백고를 주지 않았을 거라고도 전해 주세요."

죄인처럼 고개를 숙이는 그녀를 보며 진도운은 고개를

끄덕였다.

"그러지."

한편으로는 그녀가 안쓰러워 보였지만 저런 죄책감이 지금 자신의 말을 듣게 해주는 원동력이란 걸 잘 알기에 진도운은 굳이 그녀를 위로하려 하지 않았다.

그날 밤, 사무도가 찾아와 지금 시나귀들이 만금성 밖에서 기다리고 있다고 말했다. 그에 진도운은 사무도를 따라 만금성 밖으로 나갔고 처음 그를 만났던 만금성의 전장으로 향했다. 시나귀들은 그 전장에 모여 있었다.

진도운은 전장을 앞두고 미소를 집어삼켰다. 그 안에서 사무도처럼 방대한 기운을 품고 있는 기척들이 여럿 느껴졌기 때문이다.

'모두 시나귀이군.'

느껴지는 기운만으로도 알 수 있었다.

진도운은 사무도를 따라 전장 안으로 들어갔고 각자 다양한 기운을 품고 있는 수십 명의 무인들을 보았다. 그들은 백도와 흑도, 그리고 상단이나 전장 등 각자 다양한 분야에서 활동하고 있는 시나귀들이었다.

"자네들 모두 시나귀인가?"

시나귀들은 젊은 사람부터 노인까지 다양한 연령층으로 이루어져 있었지만 진도운은 말을 놓았다. 그에 몇몇 시나귀들이 미간을 모으며 불쾌하다는 반응을 내비쳤다.

"말이 없군."

그때 하얀 장삼을 펄럭이며 한 노인이 앞으로 나왔다. 진도운은 그 장삼 위에 멋들어지게 피어있는 목련을 보며 그 노인이 장도문의 사람이란 걸 알아냈다.

"우리는 시나귀들이 맞소. 그러니 그쪽이 대나귀의 진전을 이어받았다는 증거부터 보여주시오."

"이미 사무도와 호문량이 확인을 하고 자네들에게 말해 주지 않았나?"

"우리 눈으로도 직접 확인해야겠소."

그 노인이 단호하게 말하자 주변에서 고개를 끄덕이는 시나귀들이 생겼다. 그에 진도운은 귀찮다는 듯 허공에 주먹을 내질렀다. 그 주먹이 멈춘 곳에서 둥그런 칼바람이 일어나 공기를 갈기갈기 찢어놓았다. 뒤이어 칼바람이 가라앉으며 공기 중에 하얀 연기가 아지랑이처럼 피어올랐다.

"……!"

바로 눈앞에서 생생하게 천목수의 3초식을 본 노인은 눈을 휘둥그렇게 떴다. 그뿐만 아니라 주변에 있는 시나귀들도 놀란 듯 그들의 얼굴에 큰 동요가 일었다.

"지금 내 품 안에 30일 동안 진백고를 재워주는 단약이 있다."

그 말에 시나귀들의 시선이 자연스럽게 진도운의 가슴팍에서 볼록 튀어나온 부분으로 향했다.

"양염평에게 그 단약을 제공해주는 소저를 내가 중간에 가로 챘다."

허나 시나귀들은 이미 사무도에게 들은 듯 그 말에 별 다른 동요를 보이지 않았다.

진도운은 시나귀들을 쭉 둘러보며 말을 이었다.

"그런데 시나귀들이 다 온 것 같진 않군."

"올 수 있는 시나귀들만 온 것이오."

"그대의 이름은 무엇인가?"

아까부터 앞에 나와 있는 노인을 보며 물었다.

"장도문의 부사걸이오."

장도문이라면 백도에서 꽤 명망 있는 문파였고 부사걸이라면 장도문에서도 손가락으로 꼽을 수 있을 만큼 고수로 널리 알려져 있었다. 하지만 지금 그가 품고 있는 기운은 알려진 사실보다 배는 더 강력해 보였다. 아마 시나귀란 걸 감추기 위해 기운까지 숨기고 있었을 것이다.

"들어본 적이 있다. 그대도 시나귀인 줄은 몰랐군."

부사걸은 짐짓 미소를 지었다.

"사무도를 통해 성주께서 우리와 거래를 하고 싶다는 얘기는 들었소."

"시나귀들에겐 나쁘지 않은 조건 일 텐데. 안 그런가? 무엇보다 양염평에 비하면 한없이 좋지 않나?"

"분명 거래 조건은 좋소이다. 하지만 그 전에 물을 게 있소."

"물어라."

"우리가 제공해주는 정보를 가지고 뭘 하려는 생각이오?"

부사걸은 진중한 음성으로 물었다.

진도운은 그의 물음이 이해가 되었다. 만약 그들이 제공하는 정보를 바탕으로 그들이 살고 있는 삶의 터전을 부순다면 양염평보다 더 악독한 짓을 저지르는 셈이었다.

'하긴 그럴 생각을 할 만 하지.'

만금성이 개문한 뒤의 행보만 보더라도 그런 생각을 하는 게 무리는 아니었다.

"만약 우리들이 살고 있는 곳에서 만금성과 척을 지게된다면……."

"그때는 너희들이 정해라. 죽음으로써 너희들의 단체를 지키던지, 아니면 만금성의 편을 들던지. 만약 만금성의 편을 든다면 어느 정도 참작을 해주지."

"내 입장에선 그렇게 되지 않기를 비는 수밖에 없구려."

그것까진 어쩔 수 없었다. 이미 진도운이 내건 조건만 하더라도 상당히 부담을 덜게 되니 부사걸은 그것만으로도 만족했다. 그런데 그렇게 생각하지 않는 시나귀들도 있는 듯 몇몇 이들이 얼굴을 찌푸렸다.

"굳이 우리가 이렇게 숙이고 들어갈 필요가 있소?"

시나귀들 사이에서 누군가 말했다. 그러자 그 말에 동의를 하는 듯 저마다 한 마디씩 불만을 표하는 시나귀들이 나

타났다.

"맞소이다. 양염평으로도 모자라 저리 새파랗게 젊은 놈까지 우리를 부리려고 하다니……. 더 이상 어느 누구도 우리를 부려먹어선 안 됩니다."

"결국엔 저 놈이나 양염평이나 다 똑같은 놈이었소."

"우리도 우리의 삶이 있는데 언제까지 대나귀의 명령을 들으란 거요. 이제 그 악연을 끊어내야 할 때요."

그때, 가장 처음으로 입을 열었던 사내가 앞으로 나왔다.

"사무도에게 듣기론 만금성에 그 단약을 만들 줄 아는 소저가 있다고 들었는데……."

"맞다."

진도운은 방긋 웃으며 말했다.

"그럼 굳이 여기서 이럴 필요 없지. 그동안 우리가 양염평의 말을 고분고분 들었던 이유는 그 단약이 어디서 나오는지 모르기 때문이었다. 그런데 이제 알게 되었으니 우리가 더 이상 대나귀의 말을 들을 이유가 없지. 그 대나귀가누가 됐든 말이다."

사내는 큰 소리로 말을 이었다.

"우리들이 모두 힘을 합쳐서 만금성에 몰래 잠입한다면 그 단약을 만드는 여인 한 명 납치 못할까? 더군다나 지금 여기에 성주까지 있으니 여차하면 인질로 잡아도 된다."

그 말에 몇몇 시나귀들이 동요하는 게 보였다.

"언제까지 우리가 당하고만 살아야 하는가!"

그 사내가 힘차게 소리쳤고 그 생각에 동조하는 이들 역시 같이 소리를 질렀다.

하지만 사내의 말에 따르지 않는 자들도 많았다.

'어리석은 작자들!'

사내는 속으로 혀를 차며 그들을 한심하게 여겼다. 그리곤 다시 진도운에게 삿대질을 해가며 소리쳤다.

"처음에 이 자는 분명 대나귀를 물러나게 만드는 것이 목적이라 그랬다. 그런데 이제 와서 우리를 부리겠다고 말을 바꾸었다."

그때 진도운의 뒤에서 사무도가 소리쳤다.

"진정하시고 얘기를 좀 더 들어보시구려."

하지만 그 사내는 오히려 더 큰 목소리를 내며 사무도를 손가락질 했다.

"네 놈도 똑같다. 우리를 대표해서 보내놓았더니 지금은 저 자의 말이나 듣고 있지 않나? 어디 말해보아라. 네가 네 입으로 그러지 않았느냐? 분명 만금성의 성주는 대나귀를 물러나게 만드는 게 목표라고, 그 이상은 관심이 없다고 하지 않았느냐!"

"그랬소."

사무도가 인정하자 사내의 목소리는 더욱 높아졌다.

"그런데 저 자는 이제 와서 다른 소리를 하고 있다! 앞으로도 어떻게 될지 누가 안단 말이냐! 생각해 봐라. 지금이

야 정보만 달라고 하지만 나중에 돼서 또 누군가를 죽이라고 하면 그땐 어쩔 것이냐? 그때도 지금처럼 한가하게 거래나 하자는 소리를 내뱉을 것인가?"

순간 시나귀들의 분위기는 숙연해졌다. 사내가 시나귀들이라면 누구나 겪는 아픔을 건드렸기 때문이다.

"우리가 죽여야 하는 인물들은 우리가 살고 있는 삶속에서 우리와 관계를 맺은 사람들이다. 대부분이 동문의 제자이고 심지어 몇몇은 우리의 지인이기도 했다. 그런데 우리들은 그런 사람들을 백선문에 방해가 된다는 이유로 죽여야 했다."

그것은 모든 시나귀들을 괴롭게 만드는 고통스러운 일이었다. 그래서 진도운이 누구를 죽이라고 명령을 내리지 않겠다는 조건이 그들에겐 크게 다가왔던 것이다. 그런데 사내의 말에 동조하는 시나귀들이 늘어나며 그들은 진도운이 내건 거래 내용을 까맣게 잊어갔다. 한편으로는 사내의 말도 옳았다. 이미 한 번 말을 바꿨는데 두 번이라고 못 바꿀까?

"그대를 위해 하는 말이오! 제발 멈추시오!"

사무도는 초조한 안색으로 소리쳤다. 하지만 사내는 그 말을 들은 체도 안했다.

"우리들도 모이면 황보세가를 멸문시킬 수 있다. 그러니 굳이 성주의 무위에 겁을 먹을 필요가 없다."

사무도는 이미 시나귀들에게 진도운이 벌인 일을 모두 말했다. 그건 시나귀들이 괜히 진도운의 심기를 건드리지 말도록 위한 행동이었는데, 지금 눈앞의 이 사내가 그 모든 걸 무색케 만들었다.

"우리가 그동안 가만히 있었던 이유는 양염평이 가지고 있는 단약을 구하지 못했기 때문이다. 그런데 이제 그 단약이 어디 있는지 알게 되었다."

"제발 입을 닫으시오."

사무도가 바득바득 이를 가며 말했다.

"그리고 지금 저 자가 단약을 가지고 있다. 저 자가 가지고 있는 단약을 뺏어서 먹는다면 우리는 30일을 버틸 수 있을 것이고 그 전에 만금성에서 단약을 만들고 있는 그 소저를 빼내오면 된다."

"그건 무리라 하지 않았소."

"개개인이 움직이면 무리겠지. 하지만 우리 시나귀들이 한데 뭉쳐서 움직이면 가능하다."

사내는 다시 시나귀들을 쭉 둘러보며 말을 이었다.

"우리가 대나귀의 명령을 어겼을 때도 대나귀는 우리 모두를 상대하기 부담스러우니 일일이 찾아와서 우리를 제압하지 않았나? 그것만 봐도 알 수 있지 않은가? 우리가 뭉치면 어떤 힘을 낼 수 있는지 말이다!"

사내는 잔뜩 흥분한 목소리로 또 다시 소리쳤다.

"우리가 뭉치면 우리가 원하는 대로 살 수 있다. 그런데 언제까지 노비처럼 다른 사람의 말을 듣는단 말인가?"

사내의 말은 시나귀들의 심금을 울렸다. 그는 시나귀들이 겪는 애환을 정확히 짚어냈고 또 시나귀들이 살아날 수 있는 희망도 보였다. 그래서 시나귀들은 점점 그의 말에 넘어가고 있었다.

그런데 그때,

푸욱.

진도운의 손이 신명나게 소리치던 사내의 가슴을 꿰뚫었다. 동시에 사내의 등으로 튀어나온 진도운의 손에는 피를 미친 듯이 쏟아내고 있는 심장이 들려 있었다.

콰득!

진도운은 그 심장을 손으로 꽉 움켜쥐었다. 그러자 손가락 사이로 피가 튀며 심장이 쪼그라들었다.

"또 누가 소리를 질렀더라?"

진도운은 시나귀들을 쭉 훑어보며 사내의 몸에서 자신의 손을 뺐다. 그리고 바닥에 심장을 버렸다. 그와 동시에 가슴에 구멍이 뚫린 사내의 몸이 스르르 무너져 내리더니 방바닥에 쓰러졌다. 거창하게 연설을 늘어놓던 자의 최후치곤 꽤나 허무했다.

"어쩌면 이놈의 말이 맞을 수도 있다. 그리고 이놈이 세운 계획도 괜찮았다. 아마 이 놈이 여기까지 온 이유는 나와 거래를 하려고 온 게 아니라 나를 만금성 밖으로 끌어내려고 온 거겠지."

진도운은 싸늘한 목소리로 말을 이었다.

"그래서 너희 시나귀들을 선동해서 한데 뭉치게 만들고 나를 잡으려고 했겠지. 이미 사무도에게 나에 대해 들은 게 있을 테니, 혼자서 안 된다고 생각했을 테니까 말이야. 그러니 이렇게 시나귀들이 한데 모이며 나까지 혼자 나올 때를 기다렸겠지."

진도운은 시나귀들을 둘러보며 말을 계속 덧붙였다.

"나만 잡으면 모든 게 일사천리로 흘러갈 계획이었잖아? 게다가 이놈이 준비해온 말도 보통이 아니더군. 내가 시나귀였어도 홀딱 넘어갔을 거야."

그래서 진도운은 곧바로 그를 죽였다. 그는 시나귀들에게 영향력을 끼칠 수 있는 사람이었고 그의 신념은 자신을 거부했기에 그를 죽일 수밖에 없었다.

"그리고 몇몇 놈들은 이놈에게 넘어간 게 눈에 보이더군. 심지어 어떤 놈은 이놈이 말하자마자 기다렸다는 듯이 동조하기도 했지."

시나귀들은 모두 숨을 죽이고 있었다. 그런데 그때 진도운의 시선이 한 사람에게 멈췄다.

"네가 그 중의 한 명이었지."

그 순간, 진도운의 신형이 사라지더니 장내에 바람 한 줄기가 불었다.

휘이이이잉!

시나귀들을 훑고 지나간 바람 한 줄기는 어떤 사내 앞에 뚝 멈춰서더니 진도운을 토해냈다. 그와 동시에 진도운의

오른손에서 살기가 천둥처럼 번뜩였다.

파지지직!

그 순간, 진도운의 오른손이 사내의 왼쪽 가슴을 파고들어 심장을 쥐어뜯었다.

"으엇!"

"허!"

그 주변에 있는 시나귀들은 진도운의 손에 딸려 나오는 사내의 심장을 보며 뒷걸음질 쳤다. 그리고 심장이 뜯긴 사내는 비명도 지르지 못한 채 쓰러졌다.

휘이이!

진도운의 신형은 다시 바람이 되었고 그가 들고 있던 심장은 바닥에 떨어졌다.

콰앙!

바람이 멈춘 곳에 있던 자의 몸이 걸레짝처럼 튕겨져 나가 벽에 쳐 박혔다.

"끄억……."

그 자의 입에선 피가 꾸역꾸역 흘러나왔고 그의 가슴뼈는 함몰되어 가슴팍이 안으로 쭉 들어가 있었다. 그래서인지 그 사내는 숨을 쉬지 못하겠다는 듯 켁켁 거리다가 조용히 고개를 떨구었다.

지금 진도운이 죽인 두 명은 모두 사내가 입을 열자 기다렸다는 듯 같이 소리친 자들이었다. 필시 그들은 그 사내와 한편인 게 틀림없었다.

'아니어도 상관없다.'

어느 쪽이든 그들은 처음부터 자신을 외면하기로 결정을 한 것이니 살려둘 수 없었다.

진도운은 처음 자신이 서있던 한 가운데로 돌아왔다. 그러자 시나귀들은 저마다 숨을 죽이고 진도운을 노려봤다. 심지어 몇몇 이들의 눈에는 명백한 적의도 드러나 있었다. 그들뿐만 아니라 다른 시나귀들도 방금 있었던 연설에 넘어가 한껏 기세를 끌어올리고 있었다. 지금 그들은 지난 세월, 그리고 전대 시나귀들이 겪은 일들을 떠올리며 분노하고 있었다.

하지만 그걸 바라보는 진도운의 표정은 한 치의 흔들림도 없었다.

파지지직!

진도운의 전신에서 살기가 번뜩였다. 그리고 그와 동시에 귀살류의 살기가 사방팔방으로 뻗어갔다.

콰콰콰콰콰콰콰쾅!

전장 건물이 거대한 살기의 물결에 휩쓸려 터져 나갔다. 그리고 온갖 잔해들이 허공에 튀며 그 사이에 옷이 너덜너덜 해진 시나귀들이 떨어지고 있었다.

"끄으……."

"쿨럭!"

"으……."

땅에 떨어진 시나귀들은 모두 옷이 터져 나간 채 땅바닥

에 누워있었다. 그들은 좀처럼 일어나지 못하며 온몸을 바들바들 떨고 있었다. 그나마 고개를 드는 것으로 보아 죽은 사람은 없는 듯 했다.

고오오오오!

그때, 허공에서 극강의 기운이 퍼지며 공간 자체를 일그러트렸다. 그 중심에선 진도운이 체공 중이었고 그의 몸에선 잔여 살기가 남아 파직, 파지직! 거리고 있었다.

진도운은 땅에 쓰러져 있는 시나귀들을 내려다봤다.

"또 할 말이 있는 사람?"

진도운은 나직이 말했다. 하지만 아무도 입을 열지 않았다. 아니, 입을 열 수 없었다. 10성이 넘는 귀살류의 살기를 정통으로 맞은 시나귀들은 온몸이 부서질 것 같은 극심한 통증을 느끼고 있었다. 지금 그들은 바닥에 누워 고개를 드는 것이 고작이었다.

어느새 그들의 얼굴에선 더 이상 전의를 찾아볼 수 없었다. 방금 전 일격으로 자신들이 뭉쳐도 진도운의 상대가 될 수 없다는 걸 깨달은 것이다.

그때 진도운이 손을 뻗었다. 그러자 시나귀들 중 한 명이 허공으로 떠올랐다.

"으읏!"

그 시나귀는 얼떨결에 끌려와 체공중인 진도운을 마주보았다.

"아까 그 연설에 격하게 공감하는 것 같던데."

진도운이 말했다. 그러자 그 시나귀는 다급히 고개를 저었다.

"아니오."

"왜? 그새 마음이 바뀌었나? 한 번 시도해보지. 나를 잡고 만금성에 잠입해 봐."

그 시나귀는 얼굴이 하얗게 질려서 연거푸 고개를 저었다.

"아니오. 내 생각이 짧았소."

"아니긴."

진도운의 손이 섬전처럼 튀어나가 사내의 목에 꽂혔다. 그와 동시에 진도운은 사내의 머리를 뜯어내며 머리를 잃은 사내의 몸이 땅에 떨어지는 걸 지켜봤다. 그리고 다른 시나귀들을 쭉 훑어보며 입을 열었다.

"또 누가 고개를 끄덕였더라."

오싹!

시나귀들은 얼굴이 하얗게 질려서 몸을 바들바들 떨었다. 그때 시나귀들의 중심으로 머리통이 떨어졌다. 진도운이 일부러 시나귀들 보라고 한 가운데에 떨어트린 것이다.

"서, 성주!"

그때, 사무도가 말했다. 그 역시 다른 시나귀들과 같이 휩쓸려서 귀살류의 살기를 맞고 땅바닥에서 힘겹게 숨을 쉬고 있었다. 그에 진도운이 손을 뻗자 사무도의 신형이 위로 죽 올라와 진도운의 앞에 멈췄다.

"내가 너에게 시나귀들을 관리하는 일을 맡긴다 하지 않았나? 그런데 처음부터 나를 실망시키는군."

"나도 모르는 일이었소."

사무도는 온몸이 부서질 것 같은 통증을 느끼면서 한 글자씩 겨우 말했다.

"어쩌면 시나귀들을 부린다는 게 처음부터 잘못 된 생각이었는지도 모르는군."

그 말에 사무도는 등골이 오싹해지는 걸 느꼈다. 그 말이 뜻하는 건 결국 시나귀들이 필요 없으니 없애겠다는 것이었다.

"한 번만 더 기회를 주시오. 앞으로는 절대 이런 일이 없도록 하겠소."

그때 발밑에 있는 시나귀들의 얼굴에는 비참한 기색으로 물들었다. 그들은 천목수의 1, 2초식을 배우며 나름 무림에서 잘 나가고 있었는데 이리 허무하게 당하니 그 허탈함이 너무 컸다.

"기회라……."

진도운은 나직이 말하며 사무도의 신형을 놓았다. 그러자 사무도의 신형이 땅에 떨어졌다. 뒤이어 진도운도 땅에 내려오며 쓰러져 있는 시나귀들을 둘러봤다. 그리곤 품속에서 가죽 주머니를 꺼내 사무도의 앞에 던졌다.

"앞으로 30일 안에 너희들이 머무는 곳의 정세를 파악해서 보고를 올려라. 그럼 단약을 주지."

"아, 알겠소."

"그게 싫으면 보고를 올리지 마라. 나도 단약을 보내주지 않을 것이다. 그럼 내가 신경 쓸 필요도 없이 알아서 죽겠지."

진도운은 그 말을 내뱉곤 걸음을 움직였다.

땅바닥에서 나뒹구는 시나귀들 사이로 진도운이 천천히 걸어 나갔다.

뒤늦게 사무도가 힘겹게 몸을 일으키며 진도운이 놓고 간 가죽 주머니에서 단약을 꺼내 시나귀들에게 나눠주기 시작했다.

天波鬼王

18장.
배수거

18장.
깨나거

백선문에 있는 하얀 건물들 중 외곽에서 갈색 기왓장으로 뒤덮인 건물 앞에 노인 한 명이 서있었다. 그는 호리호리한 체격에 콧대가 반듯하게 서있는 양염평 장로였다. 백선문 안에서도 제법 배분이 높은 그가 지금 백선문 외곽에서 홀로 서성이고 있었다.

지금 그는 등소현이 보내는 단약을 기다리고 있었다. 단약은 그의 후계자인 단유휘가 약속된 장소에 나가 등소현에게 직접 받아왔다. 그런데 단유휘가 돌아올 시간이 한참을 지나도 모습을 드러내지 않았다. 그래서 양염평은 그곳에서 밤늦게까지 기다릴 수밖에 없었다.

단유휘는 빈손으로 한밤중에 돌아왔다. 양염평은 그를 보자마자 뭔가 일이 잘못됐다는 걸 느꼈다.

"어떻게 된 것이냐?"

"등 소저가 나오지 않았습니다. 항상 약속된 시간보다 먼저 나와 있었는데, 오늘은 약속된 시간이 지나도 나타나지 않았습니다."

단유휘가 지금 나타난 것 보면 여기서부터 만나기로 한 장소까지 오가는 시간을 빼도 그가 상당히 오랫동안 기다렸다 왔음을 알 수 있었다.

"지금쯤 단약을 받아야 하는데."

양염평이 표정을 굳히며 말했다. 그도 그럴 것이 중원 각 지역에 퍼져 있는 시나귀들에게 단약이 도착하는 시간이 꽤 걸리기 때문에 미리 단약을 받아야 했다. 그런데 아무런 소식도 없이 등소현이 나타나지 않았다고 하니 양염평은 초조해질 수밖에 없었다.

"여기서 이러고 있을 시간이 없다. 네가 직접 소현이에게 가보아라."

"알겠습니다."

단유휘는 읍을 해보이며 다시 어둠 속으로 걸어갔다. 그리고 양염평은 뭔가 불길한 낌새를 느끼며 돌아섰다.

'지금까지 이런 적이 한 번도 없었는데…….'

등소현은 오직 사곡문에 대한 복수심으로 살아가는 여인이었다. 눈앞에서 부모가 죽는 걸 보며 지금까지도 사곡문

이라면 치를 떨었다. 그리고 그 복수심이 바로 자신에게 단약을 주는 원동력이었다. 그런데 약속장소에 나타나지 않았다는 것은 필시 무슨 무슨 일이 생겼다는 뜻이라.

양염평은 처소로 돌아오는 발걸음이 무겁게 느껴졌다.

"장로님."

처소 앞에 젊은 청년이 기다리고 있었다.

"무슨 일이냐?"

"여기 장로님께 서찰이 왔습니다."

청년은 양염평에게 서찰을 건네고는 이내 그곳에서 벗어났다. 양염평은 서찰을 받자마자 펴져 한눈에 쭉 잃어갔다. 그 서찰은 시나귀가 보낸 것으로 그들만이 알고 있는 비어(祕語)로 적혀 있어서 다른 사람들이 본다면 아무런 의미 없는 문장으로 보였다. 하지만 비어를 알고 있는 양염평의 눈에는 시나귀들이 급히 만나자는 내용과 약속 시간, 장소 등이 적혀 있는 것으로 보였다.

'무슨 일이지?'

시나귀들이 이리 급하게 만나자고 하는 경우는 드물었다. 그들 역시 자신의 정체를 들키지 않기 위해 자신과 최대한 접촉을 자제했다.

'그런데 이리 만나자고 하는 건……. 무슨 일이 생겼나보군.'

양염평은 서찰을 품 안에 넣고 그 밤에 아무도 모르게 백선문의 담을 넘었다.

양영펌이 한밤중에 나와 향한 곳은 백선문에서 족히 반 시진은 달려야 나오는 어느 폐가였다. 방구석엔 거미줄이 쳐 있고 바닥은 먼지가 두껍게 쌓여 있어서 양염평은 두 발로 섰다. 그리고 그곳에서 미리 와있던 시나귀 역시 우두커니 서있었다.

폐가 안에서 기다리고 있던 시나귀는 다름 아닌 장도문의 부사걸이었다.

양염평은 그를 보자마자 그의 목을 움켜잡고 벽으로 밀어붙였다.

쾅!

부사걸의 몸이 벽에 박히며 움찔 떨었다. 그에 양염평은 그의 목을 꽉 움켜쥐며 그를 노려봤다.

"나를 불러내다니……. 네놈이 정녕 미친 것이냐?"

"기, 긴히 할 얘기가 있소."

부사걸은 숨넘어가는 목소리로 말했다.

"무슨 얘긴지 몰라도 네 목숨만큼 중요한 것이어야 한다. 그렇지 않으면……."

양염평은 더욱 세게 부사걸의 목을 움켜쥐었다.

"드, 등소현 소저에 관한 것이오!"

그 말에 양여평이 눈을 휘둥그렇게 뜨더니 부사걸의 목에서 손을 뗐다. 그러자 부사걸이 크게 허리를 접으며 거친 숨을 토해냈다. 그에 양염평이 그의 목덜미를 잡고 억지로 상체를 일으켜 세웠다.

"네 놈이 등소현을 어떻게 아는 것이냐? 설마 네 놈이 등소현을 납치해 간 것이냐?"

"먼저 이것부터 놓으시오."

그에 양염평은 더욱 그의 목덜미를 꽉 쥐었다.

"이 목이 부러지고 싶지 않다면 어서 말하는 게 좋을 것이다."

"며칠 전에 사무도가 우리 시나귀들에게 서찰을 보냈소."

그 말에 양염평이 히쭉 웃었다.

"그럴 줄 알았다. 너희 시나귀들끼리 내통하고 있을 줄 알았어."

"지금 그게 중요한 게 아니요."

"그럼 뭐가 중요하단 말이냐?"

"사무도가 보낸 서찰에는 대나귀의 진전을 이어받은 사람이 그대를 제외하고 한 사람 또 있다고 했소."

양염평의 얼굴이 순간 멈칫 굳었다.

"지금 무슨 소리를 하는 것이냐?"

"말 그대로요. 대나귀의 진전을 이어받은 자가 또 한 명……."

"허튼 소리!"

양염평의 목소리가 크게 울렸다.

"그 자는 우리 앞에서 직접 천목수의 3초식을 펼쳤소."

천목수의 3초식은 오직 대나귀만이 배울 수 있는 무공, 그걸 펼쳤다는 것은 엄연히 대나귀의 진전을 이어받았다는 뜻이었다.

"그 자가 누구냐?"

"만금성의 성주, 백우결이오."

양염평은 믿을 수 없다는 듯 두 눈을 부릅떴다.

"그럴 리 없다. 백우결은 죽었어."

"백우결이 맞소."

부사걸은 처음 사무도에게 서찰이 왔을 때부터 상세히 말하기 시작했다. 그 얘기를 들을수록 양염평의 얼굴이 심각하게 일그러졌다.

"……그래서 우리는 안휘성에 있는 만금성의 전장에 모였고 백우결에게 호되게 당했소."

"그게 사실이더냐?"

"그렇소. 심지어 몇몇 시나귀들은 백우결의 손에 죽기까지 했소."

양염평은 그의 목에서 손을 빼며 주먹을 꾹 쥐고 부들부들 떨었다.

'단유휘, 이놈……. 나를 속인 것이더냐?'

분명 단유휘는 자신의 명을 따라 백우결을 죽였다고 보고했다. 심지어 백선문의 제자들은 서문세가까지 가서 백우결의 장례식까지 치루지 않았나? 그런데 이제 와서 살아 있다니, 그것도 만금성의 성주가 돼서 말이다.

'나를 감쪽같이 속였군.'

양염평의 전신에서 살기가 넘실거리기 시작했다. 그는 지금 다른 사람도 아니고 단유휘가 자신을 속였다는 배신

감에 분노하고 있었다.

"잠깐……."

그때였다. 양염평은 뭔가 이상한 걸 감지하고 눈살을 찌푸렸다.

"그런데 그것과 등소현이 무슨 상관이지?"

대나귀의 진전을 이어받은 것과 등소현은 아무런 상관도 없었다. 등소현은 자신이 사곡문의 무인들을 죽이다가 우연히 만난 소저였다. 그런데 분명 부사걸은 등소현에 관한 얘기라고 운을 띄어놓고 백우걸에 대해 말하고 있었다.

"등소현 소저와 대나귀는 아무런 관계도 없는 것이오?"

자신이 궁금해 하는 걸 오히려 부사걸이 물었다. 그에 양염평은 가슴을 엄습하는 한 줄기 불안감을 느꼈다.

"설마 백우걸에게 등소현이 잡혀 있는 것이냐?"

그게 아니라면 등소현의 얘기에 백우걸이 끼어들 리 없었다.

"그렇소. 그래서 백우걸이 자신의 말을 듣지 않으면 그 단약을 주지 않겠다고 으름장을 놓았소."

양염평은 그제야 오늘 등소현이 약속 장소에 나타나지 않은 이유를 알았다.

'백우걸이 살아있다는 것도 짜증나건만 그놈 손에 등소현이 있다니…….'

하지만 아무리 생각해도 이해가 되지 않은 점이 있었다.

'백우걸이 어떻게 등소현을 만났단 말인가?'

백우결이 대나귀의 진전을 이어받은 것까진 어느 정도 이해할 수 있었다. 시나귀의 근거지가 백선문의 뒷산에 있으니 말이다. 하지만 등소현은 아무리 머리를 굴려 봐도 마땅한 연결고리를 찾을 수 없었다.

'시나귀들은 아예 등소현의 존재 자체를 몰랐다. 그러니 그들이 알려준 것도 아닐 터……'

양염평은 풀리지 않는 의문에 가슴이 꽉 막혀오는 걸 느꼈다.

"지금 백우결은 사곡문과 접촉하려고 하고 있소."

양염평의 얼굴이 일그러졌다.

"뭣이라? 그놈이 왜 사곡문을 만난단 말이냐?"

"자세한 건 모르겠으나 사무도에게 듣기론 등소현 소저와 관련이 있다고 들었소."

양염평의 눈동자가 흔들렸다.

'그놈이 정말 등소현을 데리고 있는 게 맞구나.'

등소현이 사곡문과 원한으로 얽혀있다는 건 그녀에게 직접 듣지 않고서는 알아낼 수 없는 일이었다.

'내가 그랬던 것처럼 백우결도 분명 등소현의 복수를 대신해주는 것으로 선엽초를 받아낸 건가?'

그때 문득 양염평의 눈빛이 파르르 떨렸다.

'설마 단유휘 이놈이 등소현이 어디 사는지 다 말해준 건가?'

양염평은 이를 바득 갈며 부사걸의 멱살을 움켜쥐었다.

"그걸 왜 이제야 말하는 것이냐? 처음 사무도에게 서찰

이 왔을 때부터 나에게 말하지 않고."

"그때는 우리가 대나귀의 손에서 벗어날 수 있을 줄 알았소. 그런데 백우결은 그대보다 더 지독한 놈이었소."

"내가 네 놈들을 그냥 놔둘 것 같으냐? 그딴 단약 없어도 내가 너희 시나귀들을 죽이지 못할 것 같으냐?"

횃불처럼 타오르는 양염평의 안광을 피해 부사결은 고개를 숙였다.

"우린 그저 살고자 했을 뿐이오."

"그런 말로 이번 일을 그냥 넘길 수 있을 거라 생각하는 것이냐?"

"그래만 준다면 백우결이 사곡문 놈들과 어디서 만나기로 했는지 알려주겠소."

양염평이 잠시 멈칫했다.

"그걸 알아냈단 말이냐?"

"내가 아니라 사무도가 알아냈소. 지금 사무도는 만금성에 잡혀 있어서 자유롭게 움직일 수 없소. 그래서 내가 대신해서 온 것이오."

양염평은 부사결의 멱살을 놔주며 그를 노려봤다.

"다른 꿍꿍이가 있는 건 아니냐?"

"그대는 적어도 우릴 죽이진 않았소. 그런데 백우결은 우리 시나귀들을 거리낌 없이 죽였소. 그저 다른 사람의 말에 동조했다는 이유로 우리들이 보는 앞에서 시나귀를 처참히 죽였소."

"그래서 동료 시나귀들의 복수라도 하겠다는 것이냐?"

"그저 우리는 살고 싶다는 것뿐이오. 이대로 있다간 진백고가 우릴 죽이기 전에 백우결의 손에 먼저 죽을 것이오."

그의 얼굴은 겁에 잔뜩 질려 있었다. 그걸 본 양염평은 가소롭다는 듯 실소를 흘렸다.

"그래서 다시 내 밑으로 들어오겠다는 건가?"

"그렇소."

"어디 말해 보아라. 백우결이 어디서 사곡문 놈들을 만나는 건지."

"곧 있으면 강서성에 있는 경덕진이라는 마을로 사곡문 놈들이 들른다고 하오. 백우결은 거기서 사곡문 놈들을 잡아다가 끄나풀로 만들 생각이오. 그리고 날짜는……."

부사걸의 말을 들을수록 양염평의 미소는 더욱 진해졌다.

⚎

그로부터 며칠 뒤에 양염평은 강서성에 있는 경덕진 마을에 나타났다. 그리고 그는 부사걸에게 들었던 대로 마을 구석에 박혀 있는 어떤 전각으로 향했다. 그 전각에는 무슨 객잔이라고 적힌 현판이 달려 있었는데, 현판이 오래 되어서 그런지 객잔 앞부분에 적힌 글씨가 훼손 되어서 무슨 글씨인지 제대로 보이지가 않았다.

양염평은 그 객잔 옆에 비싸 보이는 마차와 말 몇 필이

묶여 있는 걸 보고 곧장 안으로 들어갔다. 그런데 객잔 안으로 발을 디딘 순간 멈칫 섰다. 객잔 안이 텅 비어있었기 때문이었다. 사람은커녕 의자나 식탁 같은 가구도 보이지 않았다. 그래서일까? 객잔 안에 으스스한 분위기가 감돌았다.

그에 이상함을 느낀 양염평은 천천히 객잔 안을 둘러봤다.

쾅!

돌연 그의 뒤에 있는 객잔의 문이 닫혔다. 그리고 그와 동시에,

"오랜만입니다."

2층에서 익숙한 목소리가 떨어졌다.

양염평의 고개가 서서히 올라가 2층에 멈췄다. 그곳에는 난간 앞에 뒷짐을 쥐고 서서 이곳 1층을 내려다보고 있는 진도운이 서있었다. 그를 본 순간 이 객잔이 함정이라는 걸 알아차렸다.

"역시 오실 줄 알았습니다. 진백고와 선엽초는 장로님께도 약점이 되리란 걸 알았거든요."

"……."

"30일 마다 선엽초로 만든 단약을 주지 않으면 시나귀들을 모두 잃게 되니 장로님도 결국엔 초조해져서 앞뒤 생각하지 않고 여기까지 한 달음에 달려온 것이겠죠."

그의 말은 폐부를 찌르는 것처럼 날카로웠다. 그에 양염평은 얼굴이 빨개져서 주먹을 부들부들 떨었다. 그런데 그때, 진도운의 뒤에서 젊은 사내가 나오더니 진도운의 옆에 섰다.

"……!"

그 사내를 본 양염평의 동공이 확장됐다. 자신의 명을 받고 호북성에 가있어야 할 그가 지금 눈앞에 있으니 놀라는 것은 당연했다.

양염평은 눈을 부라리며 단유휘를 노려보았다.

"네 놈일 줄 알았다. 네 놈이 등소현에 대해 저 놈에게 다 알려준 것이었어."

하지만 단유휘는 고개를 저었다.

"저 역시 언젠가는 대나귀가 될 몸, 그럼 저에게도 등 소저가 필요합니다. 그런데 제가 뭐하려고 등 소저까지 넘기겠습니까?"

"내가 그 말을 믿을 것 같으냐!"

양염평은 분기탱천하여 소리쳤다. 그에 진도운은 입꼬리를 쭉 찢어 미소를 지었다.

"단유휘의 말이 맞습니다. 등소현은 제가 알아서 찾아냈습니다."

하지만 양염평은 진도운의 옆에 떡하니 달라붙어 있는 단유휘를 보며 그 말을 믿지 않았다.

사실 진도운은 등소현에게 단약을 전달하는 방식을 듣고 그녀를 대신해서 약속된 장소에 나가 있었다. 단유휘는 그를 보자마자 등소현이 만금성에 있다는 걸 깨달았다. 그리고 일전에 말했던 대로 양염평을 대나귀에서 물러나게 만들자는 진도운의 제의를 받아들였다. 그 대가로 진도운은

294 天沐鬼王 3

시나귀들이 주는 정보 중에서 백선문과 관련된 것들을 알려주기로 했다.

그래서 백선문으로 돌아간 단유휘는 양염평에게 거짓을 고하고 그의 명을 따라 등소현의 집에 가는 척 하며 진도운이 있는 이곳 강서성에 온 것이었다. 하지만 그걸 모르는 양염평의 눈에는 단유휘가 등소현에 대해 알려준 것처럼 보일 수밖에 없었다.

"저 녀석과 한통속일 줄이야……. 네 놈이 철저히 나를 속이고 있었구나."

양염평은 이를 바득바득 갈며 말했다.

"제가 아니라고 말해도 믿지 않으실 것 같군요."

단유휘가 나직이 말했다.

"대나귀는 백선문을 지키는 존재, 네놈에겐 그럴 자격이 없다."

"백선문을 위협하는 건 제가 아니라 대나귀이십니다. 백선문을 지킨다는 미명 아래 대나귀께선 수없이 정도를 벗어났습니다. 이대로 가다간 틀림없이 문제가 생길 겁니다. 어쩌면 대나귀의 존재가 드러날 수도 있는 겁니다."

양염평은 의기양양하게 웃었다.

"대나귀의 존재는 절대 드러나지 않는다."

"그렇겠지요. 그 낌새라도 느끼는 자가 있으면 무림인이건, 일반인이건 가리지 않고 죽여 왔으니."

단유휘가 말했다.

"본래 대나귀가 그런 존재들이다. 백선문을 위해서라면 지금껏 내가 해왔던 것보다 더한 짓도 할 수 있어야 한다. 지금 생각해보면 네 놈도 나와 똑같다. 내 명령이라는 핑계로 네 놈도 숱하게 손에 피를 묻혀왔어."

"……."

"내가 왜 네 놈을 내 후계자로 둔 줄 아느냐? 네 놈 가슴 속엔 나와 같은 독을 품고 있는 게 보였기 때문이다. 그런데 지금 네 꼴을 보아하니 내가 잘못 본 것 같구나."

단유휘의 얼굴은 표정 하나 변하지 않았다.

"지금 이 상황은 제가 만든 게 아닙니다. 대나귀가 자초한 겁니다. 대나귀께서 그동안 저질렀던 일의 대가를 치루는 겁니다."

그 말에 양염평은 실소를 흘렸다.

"네 놈이 내 말만 잘 따랐다면 내가 이런 꼴을 겪지 않아도 됐다. 어떻게 네 놈은 네 가문을 먹칠한 만금성의 사람을 그냥 보내준 것이냐? 네 가슴 속에 단단하게 응어리 맺혀 있는 독이 느껴지지 않느냐?"

"제게 있어 백우결은 만금성의 성주가 아니라 저의 마음을 유일하게 이해해주었던 친구였습니다. 그래서 대나귀의 명을 어기고 백우결을 보내준 겁니다."

"한심한 놈. 친구라니……. 네가 진정 대나귀의 재목이었다면 애초에 그런 약해빠진 소리는 하지 않았겠지."

단유휘는 단호하게 고개를 저었다.

"대나귀는 백선문을 지키는 존재, 진정한 대나귀라면 백선문의 사람인 백우결을 죽이라고 하지 않았을 겁니다."

"그럼 지금 네 놈이 하는 짓은 무엇이냐? 네 놈도 백선문의 제자인 나를 죽이려고 이런 함정을 판 게 아니더냐?"

단유휘는 쓸쓸히 미소를 지었다.

"저는 지금 대나귀께서 백선문에 위협이 된다고 판단을 내렸고 이제 그 자리에서 물러나게 할 생각입니다. 저는 대나귀가 그랬던 것처럼…… 저에겐 스승 격인 사람을 죽이지 않을 겁니다."

그 말에 양염평은 혀를 차며 고개를 저었다.

"네 놈이 그래서 안 되는 거다. 내가 백선문에 위협이 된다고 여겼으면 나를 죽여야지 물러나게 한다고? 네 놈은 글러먹었어."

"저는 백우결과 거래를 했습니다. 백우결의 계획에 동조하는 대신 대나귀를 살려주기로……. 대신 대나귀는 모든 무공을 폐하고 평생을 감시받고 살아야 합니다."

그때까지 얌전히 듣기만 하던 진도운의 입꼬리가 꿈틀거렸다. 그는 양염평을 살려둘 생각이 전혀 없었지만 지금은 단유휘의 말을 따르는 척 침묵을 지켰다.

"백선문을 위협하는 건 내가 아니라 너다. 네 놈이 내 말만 잘 따랐으면 백우결이 살아서 나에게 이빨을 드러내는 일이 없었겠지."

"꼭 그 말이 대나귀를 위협하는 건 곧 백선문을 위협하

297

는 것과 같다는 것처럼 들리는 군요."

"그야 당연하질 않느냐? 나는 일평생 백선문을 위해서 살아왔다. 그런 나를 물러나게 한다는 건 결국 백선문을 위험하게 만드는 것이나 마찬가지야."

"……."

단유휘는 양염평을 안쓰러운 눈빛으로 쳐다봤다.

"내가 백선문의 수호자란 말이다!"

양염평이 눈을 희번덕거리며 소리쳤다.

"만약 대나귀께서 진백고를 시나귀들의 주변 사람들에게까지 사용하지 않았다면 애초에 등소현 소저가 등을 돌릴 일은 없었을 겁니다."

단유휘의 말에 양염평은 콧방귀를 뀌었다.

"들을수록 한심해죽겠구나. 그놈들은 이미 대나귀를 배신한 적이 있는 놈들이다. 지금도 봐라! 나를 이곳 함정까지 끌고 온 것도 시나귀가 아니더냐? 그런데……. 됐다. 네놈에게 입 아프게 말해봤자 뭐 하겠느냐?"

그때였다. 지금까지 지켜만 보던 진도운이 난간을 밟고 1층으로 뛰어내렸다. 흔들림 없이 바닥에 두 발을 내딛은 진도운을 보며 양염평은 의외라는 듯 뺨을 씰룩거렸다.

"제법이구나. 못 보던 사이에 무공이 많이 늘었어. 이젠 더 이상 예전의 그 한심하던 모습은 찾아볼 수가 없구나."

"양 장로님처럼 저를 노리는 자들이 있어서 저는 강해질 수밖에 없었습니다."

양염평은 어이가 없다는 듯 실소를 흘렸다. 생각할수록 황당했다.

'어떻게 이놈이 대나귀의 진전을 이어받았단 말이냐?'

백선문의 사람이라면 누구나 시나귀의 근거지에 들어갈 수 있었다.

'그런데 하고 많은 제자들 중에 왜 이놈이란 말인가?'

양염평은 어쩌면 서로의 인연이 얽혀 있을 수도 있다고 생각했다. 하지만 그것도 여기까지다.

"여기서 네 놈과의 인연을 끝내겠다."

"아직도 모르시겠습니까?"

"뭘 모른단 말이냐?"

"지금 이곳으로 시나귀들이 오고 있습니다. 설마 함정을 팠는데 우리 둘만 있을 거라 생각한 건 아니겠지요?"

"상관없다. 어차피 시나귀들은 네 놈만 죽으면 내게 다시 오게 되어 있다."

그 말에 진도운은 덤덤히 미소를 지었다.

"한 가지 궁금한 점이 있습니다."

"이 상황에서 뭘 묻겠다는 것이지?"

"등소현에게 듣기로는 양 장로님께서 직접 사곡문 놈들을 잡으러 다녔다고 하던데……. 지금도 제가 사곡문 놈들을 만난다고 하니 한 달음에 달려온 게 아닙니까?"

"대나귀인 내가 사곡문을 노리고 있다면 그 이유는 하나뿐이겠지."

"사곡문이 백선문에 위협이 된다는 말씀이십니까?"

"그것 말고 내가 움직일 이유는 없지 않느냐?"

"그렇군요."

"어서 끝내자꾸나. 이 어설픈 함정으로 나를 잡으려고 한 게 얼마나 한심스러웠던 생각인지 내 깨닫게 해주마."

자신감 넘치는 그의 목소리에 진도운은 피식 웃었다.

"저를 잡을 수 있을 거라 생각하시는 겁니까?"

"그야 당연하지 않느냐?"

양염평은 비록 그가 자신처럼 대나귀의 진전을 이어받았다고는 하나 경험이나 내공 면에서는 자신이 월등이 앞서 있다고 생각했다. 그래서 쉽진 않아도 결국엔 자신이 이길 거라 여겼다. 하지만 진도운이 한 걸음 내딛으며 기운을 풍기기 시작하자 그 생각이 잘못됐다는 걸 깨달았다.

고오오오오!

그 순간 진도운의 전신에서 무섭게 일어나는 기운이 객잔 안을 가득 채웠다.

그 방대한 기운이 객잔 전체를 짓누르는 통에 객잔 바닥과 벽에서 끼익, 끼익 거리는 우는 소리가 나기 시작했다. 심지어 진도운의 발아래에선 바닥에 금이 가며 자잘한 부스러기들이 위로 올라왔다.

찌릿찌릿!

정면에서 그 기운을 받아내고 있는 양염평은 자신의 몸을 사정없이 누르는 어마어마한 압력을 느꼈다. 그리고 자

칫 잘못했다간 그대로 몸이 깔려 뼈와 살이 분리될 것 같은 착각도 들었다.

'단지 마주한 것만으로도 이런 압박감을 주다니⋯⋯.'

하지만 양염평은 조금도 물러섬 없이 서서 똑같이 내공을 발산했다. 그렇게 자신의 주변에서 머물고 있는 진도운의 기운을 깡그리 몰아냈다.

드드드드드!

그 두 기운이 뿜어내는 압력에 못 이겨 지진이라도 난 것처럼 객잔 전체가 흔들렸다. 심지어 단단하게 서있던 기둥마저 뿌리 채 뽑혀져 나갈 것처럼 미친 듯이 흔들렸다.

'으음.'

그 사이에 껴있던 단유휘는 아랫입술을 질끈 깨물며 뒤로 한 걸음 물러섰다.

'언제 이렇게 막대한 내공을⋯⋯.'

양염평이야 그렇다 치더라도 진도운은 분명 무공을 익힌 지 얼마 되지도 않았건만 어디서 이런 어마어마한 내공을 얻었단 말인가? 단유휘는 미간을 굳히며 진도운의 전신을 유심히 살폈다.

"오너라."

양염평이 나직이 입을 열었다. 이렇게 무지막지한 내공을 쏟아내면서 입을 연다는 건 자칫 기혈이 뒤틀릴 수도 있는 위험한 일이었다. 하지만 그는 아무렇지도 않게 말했다.

"그럼⋯⋯."

301

진도운은 슬쩍 한 걸음 내딛음과 동시에 신표혈리술을 펼쳤다. 그 순간, 쐐애액 울리는 날카로운 음향과 함께 신속한 바람 한 줄기가 일어나 양염평의 정면을 향해 짓쳐들었다.

"음!"

눈 깜짝할 새에 지척에 도달한 진도운을 향해 양염평은 처음부터 천목수의 3초식, 천목권을 펼쳤다. 거친 풍압을 발생시키며 일어난 칼바람이 그의 주먹에서 둥그렇게 회전했다.

후와와와!

그 순간, 진도운의 바짝 세운 오른 손이 그 둥그런 칼바람의 중심을 찔렀다. 귀살류의 5초식, 비구를 펼친 것이다.

파지지직!

천둥이 치듯 살기가 번쩍이며 양염평의 주먹에서 둥그렇게 뭉쳐 있던 칼바람이 사방으로 흩어졌다. 비구가 천목권의 심장을 꿰뚫어버린 것이다. 천목권이 씁쓸히 흩어지는 잔바람을 남기고 사라졌다.

그걸 보는 양염평의 눈동자가 극심하게 흔들렸다.

"……!"

하지만 양염평은 놀랄 새도 없이 다급히 몸을 뒤로 물렸다. 그리곤 두 손을 한데 모아 앞으로 내질렀다. 그러자 그 두 손에서 태산처럼 거대한 기운이 일어났다.

백선문의 무공 중에서 가장 무겁다고 알려진 거력백선장이었다.

콰콰콰콰쾅!

잇따른 폭음과 함께 객작 바닥을 밀어내며 나타난 묵직한 장력이 돌연 벼락처럼 진도운의 정면에 내리꽂혔다. 그대로 있으면 진도운의 몸이 처참하게 짓이겨질 것이라.

파지지직!

진도운은 귀살류의 살기를 손에 모아 그 장력을 맨손으로 쥐어뜯었다.

콰앙!

진도운의 손 안에서 그 장력이 허무하게 터져 나갔다. 그로 인해 거대한 기의 파동이 한 차례 몰아쳤지만 귀살류의 살기 덕분에 진도운의 손은 생채기 하나 나지 않았다.

후왓!

뒤이어 진도운의 신형이 순식간에 양염평을 덮쳤다.

파지지직!

진도운의 전신에서 그 어느 때보다 강한 살기가 튀었다. 동시에 그 모든 살기가 그의 오른 손 안으로 모여들더니 뭉게구름처럼 부풀어 올랐다. 그리고 그 살기 덩어리를 양염평을 향해 찔러 넣었다. 귀살류의 4초식, 천악이었다.

'크흡!'

얼굴이 하얗게 질린 양염평은 다급히 두 손의 모든 손가락을 구부리며 천목수의 2초식, 천목조를 펼쳤다.

그 두 손으로 진도운의 손에 맺혀 있는 살기 덩어리를 마구 할퀴었다.

쏴악-쐐액!

예(乂)자로 거듭 휘둘러지는 양염평의 두 손이 그 살기 덩어리를 갈가리 조각냄과 동시에 살기 덩어리를 한 움큼씩 뜯어냈다.

파직, 파지직!

그 단단하게 뭉친 살기 덩어리가 하얀 연기를 토해내며 한 뭉텅이씩 뜯겨져 나가더니 금세 모습을 감추었다. 그와 동시에 양염평은 객잔 바닥을 박차고 몸을 뒤로 한껏 물렀다.

뚜둑.

그 순간, 양염평의 양손에서 핏물이 떨어졌다. 귀살류의 살기 덩어리를 손으로 해체한 대가였다. 지금 그의 양 손은 피부가 넝마가 돼서 너덜너덜 거렸고 피로 홍건이 젖어 있었다.

"그 무공은……."

양염평은 믿을 수 없다는 듯 입을 열었다. 하지만 그때, 진도운이 상체를 앞으로 내빼며 달려들었다.

"맞습니다. 장로님이 생각하시는 그 무공입니다."

하얀 이를 드러내며 웃고 있는 진도운의 얼굴이 양염평의 정면에서 아른거렸다. 그와 동시에 귀살류의 살기가 그의 온몸을 단단하게 휘감았다.

귀살류의 1초식인 태동이 드디어 모습을 드러낸 것이다.

〈4권에서 계속〉